文身
Bun Shin

岩井圭也

祥伝社

文身

Bun Shin

岩井圭也

祥伝社

文身　目次

装幀・写真　岡　孝治

序幕

しらじらしい葬儀だった。

白黒の鯨幕《くじらまく》を背景に、参列者たちが思い思いの表情を浮かべている。大手出版社の役員は冷静さのなかに後悔をにじませ、親交のあった映画監督は目を閉じて苦悶《くもん》し、素性《すじょう》の不確かな中年の女は嗚咽《おえつ》を漏《も》らして悲嘆に暮れている。

誰もが、須賀庸一《すがよういち》の葬儀というステージに立つ役者に過ぎない。さしずめ僧侶の読経《どきょう》は雰囲気を盛り上げるための舞台音楽、遺影や棺《ひつぎ》は大道具といったところか。衣装は黒で統一されているが、各々が少しでも他の演者より目立とうと趣向を凝《こ》らしているのがまた目障《めざわ》りだった。

喪主席に座る私はたった一人の観客だ。予想を裏切る展開もなく、葬儀は淡々《たんたん》と進んでいく。焼香《しょうこう》を終えた参列者は私の前で簡単な挨拶《あいさつ》をすると、どこかせいせいした表情で去っていく。なかには長々と思い出を話す人や、手を取って励《はげ》まそうとする人もいた。その人たちの名前すら知らないというのに。

彼ら彼女らにとって、私には須賀庸一の娘という以上の価値はない。本気で励ますつもりなどさらさらないのだ。心からそう思っているとしたら、父の過去について何も知らないか、よっぽどの馬鹿だ。

テレビカメラは場内には入れていないが、斎場の外には何台もの中継車が停まっているらしい。式がはじまる直前、葬儀屋が教えてくれた。マスコミがここに来る理由などわかりきっている。文壇に巨大な足跡を残した文士を悼《いた》むため——というのは表向き。本当は、スキャンダルにまみれた男の末路を嘲《ちょう》笑《しょう》するためだ。須賀庸一の商品価値は、今日をもってゼロになる。

父は畳《たたみ》の上で死ぬことができなかった。故郷の駅のホームで亡くなっているところを駅員に発見された。末期の膵臓癌《すいぞうがん》だったそうだ。無頼《ぶらい》を気取った作家は、最期まで他人《ひと》様に迷惑のかかる死に方を選んだ。

見知らぬ人々から哀悼《あいとう》の意を捧《ささ》げられることに、いいかげん飽きていた。座り続けることに疲れ、背筋が丸まってきたころ、ようやく見覚えのある顔が来た。父のかつての担当編集者。確か、中村《なかむら》という名前だった。

髪は真っ白で、目尻《めじり》や口元には深い皺《しわ》が刻まれている。記憶よりずいぶん老《ふ》けこんでいた。当たり前だ。最後に会ったのはまだ私が父と一緒に暮らしていたころだから、ずいぶん昔。もう三十年も前だ。

中村さんは、お悔《く》やみ申し上げます、と一礼してすぐに立ち去った。くたびれた喪服の背中をぼんやりと見送る。

別の参列者が私の前に立って、長々とお悔やみを述べた。

「最後の文士と呼ばれた作家は山ほどいますが、須賀さんほどその肩書きが似合う人は他にいないと思います」

文士、という言葉は嫌いだ。

その言葉にはどこか、アウトローに生きる自分を認めてほしい、という甘えを感じる。作家とか小説家とか言えばいいのに、わざわざ文士という言葉を使うところに、拭《ぬぐ》い去れないうぬぼれがある。

父を最後の文士と呼んでいたのは、この参列者だけではない。新聞や雑誌に父の記事が載るときはそう書かれることが多かった。まるで代名詞のように。

酒乱。女好き。乱暴者。そういった側面を暗に含んだ表現として、最後の文士、という言葉はとても便利だった。だから皆、その称号を使った。父は普通の作家とは違う。父は私の大嫌いな文士のまま、死んだ。

斎場は静かなざわめきに包まれている。焼香の前後に参列者たちが交わす雑談の声は、潮騒《しおさい》のように大きくなったり小さくなったりを繰り返している。

誰かの言葉が突然、耳に飛びこんできた。

「なんと言おうと〈深海の巣〉は傑作ですよ」

冷たいものに背筋を撫《な》でられた。父の葬儀なのだから、父の書いた小説の話が出るのは不自然ではない。それでもその作品の名を、娘である私の近くで出すことを、無作法だと思わずにはいられなかった。

父が〈深海の巣〉を発表したことで私の人生は狂わされた。この会場にいる人間が、それを知らないはずがない。小説を読んでいる人数より、その事件について知っている人数のほうがはるかに多いくらいだ。

　あのとき私は十二歳、小学六年生だった。

　夏のキャンプで千葉の山林にいた私のところに、血相を変えた大人が飛んできた。詳しいことは聞かされないまま、とにかく自宅へ帰るよう促《うなが》された。私は車の後部座席に乗せられ、亀戸《かめいど》の自宅へ戻った。

　到着したとき、すでに日は沈んでいた。自宅の前にはパトカーが停まっていて、野次馬たちが集まっていた。私は家に入ることを許されず、今度は警察車両に乗って警察署へ向かった。

「どうしたんですか」

　私の問いに、ハンドルを握る女性警官が答えた。

「お母さんが倒れているのが発見されてね」

　疲れとショックとで、私は熱を出した。警察署の救護室のようなところで寝かされ、朝まで浅い眠りをむさぼった。警官は母が死んだとは言わなかったが、なぜだか私はそう直感していた。これだけの大騒ぎになっているのだから、そうでないとおかしい、と思っていたのかもしれない。

　詳しい話は翌日以降に聞かされた。

　母は血を吐き、床に横たわっていた。あたりは血で赤く汚れていた。テーブルに麦茶の容器が残っていたことから、何らかの毒を麦茶に混ぜて飲んだのだろうという話だった。

ごみ箱のなかから海外の殺鼠剤《さっそざい》の空き瓶《びん》が見つかった。遺体とグラスの内側から同じ成分が検出されたことで、母は殺鼠剤を溶かした麦茶を飲んで亡くなったと推測された。国内で販売されているものならありえないことだが、その海外製品には人体に有害な物質がたっぷりと配合されていた。

父は警察に呼ばれ、しばらく顔を合わせることはなかった。

結局、母の死は自殺として処理された。決め手は遺書だった。遺書の筆跡は母のものであり、そこには署名のほかに一行だけ記されていた。

——母と同じ墓に納骨すること

母はみずからの意思で死を選んだ。周囲はそう納得した。

三か月後、父は〈深海の巣〉と題した短編小説を発表した。

あらすじはこうだ。

作家の菅洋市《すがよういち》——おなじみの父の分身——は、退屈な日常に飽き、疎《うと》ましくなった妻の殺害を決意する。方法は毒殺。菅は輸入業者を通じて、有毒な殺鼠剤を取り寄せる。菅は妻に包丁を突き付けて脅《おど》し、便箋《びんせん》に「母と同じ墓に納骨すること」と書かせたうえで、殺鼠剤を混ぜた麦茶を妻に飲ませる。自殺に見せかけて妻を殺すことに成功した菅は、自宅を出てすぐに愛人のもとへと向かう。

これを読んで、須賀による殺人の告白だと思わない読者がいるだろうか。小学生の私は当時、須賀庸一の小説を読んだことがなかった。最初に読んだのが、当時発表されたばかりの〈深海の巣〉だった。殺人者としての父の姿が、鮮明に脳裏《のうり》へ刻みこまれた。それから、父の小説を少しずつ読んだ。暴力にまみれた、自己中心的な生き方がそこには記されていた。

発表と同時に、〈深海の巣〉を文芸誌に掲載した方潤社《ほうじゅんしゃ》のもとに抗議が殺到した。いわく「家族の死を題材にするなど不謹慎」「犯罪の告白を見過ごすのか」「須賀を殺人容疑で逮捕すべし」などなど。

しかし、父が逮捕されることはなかった。

雑誌掲載を担当した編集者は、たぶん中村さんだ。父のデビューからずっと面倒を見ていた。それ以後も引き続き中村さんが担当に留《とど》まったのかどうかは知らない。

この事件を機に、父は真正の屑《くず》として世間に認識されるようになった。皮肉なことに事件が話題になればなるほど父の著書は売れた。作品はいわゆる純文学作家としては異例の売れ行きを記録した。父はマスコミからの取材にべらべらと答え、夜な夜な盛《さか》り場を歩いた。

私は小学校で、口にするのもはばかられるような扱いを受けた。同級生はもちろんのこと、教師や保護者からも直接間接に嫌な思いをさせられた。酒浸《さけび》たりで好色な殺人者の娘。そのレッテルは、別の学校に移っても剝《は》がれなかった。ようやく人並みの扱いをしてもらえるようになったのは、母方の親戚の家に移って養子となり、父と縁を切った中学生のときだった。

しかし父の存在が私の人生に落とした影は、まだ消えなかった。

素性《すじょう》を知った友人から絶縁された。いったん決まった就職の内定が取り消された。恋人には一方的に別れを告げられた。細かいことを挙げればきりがない。

すべて父のせい。

文士とおだてられた殺人犯のせい。

社会人になってから、一緒に住む男が取っていた新聞で須賀庸一の特集を見つけた。大層な名前の文学賞を受賞したとかで、その記念に組まれた特集だ。幾人《いくにん》かが寄稿していた記事を、よせばいいのに私は読んでしまった。

文芸評論家なる肩書きの人物が、代表作として〈深海の巣〉の論評を書いていた。論評の末尾はこう締めくくられていた。

――仮に良識派を名乗る人々が彼の歩んできた道のりを貶《おと》めたとしても、生みだされた作品群の文学的価値はいささかも揺るがない。

思わず失笑した。

文学的価値!

笑わせないでほしい。そんなものが免罪符になると思ったら大間違いだ。文学的価値のためなら、他人を傷つけても許されると言いたいのだろうか。そんなはずがない。そんなことは望んでいないし、許可してもいない。文学的価値のために、私の人生をめちゃくちゃにしてくれなんて頼んだ覚えはない。

紙面には父の肖像写真が掲載されていた。正面を向いた顔はふてぶてしい微笑を浮かべている。かまぼこ板のように四角い顔。重たい瞼《まぶた》の下で、色素の薄い瞳がこちらを見ている。ふくらんだ鼻翼《びよく》に、分厚い唇。顎《あご》の下には肉がたるんでいる。伸ばした白髪《しらが》は額《ひたい》から後ろに流していた。

　この世で最も嫌いな男の顔を、両手で握りつぶした。

　今、その写真は引き伸ばされ遺影として飾られている。参列者は父の遺影を見上げて、祈りを捧げ、涙を浮かべている。これが演劇でなければ、何だというのだろう。

　喪主でありながら、ひどく居心地が悪い。すぐにでも家に帰りたい。父が死の直前に余計なことを言い残さなければ、こんな茶番を見せられることもなかった。

　──お前に、俺の葬式の喪主をやってほしい。

　もちろん断る権利もあった。聞いていないことにしてもよかった。

　だが、大勢の父の知人に頭を下げられて仕方なく引き受けた。当日、喪主席に座ってさえくればいいですから。誰かがそう言った通り、私はいっさいの準備に関知しなかった。父は葬儀のために百万円を残していたが、これだけの規模で式を開くにはとても足りなかった。

　斎場を埋めつくす参列者の頭。それを見ていると、父の自慢が聞こえてくるようだった。遺影の微笑に傲慢《ごうまん》とうぬぼれを感じ取る。

　どうだ。俺のために数百の人間が都合をつけて集まっている。誰もが俺の話をして、俺が死んだことを残念がって、俺のために泣いている。俺はそれだけの価値がある人間だった。

　どこまでも露悪《ろあく》的で、そのくせ名誉はちゃっかりとかすめていく。無頼という名の権力にあぐらをかき、ふんぞりかえって世の中を見下している。全人類のなかで自分にだけはその資格があると信じこんでいた。

本当に、汚らわしい男だ。

読経が途切《とぎ》れても、私の両目は乾いたままだった。


インターホンが鳴ると、夫はすばやくダイニングチェアから立ち上がった。

きっと宅配便だろう。昨夜から楽しみにしていた夫が率先して玄関先へ出る。ネットで買った本が今日、届くことになっているらしい。

三歳上の夫は工業デザイナーだ。時おり仕事の資料として本を買っているが、よっぽど品揃《しなぞろ》えがいい店舗でない限り、目当ての資料が手に入らないことが多い。そのため本はもっぱらネットで買っている。

話し相手のいなくなったダイニングで、ふと喪服のことを思い出した。クリーニングに出した喪服を受け取らなければいけない。

父の葬儀に、夫は参列していない。私のことが心配だからと参列を希望したけれど、最後まで拒否した。父のことに夫を巻きこみたくなかった。私の過去を知ってもなお、結婚しようと言ってくれた人。真正の屑だった父とは真逆の男。夫と出会っていなければ、きっと四十三歳の私は父への言いようのない気持ちを誰にも吐き出せないまま、悶々《もんもん》と過ごしていただろう。

戻ってきた夫は分厚い封筒を手にしていた。腑《ふ》に落ちない顔で、その封筒をこちらに突き出す。

「そっち宛てだった」

「私に？」

封筒を受け取る。貼りつけられた伝票の宛名には、確かに〈山本明日美《やまもとあすみ》〉と印字されていた。肉筆ではなくプリンターで印刷した文字だ。続いて送り主の欄に視線を移した私は、ひっ、と悲鳴をあげた。

「どうした」

夫がテーブルを回りこみ、私の横に立って手元をのぞきこむ。改めて伝票に目をやると、んん、とうなった。

送り主の欄にはプリンター印字で〈須賀庸一〉と記されていた。

つい先日、あの世に送ったはずの父。それは死者からの宅配便だった。

厚手の封筒はずっしりと重い。内容物の欄には〈書類〉とある。本当に書類が入っているなら、重さと厚さから察するに相当な枚数だろう。しばらく沈黙してから、夫は薄氷を踏むような慎重さで尋ねた。

「お父さんの命日、いつだっけ」

正直に言って覚えていない。父の命日など記憶するだけ無意味だと思っていた。ただ、父の知人から喪主の話が来たのは確か先々週のことだ。伝票に残された受付印の日付は、葬儀の一週間後。まさか、父の幽霊が発送の手続きをしたとでもいうのか。馬鹿げている。頭ではそう思っても、指先の震えを止めることができなかった。親指が封筒に食いこむ。

「誰かが勝手に名前を使ったんだよ」

「でも誰が」

夫の質問はもっともだった。須賀庸一の名を騙《かた》って私に書類を送ってくる理由。そんなもの、想像がつくはずがない。手がかりがあるとすれば、ここに入っている書類しかない。

「俺が開けようか」

手の震えを見て取ったのか、夫はそう言ってくれた。だが首を横に振る。

「私がやる」

気付かぬうちに胸に手を当てていた。深呼吸をしている間に夫がはさみを持ってきてくれた。内容物を切らないよう注意しながら封筒の端を切断する。尻尾のような細長い紙片がぽとりと落ち、厚い紙束《かみたば》が顔をのぞかせた。

現れたのは、手書きの文字で埋めつくされた原稿用紙だった。二十字二十行の原稿用紙がざっと四百枚。右肩は穴を開けられ、まとめて紐《ひも》で綴《と》じられている。一番上の用紙には、中央に大きく〈文身《ぶんしん》〉と書かれていた。その横には一回り小さい字で〈須賀庸一〉とも。ひどく崩《くず》された、癖《くせ》のある字体だった。

ぱらぱらと原稿をめくる私の手元を見ながら、夫は言った。

「小説、かな」

「……みたいね」

父が原稿を書いているところは見たことがない。仕事中、家族は絶対に父の書斎へ入ってはいけないというのがルールだった。

しかし父が手書きで執筆することは知っている。幼いころ、何度か父の直筆原稿を見た記憶がある。自宅を出入りする編集者にねだって見せてもらったのだ。当時はまだ父の仕事に対する興味を持っていたのだろう。恐ろしく癖のある字だということだけは覚えていた。

「本当にお父さんが書いたのかな」

「わからない」

そう答えながら、内心ではこれを書いたのは父だろうと確信していた。

ならば、誰がどうやってこの原稿を手に入れ、なぜ私のもとへ送ってきたのか。父は誰かに原稿を託したのだろうか。そして自分の死後、娘のもとへ送るよう頼んだ。

私は両手で原稿の束を抱えて、立ち上がった。

「ごめん。ちょっと一人にして」

夫は何も言わなかったが、了解してくれたことは表情から伝わった。私たちの住むマンションには、居間と寝室、それに夫婦それぞれの個室がある。私は四畳半の自室に入り、内側から鍵をかけた。夫が勝手に扉を開けるはずはないとわかっていながら、そうせずにはいられなかった。

テーブルのノートパソコンをしまって原稿の束を置く。頭がくらくらする。呼吸はまだ荒い。だが、かまわず一枚目をめくる。

私は身体《からだ》一つで、父の編んだ文字列の海へと飛びこんだ。

第一章　虹の骨

灰色の重い雲が、二人の頭上に覆《おお》いかぶさっている。

庸一は後ろに手をついて、呆《ほう》けたような顔で暗い海を見ていた。絶えず姿を変える海面は、どれだけ眺めても飽きることがない。

隣に座る堅次《けんじ》は、砂の上にあぐらをかいて文庫本を読んでいる。弟は家でも海辺でも、常に本を読んでいる。それも小難しそうな文学作品ばかりだ。ちらりと表紙をのぞいた。『子をつれて』という題と、葛西善蔵《かさいぜんぞう》という著者の名が見えた。庸一は高等学校の二年だが、まともに本を読み通したことがない。何気なく弟に尋ねる。

「それ面白いんか」

「まあまあ」

堅次は口だけを動かして答える。弟が反応を示したことに満足した庸一は、ふたたび海原へと視線を戻した。

日本海に面した名もなき砂浜は、兄弟にとって定番の逃げ場だった。自宅の近辺をほっつき歩いていたのでは顔見知りに見つかってしまう。だから二人は学校をふけるとき、必ず電車に乗って遠出した。電車賃は小遣《こづか》いから出した。庸一が金を持っていなければ、堅次が出した。堅次のほうが二歳下だが、小遣いは弟のほうが多くもらっている。

砂浜には人影がない。もっとも、夏の盛《さか》りをとうに過ぎたこの時季に海水浴客がいるはずもないが。

堅次の身を包んでいる中学の制服は、二年前まで庸一が使っていたものと同じだ。生成《きな》りのワイシャツに詰め襟《えり》、幅の太い黒ズボン。庸一が着ている高校の制服も大差ない。頭も揃《そろ》って丸坊主だ。遠目には同じ格好《かっこう》をしているようにしか見えないだろう。

尻の砂を払いながら、庸一はおもむろに立ち上がった。背丈は一八〇センチ近く、三年生まで含めても校内では大柄な部類だ。のっそりとした所作は大型の草食動物を思わせる。

「昼飯食うか」

「兄ちゃん、金あるんか」

「五十円ちょっと」

堅次は文庫本を閉じ、鼻を鳴らした。気に入らないことがあったときの癖だ。

「また、せびらんとあかんな」

両目に不敵な光が宿る。こちらは小型の肉食獣といったところか。文庫本を鞄《かばん》にしまい、砂浜から立った堅次の頭頂部は兄の肩くらいまでしかない。

庸一は、弟が本を買うと言って両親から金を騙《だま》し取っていることを知っていた。小遣いはお世辞にも潤沢とは言えないが、本を買うと言えば少額だが何度でも金を引き出すことができた。実際に本を買うことのほうが多いのだが、三回に一回くらい、堅次は嘘《うそ》をついている。騙し取った金はそのまま兄へ譲《ゆず》り渡される。常々、庸一は弟から小遣いを恵んでもらうことに心苦しさを感じていた。しかも両親に嘘をついて得た金だ。すり減ってなくなりかけている、兄としての自尊心が首をもたげた。

「そんなことせんでええ」

「でも、兄ちゃんが昼飯食えへんやろ」

「腹が減ったら我慢するわ。嘘なんかつかんでええ」

「よう言うわ。一食で米二合食うくせに」

庸一の腹がうなった。空の胃袋が訴えを起こしたのだ。堅次が歩きだしたのを機に、大小の人影は並んで海辺を離れていく。無人の砂浜に秋の風が吹いた。

兄弟が向かったのは、埃《ほこり》っぽい舗道を歩いて十分ほどの距離にある行きつけの中華料理屋だった。中国人の店主とその妻と思《おぼ》しき女性の二人で営業している小さな店。ここを贔屓《ひいき》にするのは、ラーメンを一杯四十円で食べさせてくれるからだった。それに、制服で行っても咎《とが》められたことがない。

バラックの店内は八分の入りだった。ほとんどは地下足袋《じかたび》に鳶《とび》服を着た男たちだ。海岸線沿いに宅地開発が行われているため、町には多くの建設業者がいる。

二人分並んで空《あ》いているカウンター席があったので、兄弟はそこに座った。着席するなり、庸一は食事を運んでいる中年の女性に「ラーメン二つ」と言った。彼女は店主に「ラーメン二丁」

と怒鳴《どな》ることで返事に代えた。

店主がぬるい水道水の入ったグラスを目の前に置いた。庸一は深く考えることなく、出された水を一気に飲み干す。ラーメンを待っている間、堅次が鳶の男たちにちらちらと視線を送っていることに気づいた。

「どうした」

堅次は「いや」と濁《にご》した。その口を衝《つ》いて出たのはいつもの皮肉だった。

「やっぱり、兄ちゃんが高校に行ったのは間違いやった。もっと真剣に止めればよかった」

「高校行ったら、高卒の資格がもらえるやんか」

実際、庸一が高校に進学した理由はそれだった。

戦後の高校進学率は年を追うごとに上昇し、今や七割に達しようとしている。両親は庸一に期待している様子はないが、それでも高校進学は勧《すす》めた。特に役人の父は自分の体面を保つため、不出来な兄にも「高校までは出ろ」と言った。

一方、堅次に対しては高校に進んで当たり前と思っている節《ふし》がある。それどころか食卓では大学受験の話題まで飛び出す。弟ほど優秀なら、激烈な受験戦争を勝ち抜いても不思議はないと思う。

「あの高校に行くくらいなら中卒のほうがましやで」

辛辣《しんらつ》なひと言だが、優秀な堅次にとってはごく当然の反応だろう。庸一が通っている高校は、学区で最も偏差値が低い。郊外にあることから、受験生や他校の生徒には〈町はずれの遊園地〉

と呼ばれていた。

「それにこうやって、学校ふけてばっかりやろ。まともに卒業なんかできるわけない」

素直に「そうかもな」と応じる。それはお前に付き合ってるからやろ、とは言わない。弟と一緒に学校をふけているのは庸一みずからの判断であり、誰に頼まれたわけでもない。

じきにラーメンが運ばれてきた。油じみたテーブルに薄汚れた丼《どんぶり》が置かれる。庸一はぬめる塗り箸《ばし》を手に取った。醤油《しょうゆ》味の汁に絡《から》まった粉っぽい麵《めん》をすすりこむ。汁はやたらと黒く、塩辛い。堅次は紙のように薄い焼き豚を、箸先で几帳面《きちようめん》に折りたたんでいた。

昼食をものの五分でたいらげ、兄弟は店を出た。空には入店前と同じ、雲の屋根がかかっている。ところどころ灰色の混ざった、くすんだ白。その上に青空が広がっているとはとても想像できない。行くあてもなく、二人は来た道を引き返す。

「さっきの鳶の人ら、高校出てると思うか」

だしぬけに堅次が言った。

「出てへんやろな」

「でもちゃんと生活して、嫁さんと子ども養《やしな》ってるやろ。生きていくのに高卒の資格なんかいらんねん。手に職があったら、それで食っていけんねん」

彼らに妻子がいるかどうか知らないが、言わんとすることは理解できた気がした。庸一は足を止め、弟の顔をまじまじと見た。

「お前、鳶になるんか」

「違う。学歴なんか無駄で、高校なんか行く価値ないってことや」

堅次は肩を怒らせて先に歩いていく。勘の悪い庸一も今度こそ合点《がてん》がいった。要するに、これは堅次自身の話だ。弟はこれ以上学校へ通いたくないのだ。中学でさえ苦しい思いをしているというのに、この上高校にまで通うことになったらたまらない。弟にとって学校は牢獄《ろうごく》だ。刑期は短いに越したことはない。

「なあ、兄ちゃん」

「なんや」

「この世から消えてしまいたいと思ったこと、ないか」

思いがけない問いに、庸一は絶句した。

「俺には、これから先の自分の人生が全部見えるんや。偏差値の高い高校卒業して、偏差値の高い大学卒業して、大きい会社入って、結婚して子どもつくって。東京かどこかで働きながら、盆と正月にこの町へ帰ってくる。そんな退屈な人生、死ぬまで牢獄に入ってるんと何が違うんや。この牢獄から脱出したいと思ったこと、兄ちゃんはないか」

庸一は返答を持ち合わせていない。堅次のあてどないつぶやきは、風のなかに消えていく。頬《ほお》に吹いた風は死者の手で撫《な》でられたように冷たい。

昭和三十八年の秋だった。


堅次が学校をふけるようになったのは二学期がはじまってすぐの九月だった。

それまでも学校への批判めいたことは口にしていた。いわく、学校は「未成熟な人間を閉じこめるための檻《おり》」であり、「有意義な対人関係など望むべくもない場所」らしい。それでも一応はまともに通学していた堅次がずる休みという手段を選んだのは、ひとえに学校への失望からだった。

一、二年で成績優秀者として名を知られていた堅次は、三年で同じクラスになった不良生徒たちに目をつけられた。試験中の不正行為——カンニングに手を貸すよう求められたのだ。彼らが提案した作戦は単純だった。試験中に堅次が紙片に正答を書き、隣席の生徒を通じて不良たちに紙片を回す。一部始終を聞いた堅次は即座に応じた。

「いい成績取りたいなら勉強せえよ。不良のくせに落第したくないなんて、格好悪いで」

運動もケンカもできないが、頭でっかちで弁は立つ。無謀で向こう見ずで、皮肉屋でひねくれ者。そういった堅次の性格がなせる反応だった。当然、不良たちが黙っているはずはなかった。その場で小突き回された堅次は全身あざだらけで帰宅したが、家族には「転んだ」としか言わなかった。心配した母は学校に連絡しようとしたが、体面を気にする父に止められた。このときだけは父の保身に感謝したという。学校に連絡しても問題は何ら解決せず、加害者の感情をいたずらに刺激するだけだから。

後日真相を知った庸一は、脅迫めいた依頼をきっぱりと断った弟を誇らしく思った。

不良たちは別の協力者をすぐに見つけた。クラスで堅次の次に成績のいい女子生徒。彼女について語るとき、堅次の舌鋒《ぜっぽう》は珍しく鈍《にぶ》る。弟の性格を考えれば、不良に膝《ひざ》を屈した優等生など酷許すべき相手のはずだが、「女子は仕方ない」などと擁護《ようご》するようなことを言う。庸一もその女子生徒には同情するが、堅次の口ぶりには同情だけではない、怒りのようなものが含まれていた。

一学期の期末考査でカンニング作戦を実行した不良たちは、軒並み好成績を叩《たた》きだした。だが、揃って同じ箇所が間違っていたことから教師に怪しまれ、不正はあっけなく露見した。その結果、不良たちは謹慎処分になったが、脅《おど》された女子生徒までもが同じく謹慎処分になってしまった。無理やり協力者に引きこまれた人間まで有罪と判断されたのだ。

初めて庸一にこの話を打ち明けたとき、堅次は顔を真っ赤にして言った。

「脅されて、協力させられた人間まで謹慎にしてどうするんや。成績のいい人間が、自分から不正しましょうかなんて言うはずないやろ。考えたらわかる。胸糞《むなくそ》の悪い。中学校の教師は猿よりアホなんか」

もしかしたら堅次はその女子生徒に憧《あこが》れを抱《いだ》いていたのかもしれない。さんざんに学校をくさす弟の話を聞きながら、庸一はそう思った。

夏休みを挟んで謹慎処分を解かれた不良たちは、何食わぬ顔で登校するようになった。女子生徒だけは九月になっても姿を見せなかった。彼女が引っ越したことを同級生たちが知ったのは、夏休みが明けて一週間後だった。

翌日、堅次はいつもと同じように家を出たが、途中から通学路を外れて駅へと向かった。ほとんどの家庭には電話などないため、欠席の理由を伝えずとも大事にはならなかった。電車で三駅離れた町に移動し、夕方まで時間をつぶし、平然と帰宅した。それが堅次なりの、せめてもの反抗心の表明であった。

以後も週に二、三日は同じ手を使って学校をふけ、近隣の町をぶらぶらした。手持ちがなくなると「本を買う」と称して母に金をせびった。

九月の最終週、部活動に所属していない庸一が高校の正門を出ると、欅《けやき》の木陰《こかげ》に小柄な中学生がたたずんでいた。見慣れた人影。

「どうした。こんなところで」

声をかけると、堅次は「待っとった」と答えた。しかし堅次の通う中学校はここから離れている。授業が終わって、急いで来たとしても今ここにいるのはおかしい。

「お前、学校どうした」

「ふけてきた」

事もなげに堅次は言う。庸一は唖然《あぜん》とした。どう答えていいかわからない。

「映画、観に行こうや」

驚く兄を尻目に、堅次は用件を告げる。市内の映画館は中学生だけでは入場できない。高校生以上の付き添いが必要だった。

庸一はわずかに考えた。弟を注意すべきか。それとも提案に乗るべきか。答えは考える前から出ていた。自分よりはるかに賢い堅次のことだ。注意したところで、どうにかして映画館に潜《もぐ》りこむだろう。それなら自分が付き添い、堂々と観たほうがいい。

「ええけど、金がない」

「俺が出すから。行こう」

堅次は兄の返答を聞く前に歩きだした。遠ざかっていく弟の背中を見ていると、急に怖くなってきた。今から行くと帰りが遅くなりそうだし、兄弟だけで映画館に行くのも不安だ。しかし今になってやっぱりやめたとも言えず、庸一は賢い弟についていくことにした。

高校の前から乗合バスを使って商店街まで行く。兄弟は押し黙って映画館までの道のりを歩いた。商店街を抜けた先にある繁華街《はんかがい》のただなかを突っ切る。大人抜きでここに来るのは、二人とも初めてだった。空気に汗と土埃《つちぼこり》とアルコールの匂いが染《し》みついている。柄の悪い男たちの集《つど》う一角は、煙草《たばこ》の煙が霧のように立ちこめていた。

庸一は背筋を丸め、緊張を押し殺した。子どもにしか見えない堅次は通行人の視線を集めていたが、本人は胸を張ってずんずん進む。

ホルモン焼き屋とムードバーの間に、その小さな映画館はあった。庸一は堅次に指示されるまま、『大脱走』というアメリカ映画のチケットを二枚買った。庸一は映画と言っても若大将くらいしか知らない。ましてや洋画など見たこともなかった。

座席は半分も埋まっていなかった。学生鞄の置き場がないため、汚れた床にじかに置く。柔らかな椅子《いす》に腰かけてから、庸一は泣きそうな声で「英語わからん」と言った。堅次はにやりと笑う。

「平気や。字幕が出るから」

字幕というのがどういうものか不明だが、とにかく弟を信じることにする。開演のブザーが鳴り、スクリーンに予告編とニュース映画が映写された。

ニュース映画では、三月に発生した〈吉展《よしのぶ》ちゃん誘拐事件〉が扱われていた。新聞を読まず、世事に疎《うと》い庸一もこの事件のことは知っている。東京都台東《たいとう》区で男児が誘拐され、両親が身代金を要求された事件だ。警察の不手際で犯人を取り逃がし、半年が経とうとする今もまだ男児の行方は明らかになっていない。涙に暮れる母親。こわばった表情の警察官たち。痛ましいニュースに、庸一はつい顔をしかめた。

ふと隣の席を見ると、堅次は冷たい目でスクリーンを見つめていた。瞳の奥には何らかの企《たくら》みが潜《ひそ》んでいるが、その正体は庸一には見極められなかった。

『大脱走』は走行する自動車の隊列を俯瞰《ふかん》する場面からはじまった。前列の客がふかす煙草の煙で、スクリーンには靄《もや》がかかっているようだった。庸一は最後まで我慢強く座席にしがみついたが、肝心の内容は半分もわからない。収容所に押しこめられた大勢の捕虜《ほりょ》がトンネルを掘って脱走するという大筋はどうにか把握したものの、途中から誰が誰やらわからなくなってしまった。

堅次は「このまま居座って次の映画も観ていこう」と主張したが、さすがに庸一が反対した。すでに時刻は夜に差しかかっている。尻も痛い。堅次はさほど執着せず、素直に椅子から立った。

映画館を出ると、繁華街の夜の顔が露《あら》わになっていた。通りを行き交うのは大人の男ばかりで、半数以上は酔っていた。飲み屋のネオンが輝き、換気口からは串焼きと煙草の煙がいっしょくたになって吐き出されている。路傍《ろぼう》には所在なげな女がぽつぽつと立っているが、制服を着た場違いな兄弟には目もくれない。庸一はおどおどと左右に視線をやりながら、弟の陰に隠れるように歩いた。堅次は物おじせず、興味深げに露店や客引きを観察している。

繁華街の短い通りを抜けると急に周囲が暗くなった。駅につながる商店街はほとんどの店が営業を終え、ひっそりとしている。これはこれで恐ろしい。背後から追い越した自転車に、庸一はびくりと肩を震わせた。

「兄ちゃん」

堅次は怯《おび》える兄を振り向きもせず、正面を見たまま言った。

「兄ちゃんと俺、つまらん名前やと思わんか」

いきなり何を言い出すのかと思いつつ、庸一は「別に」と答えた。

「凡庸《ぼんよう》の庸に、堅実の堅やで。あの人ら、どんだけ保守的やねん」

二人の父は、凡庸と堅実を絵に描いたような男だった。地元の高校を卒業してから役場で働きはじめ、見合いで母と結婚した。いつでも世間体を第一に考え、家のなかでは君主としてふるまう。要するに、どこにでもいる普通の父親だった。

「こんな田舎で朽《く》ち果てるんは、まっぴらや。それくらいなら死んだほうがましや。俺はあの人らみたいにはならへん」

「じゃあ、どうなる」

庸一はたびたび背後を振り返りつつ、問いかける。

「〈トンネル王〉になるんや」

聞き覚えのある言葉だった。ついさっき、『大脱走』の字幕で目にしたばかりだ。しかし庸一にはその称号が誰を指すのかわからない。

「それ、どんなやつやったっけ」

兄の質問に、堅次は苛立《いらだ》つことなく穏《おだ》やかに答えた。

〈トンネル王〉は、劇中、二人の捕虜に与えられた異名だった。ダニーとウィリー。脱走経路であるトンネル掘りを担《にな》い、捕虜たちの逃げ道を作った二人。彼らはボートで港を目指し、船に乗っていずこかへ去っていく。ドイツ兵に処刑されず逃げおおせた、数少ない捕虜だった。弟の説明を聞いて、庸一はようやく言葉の意味を理解した。

「〈トンネル王〉は二人なんやな」

「そう。王は二人。二人で一つの称号や」

「それやったら、もう一人仲間がいるやんけ」

堅次は答えなかった。ただ、無言で前を向いたまま歩を進める。弟は、この箱庭めいた現実からの大脱走を企《くわだ》てている。それだけは、庸一にも確信できた。

最寄り駅までの電車に乗っている最中、堅次は「映画のことは内緒にしよう」と言った。庸一は無言でうなずいた。

坂の上にある木造の二階屋に帰りついた兄弟は、母から手ひどく叱《しか》られた。帰宅が遅くなったのは、図書館での勉強に夢中になっていたからだと説明した。母の怒りの矛先《ほこさき》は主に庸一へと向いた。

「こんな遅くまで弟連れ回して、恥ずかしいと思わんの。堅次はあと半年もせえへんうちに受験なんよ。何かあったらどうすんの」

ねちっこい小言は母の激しい苛立ちを表していたが、二人が図書館にいたことには疑いを持っていないようだった。庸一はひたすらうなだれ、時おり謝罪を口にする。幼いころからいつもそうだった。親から叱られるのが自分の役目。たとえ堅次の失態であっても、それを償《つぐな》って頭を下げるのは庸一だった。

三十分ほど説教をした母は、ようやく気が済んだのか畳《たたみ》から立ち上がろうとして眉をひそめた。鼻先を庸一のワイシャツの袖《そで》に近づける。

「煙草臭い」

映画館でたっぷりと紫煙《しえん》を浴《あ》びたせいだ。庸一は冷や汗をかいて黙っていたが、堅次がとっさに「閲覧室は吸えるから」と言い訳をした。ふうん、と母は興味なげにつぶやいて台所に立った。

夕食を摂《と》って風呂に入り、和室に二組の布団を敷く。着古しの浴衣《ゆかた》に着替えた兄弟は、並んで足から布団に潜りこんだ。朝方は十度近くまで冷えるため、掛け布団は欠かせない。照明を落とすと、墨汁《ぼくじゅう》を流したような闇が室内に広がる。雨戸を締め切っているため月明かりさえ入ってこない。

「父さんがおらんくて、ついてたな」

庸一は暗闇に向かってつぶやいた。今夜はたまたま、父が宴会のため不在だった。両親が揃っていたら、説教はあんなものではなかっただろう。まず間違いなく庸一は殴《なぐ》られていた。母だけだったから、小言を食らうだけで済んだのだ。

「ついてたんとちゃう。知ってたから今日を選んだんや」

堅次は平然と言う。ぎょっとした庸一は「知ってた?」と問い返す。

「あの人が朝飯のとき、晩飯はいらん、って言ってた。どれだけ残業しても家で晩飯食ってるあの人が、いらんって言うのは宴会のときだけや。だから今日にした」

「最初からこうなるってわかってたんか」

「まあな」

庸一は堅次の周到さに舌を巻いた。この弟はいつも先を行っている。自分より一枚も二枚も上手だ。

「来週も行こうや。次は『地下室のメロディー』が観たい。フランス映画」

「しばらくやめとかんか。また怒られる」

「帰りが遅くならんかったらええやろ。それなら、兄ちゃんも一緒に学校ふけたらええ。昼から映画観に行って、夕方までに帰れば怒られへん」

庸一は、堅次が今日学校をふけていることを思い出した。兄弟だけで映画館に行くという不安と興奮に気を取られ、すっかり忘れていた。

「お前、学校ふけてることは父さんとか母さんに言うとるんか」

「何言うてんねん。親に言ってからずる休みするやつがどこにおるんや」

弟は呆《あき》れきっていた。暗闇のなかで意識が途切れる間際、兄は「確かになあ」と応じた。

庸一が初めて仮病で学校を休んだのは、その翌日だった。


久しぶりの晴天だった。隣に座る堅次は志賀直哉《しがなおや》という作家の文庫を読んでいる。秋晴れの下で青灰色《せいかい》の海を眺めながら、庸一は弟について考えていた。

堅次は幼いころから、ずば抜けて頭がよかった。二歳でひらがなや数字を読めるようになり、小学校に上がるころにはもう大人向けの小説に手をつけていた。叔父や叔母と会うたびに、堅次は神童と呼ばれていた。その呼び方に、頭の回転が遅い庸一を嘲《あざけ》るような調子がなかったとは言えない。

両親の愛情が偏《かたよ》るのは仕方のないことだと、庸一自身諦《あきら》めていた。仮に自分が父なら、出来の悪い兄と神童の弟を平等に愛することができただろうか。きっと、できない。

庸一はそこで思考を放棄し、大あくびをして砂浜に寝転んだ。何かを一生懸命に考えようとするといつも途中で頭のなかに霞《かすみ》がかかったようになる。白いもやもやとしたもので思考が閉ざされ、それ以上考えるのが嫌になる。

「虹に骨があるん、知ってるか」

だしぬけに堅次が言った。顔は文庫本に向いたままだ。

「うん？」

「虹、あるやろ。雨上がりに空にかかる虹。あれ、骨あるんや」

　庸一は笑って「そんなわけないやろ」と応じた。たとえ堅次が言うことだとしても、それは眉《まゆ》唾《つば》だ。骨があるのは人間や犬や魚のような動物だけで、虹が動物じゃないことくらい庸一でも知っている。堅次でも冗談を言うことがあるのか、と意外な気がした。

　堅次はしばらく黙っていたが、やがて文庫本を閉じて砂浜に置き、その上に制服のポケットから取り出した小さな石を載せた。

「これが〈虹の骨〉」

　庸一は唖然とした。それは、どこからどう見てもただの小石だった。しかし堅次の表情は大真面目だ。もしかしたら自分が知らないだけで、虹に骨があるのは常識なのだろうか。庸一は急に不安になってきた。

「どういうことや」

「この間、林のなかで見つけた」

　庸一は改めて、虹の骨をまじまじと見つめる。大きさは、手のひらでどうにか包みこめる程度。表面には細かい穴がいくつも開いている。なんとなく、風呂場で使う軽石に似ていた。試しに持ってみると思っていたより軽い。

　ふと、曾祖母《そうそぼ》の骨上《こつあ》げを思い出した。火葬場で遺骨を砕《くだ》き、骨壺《こつつぼ》に納めていくあの作業。確か、あのとき箸でつまみあげた遺骨もこんな感じではなかったか。

「なんで、これが虹の骨ってわかる」

「雨が降って、虹が消えた後に空から落ちてきたんよ。それに、前に図鑑で見たのと同じやから」

「図鑑に載ってるのか」

「うん。どんな図鑑か覚えてへんけど、難しそうな本やった」

そうか、と庸一は得心する。難しい本にしか載っていないことなら、自分が知らないのも無理はない。

「でも、骨があるのは動物だけやろう。虹は動物なんか」

「違う、違う。動物以外でも骨があるものはいっぱいあるんや。例えば植物」

庸一は目を見開いた。そんな話は聞いたことがない。

「家の南側の杉林あるやろ。あれ、なんであんなに高くまで木が伸びると思う」

そんなこと、一度も考えたことがない。腕組みをして黙りこんだ兄に、堅次は教師のように言った。

「骨があるからや。そこらへんの雑草は骨がないから、高くならん。でも杉や松には骨があるから、しっかり上まで伸びる。だから伐採《ばっさい》は大変なんや。木のなかに固い芯《しん》みたいな骨が入ってるからな。切り株の真ん中は芯みたいになってるやろ。知らんかった?」

庸一はうつむいた。堅次に真顔で言われると、恥ずかしくなる。

「植物の骨は知ってる人も結構おるけど、虹に骨があることは意外と皆知らんな。まあ、滅多《めった》に見られるもんちゃうからな。博物館とか研究所とか行かんと、普通は見られへんから。これもかなり貴重やと思う」

堅次の解説を聞いているうち、さっきまで何の変哲もない石ころだと思っていたものが、かけがえのない宝物に見えてくる。虹の骨。現金に換えればいくらくらいの価値があるのだろうか。

質問する前に堅次が言った。

「兄ちゃんにあげるわ」

庸一は驚き、目を見張った。ついさっき、貴重なものだと教えられたばかりだ。

「ええんか」

「うん。世話になってるから。でも大事にしてな。他の人に売ったり譲ったりせんといて」

堅次の視線はどこか寂《さび》しげだった。自分の見つけた宝物を兄に譲るのだから、寂しくなるのは当然だ。断れば弟を傷つけることになると思い、庸一は素直に受け取った。

「ありがとう」

虹の骨をズボンのポケットに入れる。軽くて小さいが、存在感がある。虹の骨を持っているだけで、自分が少し特別な存在になれたような気がした。堅次は文庫本を開いて、ふたたび読書に耽《ふけ》った。昼下がりの浜辺で、兄弟は潮騒《しおさい》を聞きながら過ごした。

翌日は雨天だった。雨の日は、浜辺の指定席で過ごすことはできない。いったん家を出た兄弟は駅前で集合し、一日の過ごし方を相談した。相談といっても会話の主導権を握っているのは堅次で、庸一は弟の言うことに質問をしたり、相槌《あいづち》を打つだけだった。

「やっぱり映画にしよう」

堅次が結論を出した。今日は丸一日、映画館で過ごす。庸一に拒否する理由はない。

二人は雨に濡れる繁華街へ足を運んだ。庸一は手持ちがなかったため、チケットの代金は堅次が出した。制服で行ったせいかモギリのおばさんに睨《にら》まれたが、それだけだった。最初に見たのは陰鬱《いんうつ》なフランス映画で、庸一は見ているそばから内容を忘れてしまったが、堅次は身じろぎもせずスクリーンに熱中していた。

客の入れ替えがはじまるとすかさずトイレへ入り、頃合いを見て何食わぬ顔で座席に戻った。二本目の映画は戦争をテーマにした海外の作品で、やはり庸一には退屈だった。途中で居眠りを挟みつつ、三時間を超える上映をやり過ごした。照明がともった場内で、疲れ果てた庸一はぽつりと言った。

「腹減った」

「そうか。もう一本観てからにしよう」

「とっくに昼過ぎてんぞ。先にメシや」

珍しく庸一が強く主張したが、肝心の所持金は底を尽《つ》いている。堅次のほうもチケット二枚分の代金を支払ったせいで、手元にはほとんど残っていない。仕方なく、弟はなけなしの百円玉を手渡した。

「これでポップコーンでも買ってきてや」

「そんなもんで腹膨《ふく》らむか」

「金ないんやから、しゃあないやろ。嫌なら家帰って食べたらええ」

堅次が突き放すと、庸一は渋々ロビーへと歩いた。バターの香りがするポップコーンを抱えてトイレの個室に入り、一粒ずつかじりながら客の入れ替えが済むのを待つ。口のなかがぱさつくが、空腹のせいかひどく旨《うま》かった。

三本目は『大脱走』だった。観るのは二度目ということもあり、今度は庸一にもおぼろげながら内容をつかむことができた。〈トンネル王〉のダニーとウィリーの顔もわかった。黒髪で屈強な肉体のダニーに、金髪で利発な印象のウィリー。脱走した将校たちの大半がドイツ兵に捕縛されるか銃殺されるなか、この二人はボートに乗って見事に逃げおおせる。

――〈トンネル王〉になるんや。

堅次はそう言っていた。退屈な現実という収容所からの大脱走を、堅次は本気で考えている。だが、まだ中学生の弟には早すぎる。高校生の庸一だってあと数年は社会へ出られないのだ。

映画館を出ると、とっくに日は沈んでいた。ろくに時計を見なかったせいで気が付かなかったが、すでに午後八時を過ぎている。庸一の顔は青ざめた。今までどんなに遅くとも、七時までには帰宅していたのに。

雨はまだ降っている。兄弟は傘をさし、急ぎ足で繁華街を抜けた。

「帰ったらえらいことになる」

「大丈夫や。図書館で勉強してたことにしたらええ」

怯《おび》える兄を、堅次は平然とした顔つきで励《はげ》ました。本当に、そんな嘘で両親をごまかせるだろうか。今夜はきっと母だけでなく、父もいる。嘘をつきとおせる自信はなかった。

結局、家についたのは九時も近かった。玄関の扉は鍵がかかっている。呼び鈴を押すと、玄関先に出てきたのは父だった。屋内の照明が逆光になって顔は見えないが、怒りに打ち震えていることは雰囲気から察せられた。

「来い」

低い声で命じられ、二人は玄関からそのまま父の自室に連れていかれた。仕事から帰ったばかりなのか、ワイシャツにスラックスという出で立ちだった。母は台所にでも引っこんでいるのか、姿が見えない。

庸一と堅次は、あぐらをかいた父と向き合う格好《かっこう》で、畳の上に正座をした。父は薄くなった毛髪を整髪料で丁寧になでつけている。広い額《ひたい》は汗ばんで、てらてらと光っていた。垂れ下がった両目は酷薄に光り、息子たちの顔を交互に見ている。どことなく『大脱走』のドイツ兵に似ていないこともない。

「こんな時間まで、何しとった」

沈黙が息苦しい。黙っていると、雨音がやたらうるさく聞こえた。

「図書館で一緒に勉強していました」

おずおずと庸一が答えると、すかさず「煙草臭いな」と父が言った。

「閲覧室は喫煙できるから」

堅次が、先日母にしたのと同じ言い訳をした。そうかそうか、と父はつぶやきながら窓のほうへ目をやった。顔色は変わっていない。雨が戸を打つ音は止む気配がなかった。

「図書館は休みや」

庸一は息を呑《の》んだ。全身がわなわなと震えだす。その可能性はまったく考えていなかった。少し調べれば、図書館の休館日はわかったはずなのに。目の前が真っ暗になった。

「嘘ついてすみませんっ」

畳に両手をつき、額をこすりつけた。弟を守らなければならない。その一心だった。

そのとき、隣で堅次が小さく舌打ちをするのが聞こえた。顔を上げると、父ははっきりと怒りに顔を歪《ゆが》めていた。あっ、と声が漏《も》れる。引っかけられたのだと気付いた瞬間、左頬《ほお》をしたたかに張られていた。

慣れ親しんだ頬の痛み。父に叩《たた》かれるのは生まれてから何千回目になるだろう。顔の皮膚が熱を帯《お》び、じんじんと痺《しび》れる。

「どこ行っとった」

唸《うな》るような低い声には、もう怒りを隠す素振《そぶ》りすらない。兄に任せているとまずいと判断したのか、堅次が口をはさんだ。

「映画館に。学校が終わってから、二人で待ち合わせて」

父の瞳孔《どうこう》がぎゅっと絞《しぼ》られた。黒目がぎろりと動き、堅次のほうに向けられる。

「子どもだけで映画館に行ったんかっ」

獣《けもの》が吠えるように、父は唾《つば》を飛ばして怒鳴《どな》った。庸一は亀のように首を縮める。痛みには慣れても、父の怒り狂う姿にはいつまでも慣れることができない。常に自分の正しさを信じて疑わない父は、いったん怒りだすと母でも止められない。

「堅次。お前、どういう立場かわかってるんか」

「はい」

父の怒声にも動じず、堅次は淡々と答えた。

「周り見てみろ。中学三年のこの時期に、映画なんか観に行ってるやつがおるか。みんな机にかじりついて勉強してるやろが。それをお前は、何が映画じゃ」

「父さん、僕の成績知ってるやろ」

ぼそりと堅次がつぶやくと、父は口を半開きにしたまま沈黙した。堅次が学年で最上位の成績であることは、庸一もよく知っている。父は堅次からふいと視線を逸《そ》らしたが、こめかみの血管はまだ脈打っていた。

「庸一」

やり場のない怒りの矛先《ほこさき》は、弟から兄へと変わった。

「お前はどうでもええかもしれんが、堅次はもうすぐ受験や。わかるやろ。ただでさえ競争が厳しいんじゃ。しょうもない油断しとったら、痛い目見るぞ」

堅次はベビーブームと呼ばれる世代だった。人口が多く、受験や就職で激しい競争が見込まれている。

「……すみません。注意します」

素直に頭を下げた庸一の後頭部に、拳骨《げんこつ》が降ってきた。脳のなかまで響くような痛み。父は右の拳で何度も何度も頭を殴ってくる。そのたびに、水飲み鳥のように頭を上下させながら庸一は耐えた。

「いつも同じ言い訳やないか。これで堅次が高校落ちたら、庸一、お前のせいや。お前が映画館なんか連れ回すからじゃ。不良の真似事しくさって。親をコケにすんのもええ加減にせえ。弟の人生めちゃくちゃにして、それでよう呑気《のんき》に生きてられんな」

「ごめんなさい。すみません」

舌を噛《か》まないよう気をつけながら口にする。謝るのはいつも庸一の役目だ。父は優秀な堅次に強く出ることができない。小心者で、能力が低くて、そのくせ自尊心だけは一丁前に備《そな》えている内弁慶《うちべんけい》。そんな父は、不出来な庸一に対しては無制限に暴言と暴力を振るうことができる。

庸一はずいぶん前からこの役目を引き受けていた。頭の悪い自分が須賀家で生きていくには、父のサンドバッグという役割を果たすしかなかった。堅次は常に、その光景を冷めた目で見ていた。

折檻《せっかん》は三十分ほど続いた。解放されるころには、どこが痛いのかわからないほど顔や頭が痛んでいた。涙はどうにか堪《こら》えた。泣けば、父の暴力がさらに加速する。幸い、学校をふけていることまでは追及されなかった。今でも両親は息子たちが毎日きちんと登校していると思っているはずだ。

「謝らんでええんや」

父の部屋から子ども部屋に戻ってすぐ、堅次が言った。堅次のようにまっとうな主張ができれば、綺麗《きれい》な顔のままでいられるのかもしれない。しかし庸一には、何をどう主張していいかがわからない。考えれば考えるほど頭に霞がかかる。悪いと言われれば、自分が悪いように思えてくる。

「これでええねん。人の言うこと聞いてるんが、一番間違いないんや」

庸一は己《おのれ》に言い聞かせるように言った。

「お父さんも、好きでやってるわけちゃうから」

「好きでやってるんや。あんなもん、ただの憂《う》さ晴らしや。まともに取り合わんでええ」

堅次は兄の希望的観測を一蹴《いっしゅう》した。

庸一の腹が鳴った。はっきりと耳に届くほどの大きさで、その音を聞いて余計に腹が減った。今日は朝食とポップコーン以外、何も口にしていない。夕食がもらえるかどうかは父次第だ。兄弟は判定が下るまで、部屋でじっと待機する。門限を破ったときの決まりだ。

堅次も空腹のはずだが、やせ我慢なのか、顔に辛《つら》さは浮かんでいない。それどころかこの状況を楽しむように、薄ら笑いを浮かべていた。

「虹の骨、まだ持ってるか」

答える代わりに、庸一は勉強机の引き出しから石を取り出した。

「なんでそんなとこに入れてるんや」

「貴重なもんやから、引き出しに入れてる」

庸一は真面目に答えたつもりだったが、堅次はぷっと噴《ふ》き出した。くっくっくっ、と弟が笑っている間、庸一は虹の骨を片手に載せたまま呆然《ぼうぜん》としていた。やがて笑いやんだ堅次は「戻してええで」と言った。言われるがまま引き出しに戻す。

じき、誰かが子ども部屋に近づいてくる足音が聞こえた。古い一軒家の廊下は一歩進むたびにきしむ。足音が止むと同時に襖《ふすま》が開いた。神妙な顔の母が、盆を持って足を踏み入れる。額に前髪を垂らした顔はいつもより疲れて見えた。

「内緒やで。父さんはご飯出すなって言うたんやから」

盆には二つの皿が載っていて、各々に海苔《のり》を巻いた握り飯が三つずつ盛られていた。番茶の入った湯呑みまで添えられている。庸一は目を輝かせて「ありがとう」と盆を受け取った。だが堅次は黙ったまま、再び襖が閉まるまでじっと母を睨んでいた。

「助かった」

「懐柔《かいじゅう》されたらあかん」

すぐさま握り飯を頬張った庸一に、堅次が吐き捨てた。湯呑みの番茶は静かに湯気を立てている。庸一は口中を白飯で一杯にしながら尋ねた。

「カイジュウ、ってなんや」

「手懐《てなず》けられんなってこと。これやって、俺たちのために用意したんとちゃう。あの人は、自分の罪悪感を軽くするためだけにやってるんやから」

堅次はたまに、親のことを〈あの人〉と他人行儀に呼ぶ。まるで敵かのように。

庸一は瞬《またた》く間に握り飯をたいらげた。その間、堅次は一口も食べなかった。腹が減っていないのなら庸一が食べたかったが、兄としてさすがに言い出せなかった。

「なんで食わんのや」

「罠《わな》かもしれんからな。食べてる途中に踏みこんできて、何で食べてるんや、って叱るくらいのことはやるで」

庸一は珍妙な動物を見るような目で、弟を観察した。つくづく、同じ血を分けて同じ家で暮らしてきた兄弟とは思えない。能天気ですぐに他人を信用する兄と、思慮深く他人に心を許さない弟。兄弟喧嘩《げんか》をした記憶がないのは、あまりに違う性格だからかもしれない。

堅次は両手を広げ、畳の上で大の字に寝転んだ。庸一も同じように天井を見上げる。電灯の光が、残像として瞼の裏に刻まれた。

「生きるって、しょうもないなあ」

堅次が口にしたのは、ぬるい絶望だった。大事な人を喪《うしな》ったわけでも、生活が崩壊したわけでもない。中学三年生の少年が胸に抱《いだ》いているのは、具体的な根拠のない、無色透明の絶望だった。己の人生を完全に見通した弟は、これからの人生に意味を見出すことができなくなっていた。

「なあ、兄ちゃん」

「なんや」

「どうせ人の言うこと聞くなら、俺の言うこと聞いてや」

改めて、庸一はまじまじと弟の顔をのぞきこんだ。双眸《そうぼう》では企みの灯が爛々《らんらん》と光っている。考える暇を奪うかのように、堅次は畳みかけた。

「俺たちはダニーとウィリーになるんや。この、しょうもない現実から逃げるんや」

数時間前に観たばかりの『大脱走』が蘇《よみがえ》る。多くの捕虜が脱走に失敗するなか、見事に逃げおおせた〈トンネル王〉の二人。庸一はスクリーンに自分と堅次の姿を投影した。川のほとりに立つ二人はボートに乗りこみ、海を目指す。着ているのは軍服でも作業着でもなく、学校の制服だった。それは思いのほか、悪くない情景に思えた。

それでも、弟の主張はすんなり受け入れられるものではなかった。

「お前はそのうち逃げられるやろ。あと三年ちょっと我慢したら、高校卒業や。そうしたら大阪でも東京でも、好きなところに逃げたらええ」

「そういう意味とちゃう。俺は、俺じゃなくなりたいんや」

庸一はぽかんと口を開けて弟の顔を見返した。

「須賀堅次という名前を背負ってる限り、俺の人生はこの糞《くそ》みたいな田舎町と地続きなんや。あの小物らの下に生まれた子どもとして一生を終えるなんてごめんやで。やれ、受験や、就職や、結婚や、子育てや、そんなもんは俺の人生にはいらんねん。一切いらん」

堅次の目に宿る怪しい光は、闇と隣り合わせの危うさを伴っていた。

「うん、決めた。俺は須賀堅次の人生から降りる」

さらりとした口調のなかに、庸一は弟の本気さを感じた。たとえ行き先が地獄につながっていたとしても、この少年は本当に現実から脱出するつもりだ。

「何言うてるんや。そんなん無理やろ」

「無理かどうかは考えてみなわからん。考える価値はある。とにかく、兄ちゃんにはこの話に乗ってほしい。俺をこの世から逃がしてほしい。ほんで、いずれは二人で遠い場所へ脱出するんや。兄ちゃんと二人なら、俺は逃げられる」

庸一は、突然目の前に現れた選択肢に戸惑《とまど》いを隠せない。だが、堅次の提案は悪くないように思えた。

考えることは苦手だが、霧に覆われた自分の未来がそう明るいものでないことは自覚している。今の生活に強い不満があるわけではない。地方の一家庭としては平均的な暮らしぶりだった。それでも、立っている地盤がゆっくりと沈んでいくような感覚はあった。

庸一はきっと一人では生きていけない。頭も器量も人より劣《おと》っている自分が、輝かしい人生を歩んでいけるはずがない。親から滅多《めった》やたらと叱られ、殴られているこの自分が。他人の指示に従うしか能のない、愚か者が。十年後も二十年後も、同じように生きていくしかないのだ。ただ死んでいないだけの生きた人形として。

「やる気になったか」

いつの間にか、堅次は握り飯に手をつけていた。そこで庸一は初めて、数秒前まで自分が考え事をしていたことに気が付いた。無心で何かを考え続けるなど、実に久しぶりのことだった。

「ほんで、堅次はどうしたいんや」

尋ねたとき、庸一はまだ話に乗ると決めたわけではなかった。聞くだけ聞いてみよう、と思ったのだ。神童と呼ばれていた弟の考えることだ。まるっきり無謀というわけでもあるまい。

堅次は笑った。海苔のついた唇がゆがみ、夜雨に輝くヘッドライトのように目の奥がきらりと光った。その光は、庸一の心に棲《す》みついていた影をいっそう濃くした。

「今度じっくり話すわ」

番茶をすすり、堅次はその夜の会話を打ち切った。

後日、浜辺で堅次から聞かされた計画は庸一の想像をはるかに超えていた。曇天《どんてん》の下、砂浜には秋風が吹いていた。庸一の背筋を冷たいものが駆け上がる。

「無理や。そんなん、できひん」

「できひんとかちゃう。やらなあかん。やらな、一生あの人らの言いなりやで」

それにしても、堅次の話は絵空事《えそらごと》としか思えない。風が去った後も寒気が背筋に残っていた。

「小説の読みすぎなんちゃうか」

「そうかもしれん。でも、これは現実や」

冗談か本気か区別がつかない。波の音が遠くでさざめいている。ちゃぷちゃぷという水音が妙に落ち着かない。まるですぐ足元まで水が迫っているような心持ちにさせられた。

「でたらめや。現実にできるわけない」

「でたらめでも、信じとったら現実になる」

堅次の口調は確信に満ちていた。

「人間は誰でも虚構のなかに生きてるんや。みんな、誰かの嘘を信じて生きてる。大丈夫。山ほどある嘘のなかに、たった一つ嘘が混ざるだけや。それで俺たちが救われるなら、やるべきやと思わんか」

「そら、そうかもしれんけど」

「俺の言う通りにやったら大丈夫や。あとは任せといて」

その一言が決め手になった。

弟を信じていれば、間違いはない。堅次は庸一が今まで出会った人間のなかで、最も頭がいい。どうせ他人の言うことに従って生きるなら、一番頭のいい人間を信じる。それは庸一なりに、理に適《かな》った結論だった。

「……もう一回、ちゃんと教えてくれるか」

堅次は物覚えの悪い兄に、計画の細部を根気よく説明した。ビラの裏紙に文字を書き、絵を描いて解説した。同じことを何度も話してもらって、庸一は少しずつ行動や台詞《せりふ》の意味を理解する。堅次の講義は三日間続いた。

「でもこの計画やったら、俺の生活は何も変わらんのとちゃうか」

全容を把握した庸一は、素直な疑問を口にした。二人で一緒に逃げられないなら、結局は弟が逃げる手伝いをしているだけではないか。思ったことを口にしただけだが、堅次はことのほか不機嫌そうに答えた。

「しゃあないやんか。いっぺんに二人おらんくなったら流石《さすが》に不自然や。それに、俺は死ぬまで表舞台には出られへんのやで。それくらい承知してくれ。それとも、兄ちゃんも名前捨てる覚悟があるんか」

この世から逃がしてほしい、と言いだしたのは堅次だ。庸一にそこまでの願望はない。

「わかった、わかった。ちょっと気になっただけやって」

庸一は慌てて機嫌を取った。堅次にへそを曲げられれば、計画の途中で見捨てられてしまうかもしれない。この大脱走は弟が頼りなのだ。

最初は半信半疑だった庸一だが、計画を何度も反芻《はんすう》するうち本気になっていた。生家からせいぜい半径十キロ圏内しか知らない庸一にとって、町の外は幻想の世界だった。とりわけテレビやニュース映画で目にしてきた東京や大阪は、夢の街と言っていい。そこでは何もかもが手に入る。どんな夢想も現実になる。いずれ夢の街に行くためなら、多少の無理は押し通せる気がした。

決行は十二月一日、日曜日。

いつしか、庸一は指折り数えてその日を待つようになっていた。


その日、堅次は朝七時半に家を出た。数駅離れたところにある学習塾で、模擬試験を受けるためだ。

堅次は塾には通っていないが、受験の練習のために模試を受けるという体裁にした。堅次は両親に模擬試験を受けたいと伝えた。受験に落ちることはまずないけど、一度くらいは練習しておきたいから、と。両親は堅次の希望をあっさり了承した。

前日の雨は上がったが空は曇《くも》っていた。見慣れた灰色の天井。夜半まで降った雨のせいで、アスファルトの道路は黒々と濡れている。

庸一は玄関先で堅次を見送った。母も一緒だったが、父はまだ部屋で寝ていた。前夜一睡もしていない堅次は、充血した両目で母をまっすぐに見た。

「じゃあ、行ってきます」

「はいはい。気ぃつけて」

堅次は明らかに躊躇《ちゅうちょ》していた。それが、母との最後の会話になるかもしれないのだ。コートの前をきっちり留めた堅次は、開け放った扉を背に硬直していた。手には革製の学生鞄。家の外には冬の朝の冷気が立ちこめている。母は朝から浮き足立っているせいか、堅次のちょっとした異変に気が付く気配はない。

「頑張れよ」

ふいに、庸一が声をかけた。堅次ははっとした様子で兄のほうを振り向き、不敵に笑ってみせた。それは子ども部屋で、砂浜で、何度も目にした弟の本性だった。

「まあ、できんはずないんやけどな」

吹っ切れたように堅次はくるりと身を翻《ひるがえ》し、後ろ手に玄関の扉を閉めた。戸が木枠に当たって音を立てる。母は別れの余韻を感じることもなく、さっさと台所のほうへ消えた。庸一だけがその場に立ち尽くしていた。以後、弟が母と顔を合わせることは二度とないかもしれない。そう思うと、容易に足を動かせなかった。

いつもと変わり映えのしない休日が過ぎていく。庸一はぼんやりとテレビを眺めて過ごした。午後四時までやることはない。庸一の任務は両親に怪しまれないよう、できるだけ自然に休日を過ごすことだった。

　四時になる十分前から、庸一は居間の壁にもたれかかって週刊誌を読んでいた。内容は何でもいい。玄関の近くにさえいれば。母は居間の座椅子でテレビの白黒の画面を見ている。父は自室にこもっていた。

「ごめんください」

　四時ちょうど、顔見知りの隣人が自宅に来た。

「うちの電話に、堅次くんから連絡きたけど」

「俺、行くわ」

　庸一はすかさず立ち上がり、隣家にあがらせてもらった。電話のない須賀家では、用があれば隣人に借りるのが常だった。

「もしもし」

「堅次やけど。兄ちゃん？」

「うん」

「さっき模試終わったんやけど」

「うん」

　黒電話の受話器は音が大きく、周囲にまで漏れる。住人が聞いていることを想定して、ごまかさずにきちんと会話をする。台詞は堅次が書いた台本通りで、庸一の台詞はほとんどが「うん」だ。

「俺、受験舐《な》めとった。全然できへんかった。もうあかんわ。全部嫌になった。兄ちゃん、悪いけど今からあの浜に来てくれへんか」

「うん」

それを合図に通話は切れた。礼を言って自宅に戻り、居間の母に声をかける。ここが一つ目の勝負所だ。

「ちょっと外出るわ。堅次に呼び出された」

母は怪訝《けげん》そうな顔をしていたが、構わず居間を離れ、ジャンパーを羽織《はお》り、玄関で運動靴を履《は》く。服はあらかじめ外に出てもいいよう着替えていた。ちょうど廊下に出てきた父と目が合ったが、視線を逸《そ》らした。向こうからも声をかけられなかった。

駐車場の隅に置いた自転車にまたがり、一目散に家から離れる。外へ出てしまえばこちらのものだ。師走の寒風が両手に吹きつけたが、庸一は手袋もせず全力でペダルを漕《こ》いだ。

まず、向かったのは高校だった。〈町はずれの遊園地〉は、日曜でも通用門に施錠をしていない。休日出勤の教師や、部活でグラウンドを使う運動部員のためだ。庸一は塀のそばに自転車を停め、何食わぬ顔で校内へ入った。

雨のせいで泥沼と化したグラウンドを横目に、校舎へ足を踏み入れる。職員室のある校舎は鍵がかかっていない。人気《ひとけ》のない階段を上り、二階の廊下に並ぶロッカーへ近づいた。この高校では教科書や体操服は各自のロッカーへ入れることになっている。

誰かに見つかれば忘れ物を取りに来たと言い訳するつもりだが、今のところ他に人はいない。庸一は左右に気を配りつつ、自分のロッカーの荷物を取り出した。

そこには色あせた青のナップサックと、布製の手提《てさ》げが二つ入っている。

ナップサックには雑貨屋で買った衣類や下着、タオル、石鹼《せっけん》、缶詰などが詰めこまれている。家のものを持ち出すわけにはいかなかったため、すべて庸一と堅次の小遣いを貯めて密かに買った。新品のナップサックは高かったため、納戸《なんど》の奥にあった従兄《いとこ》からの貰い物を引っ張りだしてきた。手提げは庸一と堅次が小学生のころに使っていたものだ。

手ぶらだった庸一は、背中と両手に荷物を持って校舎を出た。停めていた自転車の前かごに手提げを押しこみ、誰にも見られていないことを確認しながら、再び勢いよくペダルを漕ぎだした。

心臓がどくどくと音を立て、全身に血を送り出している。吹く風は寒いが、庸一の身体は指先まで熱い。何百回と見ているはずの並木道が、なぜか新鮮に感じられる。吐く息が白い霧となって後ろへ流れていく。高揚感の塊《かたまり》となって、庸一はペダルを漕ぎ続けた。

駅前の駐輪場で自転車を降り、海へ向かう電車に乗った。客はまばらだ。庸一は座席に腰をおろし、両側に手提げを置いた。ジャンパーの内側は汗びっしょりだ。海へと近づくにつれ、車内からは徐々に人が減っていく。

庸一は車窓を見ていた。学校をふけて砂浜へ行くたびに、堅次とこの景色を見た。堅次は文庫本を読んでいることが多かったが、手持ち無沙汰《ぶさた》な庸一はいつも窓からの風景を眺めていた。雑木林を抜け、岩場を過ぎると、目の前に海が現れる。深い藍《あい》色に染まる冬の海は、薄闇のなかで白い飛沫《しぶき》を上げていた。〈トンネル王〉の二人がボートでたどりついた海も、こんな情景だっただろうか。

駅を出ると、ちょうど日が沈むところだった。地平線が紫から黒へ移ろう頃、砂浜に到着した庸一は人影を発見した。少し遅れて気付いた相手は、近づいてくる庸一に手を振った。

「兄ちゃん、遅かったな。寒いからどっか入ろうかと思ったわ」

堅次は首をすくめている。遮《さえぎ》るものがないため確かに寒い。加えて、光源のない夜の浜辺は真っ暗だった。庸一は手提げから懐中電灯を取り出し、足元を照らした。暗くなるから照明がいる、と言ったのは堅次だった。光のなかに二人の足跡が浮かぶ。

「ほんまにやったんか」

「うん。やった。無事に追い出されたわ」

兄の問いに、堅次は愉快そうに答える。庸一は弟にナップサックを渡し、手提げを持ってやった。

「よし。行こか」

兄弟は連れ立って、岬の方角へ歩きだした。浜辺から一般道に上がり、しばらく海沿いを行く。舗装のない道はぬかるみ、時おり足を取られそうになった。じきに左右を雑木林に挟まれ、角度のついた上り坂になり、道幅は狭くなっていく。歩くほどに夜の闇が深まり、懐中電灯が放つ光の外側が本物の黒に染まる。

　黙って坂を上った。寂しい気配が足音もなく、ひたひたと近づいてくる。それに追われるように、歩調は速まっていく。岸壁にぶつかる波の音が大きくなる。同じ海だが、砂浜で聞いていた穏やかな潮騒とは違う。人ひとりの命など簡単に呑みこんでしまうであろう、激しい水流。兄弟を追い返そうとするかのように、木々は冬風にざわめいている。庸一は汗をかいた皮膚から熱が奪われるのを感じた。

　坂を上りきったところにはちょっとした広場がある。展望台と言えば聞こえはいいが、椅子代わりの切り株や、横倒しにされた丸太が点在する空き地に過ぎない。数メートル先は崖《がけ》だが、柵はおろか注意を促《うなが》す看板すらなかった。

　下見は事前に済ませている。庸一と堅次は日中何度もここに足を運んだが、ついに誰とも出会うことはなかった。この場所は近隣住民からほぼ忘れ去られている。ここで何があったとしても、目撃者はまずいない。

　堅次が用意した筋書きはこうだった。

　これまで好成績から神童ともてはやされてきた堅次だったが、実は試験では毎回不正行為をしており、実際はそれほど勉強ができず、高校入試も不正で乗り切るつもりだった。模擬試験はその練習として受けたのだが、模試の最中に試験監督に不正行為が発覚してしまう。堅次は会場から追い出され、不正はその場に居合わせた受験生たちにも知れ渡ることになる。

　将来に絶望した堅次は、浜辺に兄を呼んでこれからどうすべきか相談する。庸一は家族や学校にすべてを打ち明けることを勧《すす》めるが、堅次は自分の神童像が崩壊することに耐えられず、庸一の目を盗んで逃げだす。庸一は慌てて弟を捜し、日没後に崖の上で堅次の靴と鞄を発見する。堅次が海へと身投げしたことを悟った庸一は、慌てて警察に連絡する――

学生鞄のなかには、ノートの切れ端に走り書きした遺書が入っている。父さん母さん申し訳ございません、という文章と堅次の署名を記した。あまり書きすぎると不自然になると判断し、短文に留めた。

ここまでは計画通りに進んでいる。堅次は模試でわざと試験監督の目に付くよう不正をして、会場からつまみ出されることに成功した。庸一は堅次からの電話を受けて家を出発し、高校で荷物を回収した。その荷物は今、まとめて切り株の上に置かれている。

「あと少しや」

崖のほうへ近づいた堅次はコートを脱いで丸め、海に放り投げた。コートは風に乗って夜の海上に舞い落ちる。庸一は後ろからそれを照らしていた。あとは靴と鞄を置いていくだけだ。替えの運動靴は手提げのなかに入っている。

しかし堅次はすぐに動き出そうとしなかった。「どうした」と庸一が声をかける。

「崖のすぐ近くまで足跡がないと、おかしいやろ」

堅次がぽつりと言った。

「どういうことや」

「だから。飛び降りたなら、崖のぎりぎりまで足跡が残ってなかったら不自然やろう」

この広場は未舗装で、昨夜の雨で地面がぬかるんでいるため足跡がくっきりと残る。堅次が崖から飛び降りたとしたら、崖の際《きわ》まで足跡が残っていないと矛盾する。

「行ってくる。それ貸して」

堅次は懐中電灯を受け取ると、気負いのない調子で歩きだした。まるで近所を散歩するかのような気安い足取りで、一歩ずつ崖へ接近する。庸一は暗闇のなかでそれを見守ることしかできなかった。

ものの数秒で、堅次は端までたどりついた。学生鞄を地面に置き、光を足元に向けて眼下の海をじっと見つめている。まるで死に魅入《みい》られたようで、本当に飛び降りてしまうような気がした。この崖の高さは、別の場所から確認している。落ちればまず助からないだろうということは、庸一にも理解できた。

「堅次」

庸一は弟の後ろ姿に叫んでいた。堅次の輪郭《りんかく》がゆっくりと振り返る。その表情は闇のせいで見えなかったが、なぜか泣いているような気がした。

気が付けば、庸一は走り出していた。泥を跳ね飛ばして駆け寄り、懐中電灯を手に呆然としている弟を抱きしめた。そうしなければ、弟が失われてしまいそうだった。堅次は未練がましく崖下を見やり、それから庸一を見た。

「ほんまに死んでもええかな、ってちょっとだけ思ったわ」

「アホか。ほんまに死んだら意味ないやろ」

「それはそうやな」

堅次は鼻で笑った。それから履いてきた靴を脱ぎ、揃えて置いた。

「兄ちゃん、おんぶしてくれるか」

「なんでや」

「崖から離れる足跡が残ったらおかしいやろ」

庸一は考えるより先に従うことにした。飛び乗った堅次を背に負い、一歩ずつ崖から離れていく。

「これから先、俺は死んだことになるんやな」

背中で堅次がつぶやいた。庸一は両手で尻を支えたまま、黙って聞いた。

「今から俺は幽霊みたいなもんや。兄ちゃん以外、誰も俺のことを知らん。誰にも縛られへん。俺は須賀堅次の人生から、ありきたりな一生から降りた。俺は自由なんや」

堅次のとめどないつぶやきは、後ろめたさを振り切ろうとしているように思えた。堅次は崖の端に立ったあのとき、両親が悲しむ姿を想像してしまったのではないか。自分が死んだと思いこみ、悲嘆に暮れる両親。もしかしたら堅次は本当に死ぬことで、親を騙す後ろめたさから逃れようとしたのかもしれない。

丸太の上に下りた堅次は運動靴をすばやく履く。足跡が紛れるよう、あえて庸一と同じ靴を選んだ。ナップサックを背負い、両手に手提げを持った。これから電車でターミナル駅まで行き、そこで長距離バスに乗って都市部を目指す。所持金は、これまでにもらった二人分のお年玉だ。

「先に行ってええかな」

駅には時間差で行くことにしている。庸一は堅次に先を譲った。

「また、一年後に連絡するわ」

来年の十二月、堅次から庸一のもとに手紙が届くことになっている。再来年の春、そこに記された方法で合流するよう取り決めていた。それからは、いよいよ兄弟の新しい人生がはじまる。

「年が明けても連絡がなかったら、くたばったと思ってや。そのときは兄ちゃんの好きなように生きたらええわ」

縁起でもない台詞を口にして、堅次は駅へと続く坂を下りはじめた。庸一は何か言おうとしたが、適切な言葉が見つからず、黙って見送るしかなかった。こういうとき、己の頭の鈍さが嫌になる。

「ちょっと待て」

十歩ほど進んだところで弟の影が立ち止まり、振り返った。闇のなかで表情は見えない。

「小説書いたらどうや」

とっさに庸一の口から言葉が飛び出した。

「人に嘘信じこませるのが上手なんやから、作家になったらどうや。なあ。ようさん本読んでるんやし、きっと上手くいくわ」

思いの丈《たけ》を吐き出すと、胸が少し軽くなった。返事はない。ただ、人影がゆっくりと右手を上げた。堅次がどこまで本気にしたかはわからない。庸一にしても、ずっとそう考えていたわけではない。ただ、瞬間的に思っただけだ。

弟の影は小さくなり、やがて曲がり角の向こう側へ消えた。ここからは庸一の勝負だ。たとえ嘘がばれても、堅次だけは無事に逃げさせてやらなければならない。失敗すれば、きっと死ぬまで後悔することになる。

寒い展望台で待っている間、庸一は必死で自分に言い聞かせた。

堅次は死んだ。堅次は死んだ。堅次は死んだ。

脳味噌《のうみそ》に刻みつけるように、堅次は死んだ、と何度もつぶやく。弟は不正行為が明るみに出たせいで、人生に絶望して飛び降りた。暗闇のなかで堅次の表情は真っ黒に塗りつぶされている。

堅次は死んだ。堅次は死んだ。堅次は死んだ。

目を閉じて、小さい声でつぶやく。冷えこむ空気のなか、額に脂汗がにじんだ。もはや祈りに近かった。いつからか、声に出す言葉は懇願《こんがん》に変わっていた。

死んでくれ堅次。死んでくれ堅次。死んでくれ堅次。

寂しく鳴いている夜風に、少年の悲鳴が混じっていた。あるはずのない記憶まで、ぼんやりと視界に浮かび上がってくる。

電話で呼び出された庸一は、砂浜で弟の告白を聞く。庸一は正直に話すよう説得するが、堅次は頑として言うことを聞かない。飲み物を買いに売店へ行った隙《すき》に、堅次の姿は消えている。足跡を頼りに行方を追いかけ、崖上へと続く坂を駆け上る。展望台に残されていたのは、堅次の学生鞄と揃えられた靴だけ。

三十分ほど待ったところで、庸一は学生鞄を手に展望台を離れた。坂を下る足取りは次第に速まり、いつしか駆け足になった。泥に足を取られて体勢を崩したが、転ばずに持ちこたえた。

暗い海岸に出ると、民家の明かりが近づいてくる。庸一はまだ照明がついていることを確認し、中華料理屋のバラックを目指した。堅次と一緒に何度もラーメンを食べた店だ。店内に駆けこむと、中国人らしき店主と目が合った。静かに飲んでいた客たちが不審そうに振り向く。

「警察、呼んでください。お願いします」

「あんた、どうしたの」

無口な店主の代わりに答えたのは、その妻らしき女性だった。

「弟が死んだんです」

そう言うと、女性はぎょっとした顔でカウンターから飛び出した。庸一は他の誰にも聞こえないほどの小声でつぶやいている。

堅次は死んだ。堅次は死んだ。堅次は死んだ。

一時間後、両親は警察署へ飛んできた。二人ともよそいきの洋服を着ていたが、慌てて家を出たせいかシャツやブラウスにはアイロンがかかっていない。

庸一は玄関ロビーのパイプ椅子に腰かけていた。両親の姿を目にしても、軽く手を上げるのが精一杯だった。演技ではなく実際、憔悴《しょうすい》している。中華料理屋に飛びこんでからというもの、あまりに慌ただしかった。

あの後、店主の妻に警察署までの道のりを先導してもらった。庸一は警察署で事のあらましを話した。なぜか同じ話を二度もさせられ、そのせいで話し疲れてしまった。

結局、庸一は両親と警察官が居合わせる会議室で三度目の話をした。三度目ともなれば、話も要点を押さえている。テーブルには学生鞄から発見された堅次の遺書が置かれていた。

遺書の効果は絶大だった。事故の可能性が排除されたことで、両親が堅次の死を本気で覚悟したのが庸一にもわかった。

堅次が試験で不正を働いていたというくだりから、母は派手に泣きだした。父は腕を組んだまま瞑目《めいもく》した。中年の警察官は手帳に何事かを書きつけていた。

「今すぐ堅次を捜してもらえませんか」

話の途中で、母は警察官に向かってすがるように言った。

「この時間ですから。明日の朝にならんと、捜すほうも危ないんで」

言下に断った警察官に、母は髪を振り乱して懇願《こんがん》する。

「岩場かどこかに落ちてるかもしれへん。まだ生きてたら、助かるかも。見捨てんといてください。お願いします」

「なんぼ出してもだめですか」

父までもが腰を低くして頼みこむ。金はそう持っていないはずだが、いくらまで出すつもりなのだろう。庸一には妙なことが気になった。

「金の問題とちゃいますから」

あっさりと断られた。母はうなだれ、父は沈黙した。重苦しい静寂が会議室を満たす。警察官が気まずさを打ち消すように口を開きかけたが、それより一瞬早く父が動いた。折りたたみ椅子を蹴倒《けたお》し、唐突に庸一の頰を張った。

「お前のせいで死んだんやっ。兄貴のくせして、お前が堅次を殺したんや。そうやろが」

ここにいる誰もが、堅次の死を確信していた。

父の一言は、庸一のなかの現実と虚構を攪拌《かくはん》した。風に吹かれた砂の塔のように、脳裏から堅次の顔が消え去った。青いナップサックを背負った堅次の姿が色あせていく。あの光景は、願望が作り出した幻想だったのだろうか。堅次は本当に、あの崖から飛び降りてしまったのではないか。

父は再び腕を振りあげたが、警察官が間に入ったため殴られずに済んだ。二人はしばらく「どいてくれ」「落ち着いて」と押し問答を続けていた。母は顔を覆って泣いている。

何が真実で何が作り話なのかわからない。本当は、弟が死んだことを認めたくないだけなのではないか。砂浜で会ったのは、展望台で別れたのは、本当に堅次だったか。いつかの声がよみがえる。

——人間は誰でも虚構のなかに生きてるんや。

「け、け、堅次は」

庸一は床に両手をついた。

「堅次は僕のせいで死んだんです。僕が悪いんです。許してください」

泥で汚れた床に額を擦《こす》りつけた。両目からぼろぼろと涙が零《こぼ》れ落ちる。肩や背中が、がくがくと震える。見せかけではなく本心からの謝罪だった。駅の方角へ去っていく堅次と、崖から海へ飛び降りる堅次が二重写しになる。

「こんなことになるんやったら」

嗚咽《おえつ》混じりの母の声が、頭上に降ってきた。

「あんたが死んだらよかった」

庸一は土下座した姿勢のまま、標本の虫のように動けなくなった。母の言葉に心臓を突き刺され、身動きが取れない。庸一は、心の奥底に両親への期待が残っていたことに気付いた。確かに自分は図体が大きいだけの愚鈍な男だ。それでも親からの愛情が、多少は注がれているはずだと信じていた。しかしそれが過剰な期待だということが、母の言葉ではっきりした。庸一の証言で堅次の神童像は崩れ去ったにもかかわらず、愛情は今でも堅次に偏《かたよ》っている。

父と母にとって、庸一の命は堅次の命より軽い。死んだのが庸一なら、きっと両親はこう思ったはずだ。堅次が死ななくてよかった、と。

見かねた警察官に「もうええから」と言われるまで、庸一は顔を擦りつけたまま、両親の泣き声や怒声を一身に受けた。嵐のような時間が過ぎ去り、凪《なぎ》が訪れたころには庸一の額は赤くなっていた。

「とにかく、夜のうちは身動きが取れへんから。明朝、現場を捜索します。今日のところは家に帰るか、その辺の民宿に泊まってください」

終わりの見えない話し合いを、警察官は強引に打ち切った。促され、会議室を後にする。警察署のロビーには、淀《よど》んだ空気をまとった三人が残された。夜のロビーはほとんど無人で、たまに職員が通るくらいだった。

父も母も木偶《でく》のように表情のない顔をして、掠《かす》れた声でぼそぼそと何かを話していた。

「……お前の教育が悪かったんやろが」

「……そちらが高校受験のこと言いすぎるから」

庸一はそんな会話を耳にした。堅次が自殺に踏み切った原因をなすりつけ合っている。胸苦しさを感じたが、勝手に立ち去るわけにもいかず、庸一は耳を塞《ふさ》いだ。自宅にも帰ろうとせず、警察署に居座ってこんな会話をしていること自体、二人が現実を受け入れられていない証拠だった。

突然、それまで声を潜《ひそ》めていた父が立ちあがって怒鳴った。

「なんで俺のせいなんじゃ。子どもの教育するんは母親の責任やろが。庸一が勉強できへんのも、堅次が姑息《こそく》な嘘ついてたんも、全部お前が悪いんやろが。俺の責任やない。お前がまともな教育しとったら、こんなことになってなかったんや」

通りかかった男性職員が眉をひそめたが、父は気付かない。

この人は、すべての不都合を他人のせいにしないと気が済まないのだ。少しでも責任を負えば潰《つぶ》れてしまうほど、自分が弱い人間だということを知っている。だからこそ、庸一や母に責任を求める。

母は愕然《がくぜん》としていたが、すぐに冷めた目で父を見上げた。氷のように冷たい視線を目にした庸一は、夫婦の関係が、二度と修復できないほど完璧に破綻《はたん》したことを悟った。父は罵声《ばせい》を浴びせ続け、母はひと言も反論しなかった。だが庸一には、母の視線のほうがよほど恐ろしく感じられた。

この家族は終わった。

庸一はぬるい絶望のなかで、果たして今夜会った堅次が現実だったか虚構だったか、そればかりをぐるぐると考えていた。

崖の上の展望台で堅次の靴が発見され、さらに近くの浜辺で堅次のコートが見つかった。庸一の証言にも矛盾点は見出されず、警察は堅次が自殺を図って崖から飛び降りたものと結論付けた。

遺体が見つからなかったため葬式はあげなかったが、両親は堅次がこの世にいないものと諦めていた。そうしないと精神を保てなかったのだ。生きているかもしれないという細い糸にすがり続けるには、エネルギーがいる。父と母は一刻も早く平穏を取り戻すため、諦めることを選んだ。

中学校に事の次第を報告したことで、堅次が頻繁《ひんぱん》に学校をふけていたことが発覚した。試験中の不正行為に続いて、優秀だと信じていた次男から裏切られていたことがわかり、父も母も言葉を失った。その夜も家中に父の怒声が響いたが、庸一は耳を塞《ふさ》いでやり過ごした。

家庭での会話は、ほぼ絶えた。三人が食卓で顔を合わせても、無言のうちに食事は終わる。誰もが自分の殻《から》に閉じこもることで、堅次の不在から目を背《そむ》けようとしていた。

庸一はずっと同じことを考えていた。あの夜に見た堅次は、現実だったのか。

崖で発見された堅次の足跡は、崖の際まで続く片道にしかなかった。一方、付近には庸一の足跡も残されていたが、そちらは展望台と崖を往復している。堅次の足跡が片道にしかないのは庸一が背負って戻ったからだが、果たしてそれは事実だったか。正直なところ、庸一には確信が持てなかった。

日が経つほど記憶は曖昧《あいまい》になっていく。弟と交わした言葉の断片が、水に滲《にじ》む墨《すみ》のように薄れていく。自殺に見せかけて姿をくらませたというのは、庸一の希望が生んだ勝手な妄想ではないか。

どこまでが虚構で、どこまでが現実か。

不安になるたびに、庸一は手のなかで〈虹の骨〉をもてあそんだ。虹の骨は、堅次との数少ない思い出の品だった。弟に教えてもらうまで、庸一は虹に骨があることなど想像もしなかった。それどころか植物の骨すら知らなかったのだ。恥をかく前に教えてもらったのは幸いだった。

「虹に骨があるん、知ってるか」

庸一は高校の同級生に話したことがあった。同級生は「何やそれ」と鼻で笑った。庸一は説明してやろうとしたが、相手は耳を傾けることなく立ち去ってしまった。

冬が過ぎ、夏が過ぎた。十月に東京で日本初の五輪が開催され、テレビでもさまざまな競技が中継放送されたが、庸一は視聴しなかった。居間のテレビはほとんど見なくなった。

高等学校の三年生になった庸一は、卒業後の進路を決める必要に迫られていた。堅次がいなくなってからは再び真面目に通学していたが、肝心の成績は振るわなかった。それでも学年で中ほどの順位を維持していたのは、通っていたのが〈町はずれの遊園地〉だったからに過ぎない。

大学へ進むつもりは端《はな》からなかったし、受験したところで合格する大学があるとは思えなかったため、自然と就職することを選んだ。両親は庸一の就職先にまったく興味を示さなかった。地元だろうが都市部だろうが、働き口が見つかればそれでいいという体《てい》だった。

秋には同級生の大半が就職先を決めていたが、庸一は冬になってもまだ決めかねていた。記憶が確かなら、十二月中に堅次から連絡があるはずだ。それを待ってからでも遅くはないと考えていた。

堅次がいなくなってちょうど一年が経った十二月一日。

庸一宛てに一通の封書が届いた。差出人はウィリアム・ディックス。『大脱走』で登場した〈トンネル王〉の片割れ、ウィリーの名前だ。見知らぬ外国人の名前にも、母は興味を示さず「手紙来てたで」と言い添えただけだった。父も母も考えることを停止し、誰かに操《あやつ》られている人形のように毎日を過ごしていた。

差出人の名を見た庸一は息を呑んだ。あらかじめ、堅次からの手紙はこの名前で出すと取り決めていたのだ。部屋にこもり、カーテンを閉め、つっかい棒で襖が開かないようにしてから封を切る。小刻みに震える指先で便箋《びんせん》をつまみ出した。

〈ダニーへ　東京都荒川区《あらかわ》西日暮里《にしにっぽり》サワベ荘二〇一号へ来られたし〉

見覚えのある筆跡は遺書と同じで、紛《まぎ》れもなく弟のものだ。

庸一が最初に感じたのは深い安堵《あんど》だった。堅次は生きている。一年前、展望台で堅次と交わした会話は妄想ではなかった。どちらが現実か、これではっきりした。

「東京か」

庸一の口はひとりでにつぶやいていた。堅次が向かったのは、この町から最も近い大都市である大阪だろうと考えていた。土地勘があるとは言えないが、言葉は似ているし、梅田《うめだ》や難波《なんば》の地名くらいは聞いたことがある。しかし実際に堅次が選んだのは、さらに馴染《なじ》みのない首都だった。

「就職先、あるかな」

畳に寝転んで、庸一はひとりごちた。地方の高校、それも〈町はずれの遊園地〉に来る求人情報は、たいてい県内の企業だ。とはいえ東京の会社もないことはないだろう。庸一は楽観的な気分になり、物であふれかえる引き出しに手紙をしまった。

堅次は生きている。それがわかっただけで、庸一の気持ちは驚くほど軽くなった。すでに庸一の人生は堅次に預けたも同然だ。かつて決意した。どうせ他人に従うしか能がないなら、弟の言うことを聞いて生きていこうと。屈辱は微塵《みじん》もない。むしろ、二人分の人生を背負ってくれることに感謝していた。

今となっては、父も母も親戚も、中学校時代の教師や生徒たちも、堅次の神童ぶりは虚像だったと思っている。しかし庸一だけは知っている。須賀堅次は本物だ。あいつに人生を任せれば間違いない。

それから一か月かけて、庸一は都内の求人を探した。できるだけ頭を使わずに済みそうな仕事を探し、荒川区の隣、墨田《すみだ》区の機械製造会社で作業員の職を見つけた。建築現場の仕事と迷ったが、作業場所が変わらないことと、堅次の家に近いことから工場を選んだ。履歴書を送ると、年明けに面接試験に呼ばれた。会場は墨田区の工場兼社屋。最寄り駅は東武伊勢崎《とうぶいせさき》線の鐘ケ淵《かねがふち》。まったく耳慣れない地名だった。

母に相談すると、鈍行で行くなら一泊分は旅費を工面《くめん》してもいいという答えが返ってきた。前日の朝に家を出発し、ほぼ一日をかけて東京に到着した。余裕があれば西日暮里に立ち寄りたかったが、くたびれきった庸一にその余裕はなかった。北千住《きたせんじゅ》で見つけた安宿に泊まり、気を失ったように眠った。

翌朝の面接試験では、おざなりな質問しかされなかった。受験者はもう一人いた。痩《や》せて眼鏡をかけた男で、いかにも身体が弱そうに見える。入れ替わりに試験を受けた彼がどんな受け答えをしたかは知らない。工場を出た庸一はすぐに鈍行で自宅へ帰った。

一週間後、内定の通知が送られてきた。あっさりしたものだった。その夜、家族三人が揃った夕食の席で父が言った。

「東京に行くんか」

半白《はんぱく》の頭をかしげて、父は言う。この一年でずいぶん白髪《しらが》が増えた。恐ろしかったはずの父は、別人のように威厳《いげん》を失っている。堅次が消えた夜以来、殴られた記憶はない。気力をなくしたのは母も同様だった。二人とも年齢よりはるかに老《ふ》けこんでいる。

「なんで地元に残らんのや」

責めている調子ではない。むしろ寂しさのにじむ声色《こわいろ》だった。母は呼吸を止めたような顔で見守っている。庸一はため息を吐《つ》いた。

「ここでさえなければ、どこでもええねん」

弟でも、きっとそう返しただろう。無気力で無関心な両親と田舎に閉じこめられるくらいなら、どこであれ外へ飛び出したほうがましだ。

「二度とその話はせんといてくれ」

多くは語らなかった。庸一は自分が利口ではないことを知っている。下手に言い訳をすればぼろが出るだろうことも。父はもう追及せず、卓上の小鉢に視線を移した。母もふうと息を吐いて食事を再開した。

結局、庸一が聞きたかった言葉——「内定おめでとう」——が、両親の口から発せられることは最後までなかった。

この人たちは、今までどんな気持ちで自分を育ててきたのだろう。庸一にはそれが心底不思議でならなかった。

三月なかごろ、庸一は国鉄日暮里駅に降り立った。

当初は会社の寮を当てにしていたが、入居者が一杯で入れないと断られた。仕方なく自分で下宿を探すことにしたが、土地勘のない庸一にはどの物件を借りればいいのか見当もつかない。こういうときに頼るべきは弟だ。

目当てのサワベ荘は日暮里駅からバスで十五分圏内にあるが、徒歩でたどりついたのは駅を出てから一時間後だった。初めての場所は地図を見ていても迷うのが、庸一の常である。早春だというのに額にはびっしりと汗をかいていた。

ようやく見つけたサワベ荘は、木造二階建てのアパートだった。錆《さ》びた外階段を上って、薄い木製ドアの前に立つ。二〇一号は二階の西側角部屋だった。表札は出ていない。くすんだ緑色のブザーを押すと、ドア越しに不快な電子音が鳴った。

一分と待たず、ドアが開く。顔をのぞかせたのは、一年と数か月ぶりに再会する弟だった。ベージュのオープンカラーを着た堅次は、兄の顔を見るなり口角をにっと持ち上げて笑った。

「髪、伸びてるやんか」

庸一は思わず頭に手をやった。卒業式を終えてから頭を刈っていないが、伸びてると言われても長めの芝生《しばふ》くらいだ。堅次のほうがはるかに長い。側頭部の髪が耳にかかっている。素行不良の高校生を絵に描いたような風貌《ふうぼう》だった。

「そろそろ来るころやと思ってたわ。まあ入り」

あっさりとした再会だった。いかにも堅次らしい。

促されるまま、庸一は玄関に足を踏み入れた。狭い三和土《たたき》に革靴や雪駄《せった》が散乱している。あの夜、履いていった運動靴もあった。室内は六畳の二間続き。窓が二つあるが、ベランダはない。外廊下に面して小さい流し台が設《しつら》えられていた。畳敷きだがその周辺だけは板敷きだ。奥の間には煎餅《せんべい》のように薄くなった布団が敷いてある。

「一人でこの部屋に住んでるんか」

「そうや。外から見た感じより広いやろ。駅から離れてて、人気ないから安かってん。保証人がいらんかったのもよかったわ。敷金は取られたけどな」

久しぶりに会う堅次は、ずいぶんたくましくなったように見える。東京での生活が弟を成長させたのかもしれない。声が低くなっているのは声変わりのせいだろうか。庸一は淀みなく語る弟をまじまじと見た。

「お前、今までどうやって生活してたんや」

「まあ、おいおい話すわ」

堅次は布団の上にあぐらをかき、庸一は奥の間の畳に腰をおろした。開け放した窓から風が入りこんでくる。砂浜に吹いていた潮風とは違う。堅次とともに、見知らぬ東京の風を浴びているのが不思議だった。

「とにかく、これで脱走は成功したわけや」

堅次が満足げに言う。それから庸一の東京での生活について、少し話した。

「兄ちゃん、どこに住むんや」

「まだ決まってへん」

「もう三月やろ。まだ引っ越ししてへんのか」

呆れる弟に、庸一は「そうなんや」と頭を掻《か》いた。

「ならとりあえず、この部屋におったらどうや」

口では「ええんか」と問い返していたが、庸一は内心でその言葉を待っていた。二間続きのこの部屋なら、どうにか男二人が寝泊まりできる広さだ。

「兄ちゃんがおらんかったら脱走できてなかったわけやし。職場までどれくらい遠いんか知らんけど、とりあえずここにいたらええんちゃう。一人用のアパートやけど、何人住んでてもわからんやろ」

薄く笑っている堅次も、さして嫌そうではない。

「そんならすぐに荷物送らせてもらうわ」

住居探しという難事が片付いたことで、庸一は肩の荷が下りた気分だった。畳に手をついてぐるりと室内を見回す。ここが東京での自分の家になるのだ。そう思うと、急に色々なことが目につきはじめる。とりわけ気になったのは、存在感を放つ本棚だった。文庫本が棚一杯に詰めこまれている。重みで床が抜けてしまいそうだ。

「相変わらず本、読んでるんやな」

「本読むくらいしかやることないからな」

堅次は窓の下にある座卓に視線を移した。座卓には本が積まれていて、その間に原稿用紙の束が見える。庸一は思わず顔をしかめた。文章を書くのは苦手だ。千字の読書感想文すら、まともに書ききったことがなかった。表情の変化に気付いた堅次が、原稿用紙の束を手にとって寄越《よこ》した。

「小説や」

用紙の升目《ますめ》は、手書きの文字でびっしりと埋め尽《う》くされていた。走り書きのせいで読みにくいが、あの遺書や手紙と同じ筆跡だ。庸一がさらに怪訝《けげん》そうな顔を向けると、堅次は胸を張って言った。

「俺はこれから、作家になる。兄ちゃんが言った通り」

弟が他人の意見を受け入れた、初めての出来事だった。

第二章　最北端

軍手をはめた庸一の指先がギヤに触れる。

素早く軸《じく》に通した大小のギヤを固定すれば、いびつな団子のような駆動軸《くどう》ができあがる。二つの駆動軸で動力部を組み立て、筐体《きょうたい》のなかに納める。主軸はスリーブに通し、さらに軸受《じくうけ》に通す。

工場内は騒音で満たされている。金属が削れる甲高《かんだか》い音、動力が駆動する機械音が響く。耳を覆《おお》いたくなるような騒音にもずいぶん慣れた。かつてはあまりのうるささに耳がおかしくなり、仕事の後は普通の会話でも聞き取れなかったが、今では作業音と話し声を同時に聞き分けられる。

人間はどんな環境にも慣れる。それが、この一年で学んだことだった。

墨田区の鐘ケ淵にある中矢《なかや》製作所は、従業員五十名強の機械製造業者である。主に金属を加工するための工作機械、なかでも旋盤《せんばん》を取り扱っていた。旋盤は主軸台、往復台、刃物台、チャック、ベッドなどの部品が組み合わされ、作られる。

庸一の主な仕事は主軸台の組み立てだった。上流で切削《せっさく》、研磨《けんま》した軸やギヤ、軸受、スリーブを組み立てて一つの部品にまとめる。仕事内容を説明された当初、庸一は工業高校も出ていない自分にこんな複雑な作業が務まるか不安だった。しかし一日八時間の作業を一週間続ければ、自然と身体が手順を覚えてきた。雇う側もそこまで見越して、地方の一高校に求人を出していた。

働きはじめてすぐ、庸一は面接試験がおざなりだった理由を悟った。会社が求めているのは文句を言わず単純作業に従事する駒であり、身体さえ動かすことができれば知性や人間性はどうでもよかったのだ。

昼休憩のブザーが鳴った。庸一はきりのいいところで作業の手を止め、軍手を脱いだ。すぐ近くで作業していた同期の森実夫《もりさねお》が近づいてきた。庸一と同じ、濃灰《のうかい》色の作業着に身を包んでいる。痩せた身体のせいで、かかしに服を着せたようにぶかぶかだった。同じ日に面接試験を受けたという縁もあって、数人いる同期のなかでは最も仲が良い。

「おい、ボン」

この会社で、庸一はボンと呼ばれていた。歓迎会の席で名前の漢字を訊《き》かれて「凡庸《ぼんよう》の庸です」と答えたところ〈ボンヨウ〉というあだ名がつき、すぐに縮めて〈ボン〉になった。庸一と森は連れ立って洗面台へ向かう。

「今日、サウナ行かないか」

森が〈サウナ〉と言う時は、性風俗店のことを指すのが常だった。

「行かん。ようそんな金あるな」

「給料全部、股間《こかん》に突っこんでるからな」

オイルで汚れた手を石鹸《せっけん》で洗いながら、森はなおも大声で話を続ける。眼鏡のレンズにもオイルが飛び散っていた。

「もう我慢できない。仕事しながら、そのことばっかり考えてた」

神奈川の田舎町から出てきた森は、入社早々、先輩に連れていかれたのがきっかけでサウナにはまった。冴《さ》えない十代を過ごしてきたらしい森にとって、金さえ払えば女に触れられる特殊浴場は天国だった。

庸一も誘われてついていったことはあるが、結局店の前で引き返した。行為に興味はあるが、対価が高すぎる。それだけの金があれば、優に十日は食っていけるのだ。堅次に収入がない今、無駄遣いは怖かった。

昼休憩には大衆食堂で飯をかきこみ、工場に戻って一服するのが習慣だった。十人入れば一杯の休憩所は、早々と先輩作業員たちに占領されてしまう。そのため庸一と森は路上で立ったまま煙草を吸う。庸一が愛飲するのは一箱三十円のゴールデンバットだった。煙草をはじめたきっかけは覚えていない。周囲に流されただけだ。

「ボン。お前、まだ童貞か」

森はホープの煙を吐きながら、厭味《いやみ》ったらしく言った。ひ弱そうな見た目とは裏腹に傍若無人《ぼうじやくぶじん》なところがある。だからこそ、庸一はこうしてつるんでいるのかもしれないが。

「女はいいぞ。いっぺん抱いたら人生が変わる。自信がつくっていうか、物の見方が変わるんだな。俺も経験してわかった。場数を踏むほど色々と見えてくる。男は女とやってなんぼだよ」

こちらが黙っていても、森は勝手にべらべらと長広舌《ちょうこうぜつ》をふるう。それを聞き流しつつ、庸一は淡々と煙草を吸った。午前中の作業で重く濁《にご》った脳髄《のうずい》が冴《さ》えるような感覚。最近では、食後は吸わないと落ち着かなくなった。

一時間の昼休憩を終えて持ち場に戻る。午後もひたすら組み立て作業が続いた。頭を使わない単純労働は、庸一にうってつけだった。経験者の社員が言うには、建築の仕事は鳶《とび》のような職人から何かとけちをつけられ、面白くない思いをするそうだ。工場を選んだのは正しかった。

短い休憩をはさみながら、午後七時まで作業を続けた。工場の別室に作られた浴場で風呂に入る。盛り場へ繰り出す若手を横目に、庸一は汚れた作業着を身に着けて自宅へ直帰する。徒歩で鐘ケ淵駅へ行き、東武線と国鉄を乗り継いで日暮里へ。駅前からバスに乗ってサワベ荘に至る。

庸一は堅次が住むアパートの一室に転がりこんだまま、今でもそこで暮らしている。向島《むこうじま》あたりに部屋を借りれば、通勤が楽になることはわかっている。しかし今さら無収入の弟を見捨てていくわけにもいかない。それに、堅次は庸一の人生の操舵手である。離れて暮らすのは考えられなかった。

薄いドアを開けると、堅次は奥の間の座卓に向かって何かを書いていた。小説の原稿だろう。弟を刺激しないよう、庸一は無言で夕食の支度をした。疲れているが、庸一が作らなければいつまで経っても食事ができない。買い置きのチキンラーメンを三袋開け、沸騰《ふっとう》した湯でもどす。肉を連想させる匂いが室内に漂いはじめると、堅次はおもむろに腰を上げた。

「おかえり」

「ただいま」

二人は手前の部屋にあるちゃぶ台に向き合い、具のないラーメンをすする。

「今日は書けたか」

「三十枚やな」

いつもながら、大したものだと感心する。原稿用紙で三十枚と言えば、膨大《ぼうだい》な文字数だ。よくぞそれだけ升目《ますめ》を埋められると思う。

堅次が小説を書きはじめてもうすぐ二年。まだ作家としての芽は出ていないが、庸一は弟の才能を信じている。虚構を生み出すことに関して弟の右に出る者はいない。堅次の手にかかればすべての虚構が現実になり、すべての現実が虚構になる。庸一は小説を読まないが、弟の小説は傑作に違いないという確信があった。

「ごちそうさま」

ものの数分でラーメンを平らげると、堅次は奥の間で書き物を再開した。庸一は丼《どんぶり》を流しに運び、水につける。今すぐ食器洗いをする気力はなかった。作業着を脱ぎ、乾いた衣類の山から肌着を探して着替える。急に全身がだるくなり、床に散らばるタオルや文庫本を除《よ》けて寝転がった。

上京して一年と少し。仕事は面白くもつまらなくもない。毎日疲弊《ひへい》するまで体力を奪われるのは辛いといえば辛いが、慣れればこんなものかと諦めがつく。それよりも、こんな生活を死ぬまで続けられるかが気掛かりだった。よりはっきりと言えば、堅次を養い続けることへの不安があった。

堅次に虚構の才能があることを、庸一は重々承知している。今は運悪く、世間にその才能が知られていないだけだ。しかし——その不運はこれから先もずっと続くかもしれない。十年後、二十年後も同じ生活を送っていないという保証はない。

まだ行方不明という扱いではあるが、公的には堅次は死んだも同然だ。まともな会社勤めはできないし、本人にその気もない。かといってやくざな商売に手を染めたり、風来坊《ふうらいぼう》を気取るつもりもない。

小説で一発当てる。それが堅次にとって、人並みに金を稼ぐ唯一の目算だった。そしてそれが実現するまで、庸一は弟を養い続けなければならない。

煙草を吸いたかったが、堅次が嫌がるため室内では吸えない。仕方なく重い身体を起こして、外廊下へ出た。頼りない柵に寄りかかり、マッチの火をゴールデンバットの先端に移す。紫煙が夜空へ立ち上っていく。

庸一はあと数か月で二十歳になる。少なくとも二十代のうちはこんな状況が続くのだろうと覚悟を決めていた。庸一の人生を決めるのが堅次である以上、どんな生活でも甘受するしかなかった。

今頃、森は風呂場で女とよろしくやっているのだろうか。下半身に虚《むな》しさを覚えつつ、庸一は煙を吐いた。

故郷から脱走したその後を堅次に聞かされたのは、庸一が西日暮里のアパートに引っ越した当日の夜だった。

堅次が最初に向かったのは最も近い大都市、大阪だった。

大阪の市街地に到着してすぐ、住居を確保するために住み込みの職場を探した。十六歳と嘘をつき、郵便局に住み込み局員として首尾よく潜《もぐ》りこんだ。どんな経歴を話したのか知らないが、「情を刺激したら誰かは引っかかる」とうそぶいていた。

安い給料と体力勝負の仕事に耐えながら、堅次は第二の人生を歩むための足掛かりを探した。先立つものは金だ。小説を書くことだけは決めていたが、何をするにもまとまった金は必要だった。堅次は仕分けや配達の業務をこなしつつ、儲《もう》け話の種を探した。

働きはじめて三か月ほど経った時期、目ざとい堅次は先輩局員の悪事を発見した。売上台帳に細工を施《ほどこ》し、局の郵便ハガキや切手を密かに持ち出して売り払っていたのだ。局内で先輩が帳面を書き直している現場に遭遇《そうぐう》した堅次は、見逃してやる代わりに共犯となることを望んだ。先輩局員に断る選択肢はなかった。

郵便ハガキが一枚五円、切手は五円と十円の二種類。それらを五掛けの値段で知り合いの金券屋に売って儲けていた。収入印紙は高額だが、それだけに数が合わないと目立つ。ちょこちょこと稼ぐのがこつだと、先輩は得意げに言った。しかし堅次が欲しいのは小金ではなく、大金だった。

目をつけたのは、十月に東京で開催されるオリンピックだ。大会資金を募《つの》るために発行されていた募金切手や、絵はがきの類《たぐい》は人気が高かった。堅次と先輩局員は結託し、募金切手を中心に金券をくすねた。

　ちょっとした現金を手にした堅次は早々に郵便局を辞めた。遅かれ早かれこの方法では露見する。金券の転売をヒントに、新しい儲け方を思いついた堅次は東京へ移った。

　一週間ほど仕事を探し、今度は金券屋に働き口を見つけた。仕事は店番だけだったが、店主の仕事を横から見学し、一か月で仕入れの仕事も覚えた。馴染《なじ》みの客とも面識ができ、誰が何を持ってくるかもおおよそ把握した。

　堅次は特急券のチケットを売りに来る、サラリーマンらしき常連客たちに狙《ねら》いを定めた。世間話を装って近づき、店主のいないところで鎌をかけるのだ。

「先日、お客さんの売ったチケットの件で会社の人が調査に来ましたよ」

　こう言えば、三人に一人は青ざめた顔になる。カラ出張か、それに近いことをしているという証《あかし》だ。経費を使いこんでいることは秘密にしておくから言うことを聞くように、と言えば大抵は首を縦に振る。買い取りの際に氏名や住所も書かせているため、相手は逃げられない。

　こうして十名前後の客の弱みを握った堅次は、彼らに東京オリンピックのチケットを集めさせた。完全前売り制のため、普通のやり方では買えない。知人のつてを頼るなり、後ろ暗い業者に接触する必要がある。それでも会社に悪事がばれるのがよほど恐ろしいのか、男たちは死に物狂いでチケットを集めてきた。その姿は、会社員とは何と不自由な存在なのか、と哀れに思うほどだったらしい。

十月上旬、堅次は集めたチケットの束を店主に見せ、こう告げた。

「これ、なんぼで買《こ》うてくれますか」

還暦近い店主は目を剝《む》いて驚き、続いて苦笑した。その表情から、堅次はこの店主がチケットを買うと確信した。

恐ろしい倍率を誇るオリンピックのチケットは、堅次の狙い通り、定価の数倍で売れた。金券屋がそれだけの値段で買うということは、客にはさらに高値で売れるということだろう。大金を手に入れた堅次はその日のうちに金券屋から逃げた。

一部始終を聞き終えた庸一は反応に迷った。感心すべきか怒るべきか。確かなのは、堅次が人並み外れて大胆であり、また狡猾《こうかつ》であるということだけだった。常人の物差しでは、到底測ることのできない男。

「東京に来たのはなんでや」

「チケットが手に入れやすいし、売るときも売りやすい。最悪、金券屋があかんかったら会場まで行ってダフ屋に売るつもりやった。その必要はなかったけどな」

「サラリーマンの連中は、自腹でチケットを手に入れたんか」

「そらそうやで。後で返すって言うといて、トンズラしたった。二十五万、丸々儲けたわ」

堅次が口にしたのは、普通の会社員が半年かかって稼ぐ金額である。

「……なあ。今言ってたんて、犯罪やんな」

「当たり前やんか」

何を今さら、という呆れ顔で堅次は言った。庸一は「やっぱりそうか」とうなずく。弟があまりに堂々と語るので、犯罪ではないのかもしれないと思ってしまった。

「捕まったら家に連れ戻されるっていう危険はあったけどやな、俺はその危険を冒《おか》してでも金が欲しかったんや。言っとくけど、稼ぐことは最終目的とちゃうで。小説を書く時間を買うことが、ほんまの目的や。とりあえずこの二十五万が残ってるうちに、作家にならなあかん。出版社と渡りをつけんことには、はじまらん」

庸一は夜の展望台で見送った弟の後ろ姿を思い出した。小説書いたらどうや、と言ったのは他ならぬ庸一だ。

「作家になろうと決めたんは、俺がそう言ったからか」

「そうやな。でも、そうと決めたら怖いもんや」

「怖いってなんや」

その問いに、堅次はしばし言い淀《よど》んだのち、小さい声でつぶやいた。

「才能がないってわかるんが、怖いんや」

弟が何かに怯《おび》える姿を見るのは初めてだった。最初から何の才能もないと諦めている庸一には、その感情が理解できなかった。庸一の人生への期待値は、限りなくゼロに近い。

「お前にも怖いもんがあるんやな」

堅次はそれには答えず、「とにかく」と話を変えた。

「小説で出世するって決めたんやから、小説以外のことはやりたくない。悪いけど、ここに住むんやったら家事は全部兄ちゃんにやってもらいたい」

庸一は気が進まなかったが、堅次の家に押しかけている立場を考えれば反論はできなかった。

奥の間の座卓に積まれた原稿用紙は数百枚にも及んでいる。堅次いわくこれはあくまで一部で、実際はもっと書いているらしい。

「ほんで、どうやったら出版社が堅次を見つけてくれるんや」

「持ち込みか新人賞」

堅次が言うには、作家になるには出版社に直接原稿を持ち込むか、出版社が主催する小説の新人賞に応募するのが普通らしい。堅次はすでに新人賞に応募していた。本名では両親にばれる可能性があるため、筆名を使ったという。

「でも、もし作家になれたとしても顔を出さなあかんやろ。そしたらばれるんちゃうか」

心配なのは身内だけではない。顔が出れば、チケットの転売で騙したサラリーマンたちにもばれる恐れがある。彼らからどんな仕返しをされるかわからない。

「俺の顔は隠すしかないいな」

「できるんか、そんなこと」

堅次はまたも答えず、無言で奥の間へと移った。それ以上の会話を拒絶するように背中を見せ、座卓の前の定位置に腰をおろす。庸一は追及を諦めた。きっと堅次にも何かしらの考えがあるのだろう。弟に任せておけば、間違いはないのだ。

堅次は夏までに作家としてデビューするつもりだったらしいが、新人賞の戦績は芳《かんば》しくなかった。応募先は文學界《ぶんがくかい》新人賞、群像《ぐんぞう》新人文学賞、太宰治《だざいおさむ》賞など。いずれも最終候補にすら残らず、落選した。表面上、堅次に慌てる様子はない。しかし足元に這《は》い寄る焦燥《しょうそう》感は、一緒に暮らしている庸一には隠しようもなかった。

そうこうしているうちに小説の投稿をはじめて一年強が経ち、庸一は十九歳に、堅次は十七歳になった。

チケットの転売で手に入れた二十五万円はとてつもない大金に思えたが、確実に目減りしていく。途中からは庸一が家賃の半分を支払うことになった。食費は当初、半分ずつ出し合う約束だったが、いつからか全額庸一が出している。それどころか、日用品や銭湯の代金までも庸一が負担するようになっていた。

それでも堅次は、執筆に集中する姿勢を崩そうとはしない。仕事はおろか家事の一切を放棄し、ひたすら座卓に向かって鉛筆を走らせている。今となっては家計も家事も庸一が担っていた。

ある意味では望んでやっていることであり、文句はない。ただ、この生活がいつまで続くかが不安だった。堅次の虚構を生む才能は信じているものの、その信頼がいつまで保《も》つかは自分でもわからない。弟を信じられなくなった瞬間、この生活は崩れ去る。言葉にできていたわけではないが、庸一は無意識下で失望することへの恐怖を感じていた。

不安になったとき、庸一は押入れの奥にしまいこんだ缶を取り出す。元はクッキーが入っていた、丸く背の高いスチール缶。そこには庸一の宝物が入っている。『鉄腕アトム』のシール、運動会でもらった賞状、内定通知書。そして、小さな石。堅次から譲られた虹の骨である。庸一は虹の骨を眺め、握り、しばらく目の届くところに置いておく。そうして気が済んだら、また缶のなかへと戻す。

虹の骨は弟への信頼の証《あかし》であった。これが手元にある限り、庸一は堅次を信じ続けることができる。この小さい石が兄弟の絆《きずな》の生命線だった。

ある日、庸一が帰宅すると、珍しく堅次が料理をしていた。フライパンのなかでは白菜、人参、玉葱《たまねぎ》、豚肉が躍《おど》っていた。具材はてんでんばらばらの大きさに切られている。じきに野菜炒めは完成した。

一口食べた庸一は言葉を失った。人のことは言えないが、あまりにまずい。塩辛くて食べられたものではない。人参は火が通っていないし、逆に豚肉は火が通りすぎてゴムのように固い。堅次も一口で箸《はし》が止まっていた。

「珍しいな。なんで料理したんや」

「今書いてる小説に、そういう場面が出てくるから」

コップに満たした水道水を呷《あお》りながら、堅次が答えた。食事が進まない代わりに、口はよく動く。

「現実感が必要なんや。一見あり得へんと思うようなことを、現実感を持たせて読者に信じさせる。そうせんと、どっかで冷めてしまうんや。これは作り事で、しょせんは虚構なんやと判断されたら、そこで終わりや。現実にあったとしてもおかしくないと思わせる工夫がないと」

　庸一は塩辛さに我慢できず、野菜炒めを水道の水で洗った。堅次は文句を言うでもなく語り続けている。

「あの家を出るときもそうや。皆が俺の嘘を信じたんは、現実感があったからや。いきなり消えただけやったら誰も自殺やと思わん。でも模試とか、遺書とか、足跡とか、そういう細かい芸があったからこそ信じたんや。兄ちゃんの演技やって現実感の一部や。あの人らを相手に号泣《ごうきゅう》しながら土下座するなんて、大した役者やで」

「そら、ありがたいな」

　いい加減な返事をして振り向くと、堅次は驚くほど真剣な顔をしていた。宙を睨《にら》み、何事かを黙考している。その横顔が、故郷の浜辺で見たときよりずっと大人びていることに庸一は改めて気が付いた。

「思いついたわ」

「何を」

「小説に現実感を持たせる方法。それと、俺の顔を出さんで済む方法」

　庸一は心から「よかったやんけ」と応じた。実際、弟が作家として世に出ることは庸一の望みでもある。何であれ、望みの実現につながることであれば大歓迎だった。野菜炒めの残った皿を前に、なぜか堅次は不敵な笑みを浮かべていた。それは、実家を出奔《しゅっぽん》する朝に玄関先で見せたのとまったく同種の表情だった。

終業後、肩まで湯船に浸《つ》かった庸一はうめき声を上げた。温かい湯に、限界まで疲弊《ひへい》した全身の筋肉がゆるんでいく。水面には先客の肌に付着していたのであろう油や煤《すす》が浮いていたが、細かいことには構わない。どうせ浴場を出るときは、水で身体を洗うのだから。

中矢製作所の工場には浴場が併設されていた。一日の仕事を終えた作業員のほとんどが、ここで一風呂浴びていく。最初に入るのは古株の作業員と決まっているため、庸一のような若手が使うころにはたいてい湯船は汚れている。それでも浴室のない部屋に住む庸一にとって、毎日風呂に入って帰れるのはありがたかった。

少し後に入ってきた森が庸一の隣に腰をおろす。眼鏡を外した森の顔には、下卑《げび》た笑いが浮かんでいた。

「この後、もう一風呂浴びていこうぜ」

意味することは明白である。庸一は言下に「行かん」と否定した。

「なんでだよ。お前、女が嫌いなのか」

「別に女は嫌いやないけど。高すぎるわ」

「天国行きの切符が二千円だと思えば値ごろだよ。それか、もっと安い店にしようか。千円の店知ってるぞ。俺は行ったことないけど」

正直に言えば、その提案に庸一の心は揺れた。その内心は、はっきりと顔にも出ている。森は手ごたえを得たのか、畳みかけるように語る。

「わかってるよ。女の質が心配なんだろ。ちょっと歳いってるかもしれないけど大丈夫、暗い部屋に行けば多少の問題は気にならない」

それからも森は〈サウナ〉がいかに素晴らしいか、くどくどと説明した。それらは庸一の頭には入ってこない。天秤の一方には千円という金額が、もう一方には肥大した性欲が載っている。

庸一は十九年間の人生で異性の手を握ったことすらなかった。中学では、成績不良で鈍《にぶ》いため女子とは会話してもらえなかった。高校にいる生徒は大多数が男子で、数少ない女子はすでに誰かと交際していた。上京してからは、男臭い職場と、弟の待つ自宅を往復する毎日だ。女性に対する熱烈な欲求は、天井知らずに高まっている。

肉体的な疲労は庸一から理性を奪っていた。

「ほんまに千円やな」

千円といえば、一週間の食費に相当する。生活水準を考えれば決して安い値段ではないが、矢も盾もたまらない性欲を鎮《しず》めるためなら、納得できる額にも思えた。

「おっ、とうとう行く気になったか。それならまずは近くで引っ掛けるか」

「なんや、飲みに行くんか」

「景気付けに一杯飲むだけだって。酒入れて、度胸つけといたほうがいい」

風呂から上がった二人は作業着のまま、錦糸町《きんしちょう》に移動した。森の行きつけだという路地裏の居酒屋に入り、カウンター席で串焼きをつまみに合成酒を飲んだ。店内には炭火と煙草の煙が充満し、息苦しいほどだった。

「そう言えば、飲みながらボンと話したことないな」

森とはよく昼食を一緒に食べるが、二人きりで飲みに行くのは初めてだった。

「弟、真面目に勉強してるか」

「それなりやな。昼間は会わんから、ようわからん」

夜の誘いを断る口実として、弟と暮らしていることは森に話したことがあった。堅次は都内の私立校に通う高校生という設定である。庸一は我ながら無理のある嘘だと感じていたが、今まで突っ込まれたことはない。

「運動にかぶれたりしてんじゃねえか。最近は高校生がデモに参加したりするんだろ。頭のいいやつが考えることはわかんねえけど、普通に勉強やってればいい会社入れるのに、なんで自分から人生を棒に振るようなことするかね」

この数年、大学生を中心に学生運動は隆盛《りゅうせい》を極めている。故郷にいるときはその事実すら知らなかったが、東京ではプラカードを掲《かか》げてデモをする一団に遭遇《そうぐう》することが度々あった。活動の余波は高校生にも広がり、大勢の未成年が参加しているという。

思うところがあるのか、森の饒舌《じょうぜつ》は止まらない。

「一丁前に活動家の真似事なんかして、恥ずかしくないのかね。安保だ反戦だって、そんなに大事か。仮にインテリにとって一大事でも、俺たちの生活には何にも影響しないだろう。学歴があるやつの自己満足だ、あんなもの」

森は学生運動に敵愾心《てきがいしん》を抱いている一方で、妙な親しみを漂わせていた。まるで近親に対する憎悪のような、ねじれた感情。

「でも、わかる気もするんやけどな」

庸一には、活動に熱中する学生たちの気持ちも理解できるような気がした。現状に大きな不満はないが、未来が見えない。頭上を黒い雲に覆《おお》われているような閉塞感《へいそくかん》。鬱屈《うっくつ》が一定量溜《た》まったとき、人は暴発するものなのかもしれない。

デモ行進をする学生たちの目の色は、中学生だった堅次のそれと似ている。田舎とはいえ群を抜いて勉強ができた堅次は、あと数年待てばどこにだって行くことができたのだ。しかし堅次はその数年を待てず、すべてを捨てて故郷から消えた。その姿は、闘争のために人生を棒に振る学生と瓜二《うりふた》つに見えた。

「わかるわけないだろ。高卒のくせに」

森が吐き捨てた言葉は、庸一だけでなく彼自身にも向けられたようだった。しばらく黙って飲んだ後、森はコップの合成酒を見つめてつぶやいた。

「俺、浪人してるんだよ。大学受験、失敗して」

それ以上は何も語らず、庸一も尋ねなかった。辛気臭い雰囲気を振り払うように、森はコップの中身を一気に干した。「行くぞ」と席を立ち、庸一も続く。

「せっかく女のところ行こうっていうのに、つまらない話したな」

道幅の狭い路地裏を歩きながら、森は独言した。煙草と酒の匂いをくぐり抜け、性風俗店のひしめく一角へと歩を進める。ネオンで縁取《ふちど》られた看板がけばけばしく輝き、怪しい風体の男がそこここに潜んでいる。所在なげに路傍《ろぼう》に立つ女が、庸一たちに視線をよこした。

目当ての店は〈バロン〉という名前だった。三階建てビルの一階にある白い扉はネオンの光に照らされ、夜の出口に通じる扉のようだった。疲労と酒のせいで性欲はさらに膨張している。下半身に血液が集中し、頭が緊張で痺《しび》れてくる。

「じゃあ、楽しんでこいよ」

扉の前に立った森は、片手をひらひらと振った。

「入らないのか」

「別の店に行くから。終わったらさっきの店で待っててくれ」

千円という価格に不安を抱いたのかもしれない。ともかく、ここまで来たからには退《ひ》けなかった。森に見守られながら、庸一は扉を押した。内側に取り付けたカウベルが高らかに鳴り、客の来店を知らせた。店内は暗く、正面に受付があり、左右に狭い廊下が延びている。背後で扉が閉まると同時に声をかけられた。

「お一人様ですか」

紺色ののれんをくぐって、女が現れた。銭湯の番台のような受付のなかに、派手なアロハシャツと灰色のスラックスという風体で立っている。髪は男のように短く切り揃《そろ》え遠目からは遊び人に見えなくもないが、声や顔つきから若い女とわかった。受付係の割にぶっきらぼうな態度だった。

「……一人です」

かろうじて答えたが、庸一はその場から動くことができなかった。男装の女に見惚《みと》れていたせいだ。顔立ちは薄暗い店内でもそれとわかるほど整っている。白く透《す》き通った肌に、絶妙なバランスで目鼻が配置された顔。年齢は庸一と同じか、少し上くらい。黒い瞳は星屑《ほしくず》を吸いこむ宇宙のように果てが見えない。鼻や唇の造作は控えめで、それがさらに瞳の印象を強めていた。

「お客さん。ここ、何するところかわかってる？」

愛想のかけらもない声音《こわね》で言われ、庸一は動揺した。

「あ、はい」

女からは前金制と言われ、先に千円支払うことになった。受け取った女は顎《あご》で左側を示した。

「じゃあ、そっちの通路まっすぐ進んで。後はそっちにいる人の指示に従って」

庸一はぼんやりと通路を進んだ。その間、考えていたのは受付の女のことだった。いよいよ女の肌に触れられるのだと思うと、急激に緊張が高まった。これから接客してくれるのが彼女であることを期待した。

次第に湯を使う水音が近づいてくる。右側に薄い木製のドアがいくつも並んでいた。そのなかの一つが開く。

顔を出したのは、五十歳前後の女だった。赤い花柄模様のワンピースを着て、髪にはきついパーマをかけている。顔には分厚い化粧が施されていたが、刻まれた皺《しわ》や染《し》みは隠れていない。

母親と同じくらいの年齢だった。女の顔に、母親の顔が重なる。どことなく顔立ちが似ているような気もする。はちきれそうなほど膨らんでいた性欲が、急速に萎《しぼ》んでいく。裸になるどころか、指一本触れるのも嫌だった。

「中入って」

声はずいぶんしゃがれている。相手は無表情で促《うなが》すが、庸一は思わず後ずさりをした。女性がむっとした表情になる。

「早く。金払ってんだろ」

「あ……いや、遠慮しときますわ」

「遠慮って、どういうこと」

次の瞬間、庸一は踵《きびす》を返していた。駆け足で入口まで戻り、靴を履《は》いて出口へ急ぐ。受付の前を通ったとき、「ちょっと」と例の若い女に声をかけられたが、構っている余裕はない。カウベルの音を残して、庸一は〈バロン〉を後にした。そのまま夜の繁華街《はんかがい》から逃げ出し、国鉄錦糸町駅へと走った。

電車に乗ってから、森と居酒屋で待ち合わせる約束をしたことを思い出したが、今さら戻る気にはなれない。庸一は悄然《しょうぜん》とした気持ちで家路に就《つ》いた。

翌日の昼休憩で、森はすべてお見通しだと言わんばかりの下品な笑みを浮かべた。

「昨夜《ゆうべ》はどうだった」

庸一は逃げ出した一部始終を正直に伝えた。森は手を打って大笑いした末に「やっぱりあそこは年増しかいないか」とつぶやいた。

「なんや、知ってたんか。知ってて連れて行ったんか」

「いや、悪い悪い。でもあくまで噂《うわさ》だったから。それにボンの好みがどういう女かわからないだろう。試しに一戦交えてみたら、目覚めるかもしれないぞ」

「ふざけんな」

何より悔しいのは、先に代金を支払ったことだ。何もせず逃げ出したのだから、あの店に千円を寄付したも同然だ。無駄遣いしたと思うと無性に腹が立つ。

この一件は、堅次には黙っておくことにした。話しても呆れられるだけだ。それどころか堅次なら、自分が働いていないことを棚に上げて「しょうもないことに浪費すんな」などと言いかねない。

庸一は〈バロン〉での出来事をできるだけ早く忘れるよう努めたが、受付にいた男装の女だけは、どうしても脳裏《のうり》に焼きついて離れなかった。


梅雨に差しかかった六月の夜。庸一は三日ぶりに食器を洗った。皿や丼に溜まった汚水が腐《ふ》臭《しゅう》を放ち、羽虫が台所を飛んでいたため、面倒だがやむなく洗うことにしたのだ。こういうとき、せめて堅次が少しでも家事をやってくれれば、と思わずにはいられない。

「ちょっとええかな」

食器洗いを済ませた庸一は、奥の間にいた堅次に呼ばれた。床に積まれた文庫本を除けてあぐらをかく。雨が柔らかく窓を打っていた。

「兄ちゃんに頼みたいことがあるんや」

目の前に置かれたのは一センチほどの厚みがある原稿用紙の束だった。右肩に穴を開け、紐《ひも》で綴《と》じられている。新人賞の応募原稿だろうか。庸一は首をひねった。今まで、堅次が原稿を庸一に読ませたことは一度もない。

「小説か、これ」

「短編や。ざっと百枚ある。表紙、見てくれるか」

言われるまま、庸一は一番上にある原稿用紙をつまみ上げた。安物のボールペンで書かれた文字は、読まれることを意識しているせいか几帳面に整っている。紙の中央には一際大きく〈最北端〉と記されていた。これが小説の題らしい。その左下に、一回り小さい字で〈須賀庸一〉と書かれている。

「あ、あ?」

見間違いかと思った。堅次ではなく、庸一。目をこすってみても名前は変わらない。

「どういうことや。名前間違えてるんと違うか」

堅次は無言で兄の顔を見据《みす》えたまま微動だにしない。その迫力に気圧《けお》され、庸一は口をつぐんだ。堅次はもったいをつけるような動作で、表紙の〈須賀庸一〉を指さした。

「これは兄ちゃんが書いたことにする」

「堅次が書いた小説やろ。堅次の名前か、それが嫌なら筆名にでもしたらええ。なんでわざわざ俺の名前を」

「これは兄ちゃんの私小説やからな」

抗議を断ち切って、堅次は言った。庸一の動きが止まる。

「待ってくれ。シショウセツって、なんや」

「私小説っていうんは、要するに事実を書くんや。絵空事はあかん。例えば鞍馬天狗《くらまてんぐ》が出てきて悪人をなぎ倒す。これはどう考えても事実をそのまま書いてるとは思えへんやろ。だから私小説とは違う。娯楽小説や。私小説は、作者が実際に経験したことをそのまま書くんが決まりや」

　堅次はにわかに熱を帯《お》びた口調で語りはじめた。

　娯楽小説がロマン主義の文学なら、私小説は自然主義の文学であり、現実にあったことでなければ書いてはならないという認識すらある。田山花袋《たやまかたい》、志賀直哉、太宰治、葛西善蔵など多くの作家が私小説の書き手として知られ、文学の正統な血脈でもある。一分野として勃興《ぼっこう》したのはおよそ四十年前だが、現在にもその系譜は続いている。

　庸一にはちんぷんかんぷんの内容だったが、とにかく黙って話を聞いた。

「実体験に基づくこと。これが私小説の条件や。そういう縛りを設けることで、作品は圧倒的な現実味を帯びる。何しろ実際にあったことやからな。なかには、破滅的な小説を書くために、破滅的な生活を送った作家もおる」

「それは順番がおかしいんちゃうか」

「本末転倒やって言いたいんやろ。でも、それが私小説や。どんなに荒唐無稽《こうとうむけい》でも、現実にしてしまえば誰にも文句は言われへん。そんな嘘や、と言われても、これは本当にあったことです、と言ってしまえば終わりや。これ以上に強靭《きょうじん》な虚構はない」

　おぼろげながら、庸一にも私小説という分野の概略はわかった。要は、作者自身の体験に基づいて小説を書けば、それは私小説になるということだ。しかし、そこから新たな疑問が生まれた。

「これが俺の私小説ってことは、俺の実体験を基に書いたんか」

堅次は腕を組んで身を乗り出した。ここが、この話の要《かなめ》だと兄に教えるように。

「正確には違う。この小説の内容を、これから実体験にするんや」

理解が追い付かない庸一は、ぽかんと口を開けたまま放心した。

「さっき言ったやろ。破滅的な小説を書くために、破滅的な生活を送った作家もおるって。それと同じことをやるんや。この小説には、これからやるべきことが書いてある。兄ちゃんはその通りに行動したらええ。そうしたら、結果的に〈最北端〉は私小説になる。後は兄ちゃんが自分でこの原稿を持って、出版社に持ち込むだけや。新人賞への投稿では、私小説であることが伝わらん。あくまで持ち込みや」

弟の熱弁を聞いた庸一は、しばし沈黙し、素直な感想を漏らした。

「……お前、何言うてるんや」

「わからんかったか。それなら何遍でも説明するわ」

「いや、話は何となくわかったと思う。多分やけど。でも、なんで俺がそんなことせなあかんねん。堅次がやったらええ」

「だから、俺は名前も顔も出されへんねんて。私小説書いてる人間が、身体一つで世のなかに出て行こうっていうのに、顔出されへんのでは道理に合わんやろ。それに、はっきり言って自分がモデルやといい小説にならんねや。私小説の主人公になるべきは須賀堅次やない。須賀庸一や」

　言葉に詰まる庸一に、堅次はさらに言い募《つの》る。

「これは誰にでもできることちゃうんや。俺の直感やけど、兄ちゃんには虚構を現実にする才能がある」

　堅次は「怒らんと聞いてや」と前置きしたうえで言った。

「兄ちゃんは自分で物考えるんがそんなに得意やない。物語を作る側の人間とは違う。でもな、作られた物語を演じきる能力は抜群やと思う。俺が逃げた夜、警察署で土下座しながら号泣したって聞いて、正直びっくりしたわ。あの人らが俺の自殺を信じたのは、小道具とか演出の効果もあったけど、結局のところ兄ちゃんの演技に騙されたからや。いや、もはや演技とちゃうかったかもしれん。兄ちゃんも、俺が書いた筋書きを自分に信じこませてたんとちゃうか」

　庸一は、堅次が虚構を生む才能を持つと信じている。それと同じように、堅次は、庸一に虚構を現実にする才能があると信じていた。

　自分は、他人の言うことに従うしか能がないと思っていた。それが才能だと断言されても今一つ腑《ふ》に落ちないが、堅次の必死さだけは伝わってきた。三年前、偽装自殺の計画を語るときですら、ここまで熱心ではなかった。

　だらりと下げられた庸一の手を、堅次が握った。

「俺たちが組んだら、まったくの無から新しい現実を生み出せるんや。自由自在にな。こんな面白いことが他にあるか。俺がやりたかったんはこれや。これをやるために、家を捨てて東京まで出てきたんや」

庸一は手を握られたまま、堅次の目を見た。

「もしもその通りうまくいったとして、堅次はそれでええんか。でかいことやるって言うてたけど、自分は表に出られへん。誰にも見えへんところで小説書いてるだけで、文句はないんか」

「ない」と堅次は即答した。その目にはうっすらと涙がにじんでいる。

「俺がやりたいんは、自分がでかくなることやない。自分の作ったものがでかくなれば、それでええ」

庸一は改めて表紙に視線を落とす。書いた覚えのない原稿に、はっきりと自分の名が記されている。小説の一つもまともに読んだことのない自分の名が。ひどく奇怪な気がして、鳥肌が立つ。堅次の気持ちには応《こた》えてやりたいが、提案を受け入れれば、この原稿にどんな物語が書かれていたとしてもそれを現実にしなければならない。それだけは理解できた。

「とにかく、いっぺん読んでみてほしい。頼む」

正座した堅次は膝に両手をつき、頭を下げた。弟が庸一に対して、ここまで必死に頼みごとをするのは初めてだった。

庸一は、堅次が学生鞄に入れていた遺書を思い出した。偽装自殺に加担したときから、庸一はずっと弟が生んだ虚構のなかで生きている。堅次の作った世界で生きていくことは、あのときすでに決まっていたのだ。庸一は肚《はら》を決めた。

「わかった。できるかわからんけど、とにかく読んでみる」

こわばっていた堅次の顔が、ぱっと明るくなる。

「ほんまか」

「まずは読んでみるだけや。どんな内容かもわからんし」

「いや、読んでくれたら絶対にわかってくれるはずや。これは兄ちゃんやないとできへん物語や。現実になったら、こんなに面白い小説はないいんや」

紅潮した堅次の顔を見ていると、それ以上は何も言えなかった。上京してからというもの、ここまで上気した表情を見せたことはない。その顔つきは、堅次の真剣さを雄弁に物語っていた。

それにしても。この〈最北端〉と名付けられた小説は、いったいどんな物語なのか。

＊＊＊

洋市は明王《みようおう》と化した。燃え立つ炎が、返り血のように全身を赤く染めていた。

怒りに任せて、頬《ほお》を殴り飛ばす。相手は大仰《おおぎよう》に両手を振り回し、仰向《あおむ》けに倒れた。後頭部がコンクリートの地面に衝突し、ゴムで包んだ石塊《いしくれ》をぶつけたような音が響く。

「このボケが。調子乗るにも程があるやろうが」

無造作に怒号を撒《ま》き散らし、相手の脇腹を執拗《しつよう》に蹴《け》りつける。安全靴の甲に埋《う》められた鉄板が、胃の腑に食い込んで嘔気《おうき》を催《もよお》させる。胃の内容物を吐きながら、しわがれた声で許しを乞《こ》う男を見下ろした。

「すまん。許してくれ。何でもするから」

土下座する男の後頭部を踏みつける。靴裏でうめき声がした。

「それが他人に謝罪する姿勢か、ダボ。許してほしかったら金出せ。それが誠意ちゃうんか。百万じゃ。百万円用意できへんのやったら、今ここで殺したるわ」

「百万は無理だ」

「百万が無理なら、十万でも五万でも、何とか用立てんかい」

「本当に金がない」

「ほんなら質屋か金貸し行って、調達してこんかい。それか現場で事故起こして、会社から慰謝料ぶんどってこい。そうや、今からお前の家に火ぃつけたろか。知り合いが同情して金貸してくれるかもせえへんぞ」

うつむいた顔の下から泣き声が聞こえた。

洋市の内側で銀朱色の情念がたぎっていた。行き場を失った衝動は、もはや暴力か性交でしか解消することができなくなっている。木偶《でく》のごとき男の頭部を痛めつけるたびに、洋市は己の因《いん》業《ごう》を呪《のろ》った。

＊　＊　＊

「堅次。お前、これ無茶苦茶やないか」

日曜の午後、苦心して小説を読み終えた庸一はすぐさま堅次に抗議した。普段なら執筆中の弟に話しかけることはないのだが、今回ばかりは我慢ならない。

「何がや」

億劫《おっくう》そうに振り返った堅次の眼前に、庸一は原稿の束を突き出した。

「この小説や。洋市っちゅうやつは、人殴ってばっかりやないか。ほんで二言目には金、金、金や。読んでられへんわ。だいたいなんや、この名前」

小説の主人公は〈須賀庸一〉ならぬ〈菅洋市〉という人物である。明らかに庸一がモデルであることを前提としている。

「本名そのままやったら小説にならんやろ」

「漢字変えただけやないか。もう少し何とかならんのか」

「希望があるんか。正味、名前なんかどうでもええんや。どうしてほしい」

そう問われると返答に詰まる。庸一にも具体的な要望などなかった。

「それより、どうやった。面白いやろ」

堅次は自信満々の態《てい》だった。身体ごと向き直り、正面から兄と向き合う。庸一は口ごもった。

実際、面白かったのだ。文章を読むことは苦痛だったが、そこに描かれた物語の渦《うず》は庸一を頭の先まで飲みこんだ。最初は義務感で読んでいたが、次第にその物語に夢中になり、先を読まずにはいられなくなった。

話の筋はそう難しくない。

その題から、庸一は寒冷地の話なのだとばかり思っていたが、この小説の舞台は庸一の職場がある鐘ケ淵を中心とした東京の下町だった。

主人公は二十歳の労務者、菅洋市。関西出身で、高校を卒業してすぐ鐘ケ淵の旋盤工場に就職した。ほとんど庸一の経歴そのままだが、弟の存在は描かれない。独り身の洋市は懐《ふところ》に入った端から金を使い果たすほどの浪費家であり、賭け事、煙草、酒、女をこよなく愛している。喧嘩っ早い性格で、ちょっとした出来事でもすぐに癇癪《かんしゃく》を起こし、見境なく暴力を振るう。端的に言えば、ろくでなしであった。

ただし、彼にも一つだけ取り柄がある。それは小説を書くことだった。懐の金が底を尽くと、洋市は工場の事務室から原稿用紙をかっぱらい、ちびた鉛筆でせっせと小説を書く。生来粗暴な男だが、文学的才能には恵まれていた。

洋市はあらゆる人間と衝突し、諍《いさか》いを起こす。飲み屋で居合わせた酔客と喧嘩になるのは日常茶飯事だ。職場の同僚は、洋市に貸した金を返済するよう迫ったことで、逆に滅多《めった》打ちにされる。暴力沙汰が発覚した洋市は工場を馘《くび》になり、失業。最後は居場所を失って、とぼとぼと雨の街を去っていく。末文はこうだ。

――肌から染み入る雨は骨にまで届き、神経を麻痺《まひ》させるほどの冷たさだった。洋市は身震いした。見回せば、見慣れた薄汚い路地裏の光景が広がっている。この町は地上で最も冷たい場所、この世の最北端だった。背中を丸めた洋市は路傍《ろぼう》に勢いよく痰《たん》を吐き、酒精《しゅせい》の抜けきらない足取りで歩きだす。烈《はげ》しく燃えていた明王の炎は雨で消され、今はただ、全身から湯気を立ち上らせるのみであった。

小説を読みなれない庸一も、面白いと思った。ただし、この人物を演じるとなれば話は別だ。煙草は吸うが、酒はたまにしか飲まないし、賭け事や女はまったく経験がない。人を殴ったことも一度もなかった。

「これが俺の私小説なんか」

「そうや。これから、この内容を実体験にしていくんや」

「どこまで事実にするんや」

「できる限り、全部」

庸一は戦慄《せんりつ》した。やはり無茶苦茶だ。堅次の指示は、無職の犯罪者になれと言っているに等しい。そこまでのことをやる価値があるのか。そもそも何のために小説を現実にするのか、それすら疑問に思えてきた。

兄の不審を見透《みす》かしたかのように、堅次はふたたび懇願した。

「この小説は、兄ちゃんがおったから書けたんや。それまで自分をモデルに書こうと思っても上手くいかんかったのに、兄ちゃんのことを書いたら信じられんくらい筆が進む。嘘ちゃうで。今もそうや。須賀庸一の私小説やったらなんぼでも書けんねん」

「だからって、俺に失業せえって言うんか。喧嘩なんかしたら、下手したら捕まるで」

「そんなん、どうでもええやんか」

予想もしていなかった返答に、庸一は呆気《あっけ》にとられた。

「俺らは作家を目指してるんやで。それも普通の作家ちゃう。文士や。はぐれ者を気取ってるエセ文士とちゃう。本物の文士を目指してるんや。仕事もない、生活力もない、それでもペンと紙だけは死んでも手放さん、そういう作家や。失業、望むところやないか。警察に逮捕されたら箔《はく》がつくわ。兄ちゃんが気にしてることなんか、どうでもええんや。大事なんは、これが事実ってこと、私小説ってことや」

堅次の容赦《ようしゃ》ない語りに、庸一は口をつぐむしかなかった。底なしの熱量である。ただでさえ、弟と言い争いをしても絶対に勝てないのだ。庸一の意思にかかわらず、こうなることは決まっていた。

「それとも何か、兄ちゃんは自分の考えが正しいと思てるんか。それやったら思うように生きたらええ。でもな、俺の言うこと聞いといたら、絶対に幸せになれる」

「幸せになれるって、どういうことや」

「一人前の人間として扱われるってことや」

堅次は間髪《かんはつ》を容《い》れず答えた。それが庸一の望む最大の幸せであることを、最初から知っていたかのようだった。

手ひどい苛《いじ》めや差別を受けたわけではない。父や母は自分を弟より劣る存在だとみなしていたが、ある意味で納得はしていた。それでも庸一は、一人前の人間になりたかった。やりたいことはない。なりたい姿もない。手に入れたい生活もない。

ただ、自分が自分であるという確証が欲しかった。

「ええか。一個の人間であることと善悪とは無関係や。この小説に従えば、兄ちゃんは必ず菅洋市になれる。それが幸せってことや」

堅次は兄の性格を知悉《ちしつ》している。どう言えば兄の心に響くのかも、重々承知している。最後の抵抗として、庸一は尋ねた。

「もし俺が断ったら、どうするつもりや」

「そうやなあ。また、ここから消えるだけやな」

それが自殺に見せかけた失踪《しっそう》を指しているのか、あるいはこの世から消えることを意味しているのか、庸一には判断できなかった。

もはや、退路は断たれている。


翌週から庸一は酒場通いをはじめた。

仕事帰りに森を誘い、彼がなじみだという亀戸のホルモン焼き屋へ繰り出した。店内は客たちの会話や肉の焼ける音、換気扇の駆動音で賑《にぎ》やかだった。

「珍しいな。そっちから誘ってくるの」

森は上機嫌で網の上の肉片をひっくり返している。相変わらず、森の話は夜の女のことばかりだ。あの店の女は美人だが愛想がない、あの店の女は素人くさいところがいい、などなど。庸一はそれに相槌《あいづち》を打ちながら、立て続けにビール瓶を空にしていく。

空き瓶が四、五本も並ぶころになると、庸一はすっかり酩酊《めいてい》していた。こんなに大量の酒を飲むのは初めてだった。

「大丈夫か。えらく顔赤いぞ」

森に指摘され、庸一は手洗い場で鏡をのぞきこんだ。猿のように赤い顔をした男が映っている。もともと酒が入ると赤くなる体質だが、顔だけでなく首や腕までが猿の尻《しり》のように赤い。全身が熱を持っている。

じっと鏡を見つめながら、庸一は自分に言い聞かせた。

俺は菅洋市だ。俺は菅洋市だ。俺は菅洋市だ。

〈最北端〉の原稿は五度、読んだ。物覚えの悪い庸一が、冒頭の文章を丸々覚えてしまったくらいだ。菅洋市の思考は把握している。あとは、庸一の身体に憑依《ひょうい》させるだけだ。

手洗い場から席に戻ると、森は隣席の男と楽しそうに歓談していた。

「おお、ボン。気分悪くないか」

「大したことない。そっちは」

庸一は視線で隣席の男を示した。いかつい体格をした三十前後の男は、単身で焼酎《しょうちゅう》を飲んでいる。角刈りの頭に太い眉が似合っていた。

「お前がいない間、暇だから話してた。左官さんだってよ」

「へえ。そうなんや」

左官の男は日に焼けた顔を庸一に向け、「連れの兄さん、関西の人か」と尋ねた。頭に直接響くような胴間声《どうまごえ》だった。二人の間には七輪があり、話している間も肉が焼けていく。

「そうですけど」

「昔、三年くらい関西にいたんだよ。その話し方聞いてたら懐かしくなってきた。そっちは関西のどのへんだよ」

男のなれなれしい口ぶりが、妙に癇《かん》に障《さわ》った。普段の庸一なら何とも思わないが、菅洋市ならきっと快く感じないだろう。質問には適当にぼやかして答えたが、男はなおも語り続けた。

「関西の女は情に厚いよな。あいつら、これと決めた男はくわえこんで離さないからな。暑苦しいけど、世話焼きだから男はころっといくんだよ。兄さん、まだ若いからそこまで経験ないかもしれんが、あれはハマったら最後よ」

「やかましい」

ほとんど無意識のうちにつぶやいていた。騒がしい店内だが、至近距離での発言は男の耳にも届いたらしく、たちまち顔色が変わった。

「兄さん、何か言ったか」

「やかましいんじゃ。黙って聞いとったらしょうもない話ばっかりしよって。何が関西の女や。三年ぽっち、腰かけでおったくらいで知ったようなこと抜かすな。だいたい、なれなれしいんや。若い奴らに声かけられたくらいで調子乗ったらあかんで」

最後の一言は「なんじゃや、コラ」という怒声に遮《さえぎ》られた。狭い店内の視線が庸一たちに集まる。森は驚きのあまり、目を見開いたまま何も言えなくなっていた。

「てめえ何のつもりだ。喧嘩売ってんのか」

「やかましいからやかましい言うただけや。阿呆《あほ》はいちいち突っかかるから困るわ」

そこで庸一は、口の端を持ち上げて冷笑した。確信犯だった。その反応が最も相手を怒らせるということを、庸一は直感的に理解していた。いや、理解していたのは洋市だったかもしれない。

案の定、男は激昂《げっこう》した。銅色の肌が熱されたように赤みを増していく。

「馬鹿にしてんのか。上等じゃ。表出ろ」

気が短い左官の男は椅子を蹴倒して立ち上がったが、間に火のついた七輪があるせいか、すぐには飛びかかってこない。今や客たちは一人残らず、庸一と左官のやり取りに注目している。こんなとき、菅洋市ならどうするか。答えは決まっている。

庸一は飲みさしのコップを手に取り、男の顔めがけて中身をぶちまけた。半分ほど入っていたビールが飛び散り、左官の全身を濡らす。滴《しずく》が七輪の炭火に触れ、じゅっ、と音を立てる。とばっちりを食った客が「おい」と苛立《いらだ》った声を上げる。それよりもさらに怒気をはらんだ声で、男が叫ぶ。

「この野郎」

男は机を強引に押しのけ、庸一の胸倉《むなぐら》をつかんだ。七輪が火の粉を散らし、食器が落ちて割れた。野次馬のざわめきが一層大きくなる。庸一は太い腕で首を締め上げられ、無理やり立たされた。アルコールとドブが混ざったような口臭が鼻をつく。

「ぶち殺すぞ、おい」

ふん、と庸一は鼻息を吐き出す。ちょうどそのとき、傍《かたわ》らにやってきた店員の女が「食器、弁償してちょうだいよ」と言った。鼻白《はなじろ》んだ空気が流れ、すかさず森が「外に出ましょう」と声をかけてきた。見世物が終わったことを察知して、客たちは食事や会話へと戻っていく。

店員に言われるまま金を支払い、三人で店の外へ出た。

「喧嘩売るなら、相手見てからにしろ」

男は興《きょう》ざめした顔で言い捨てると、ズボンのポケットに両手を突っこんで、ガニ股で闇夜の奥へと去っていった。その背中が見えなくなってから、森は横目で庸一を睨む。

「どういうことだ」

「何が」

「初対面の相手に喧嘩売るなんておかしいだろ」

「あっちが悪い。人の出身地、馬鹿にしてくるからや」

森はため息を吐いた。

「別にそうは思わなかったけどな。今日のお前、おかしいよ。いつもと違う」

「どこが違うんや。言うてみろ。何も変わらん」

「だったらどっちでもいいけど、とにかく変に騒ぎ起こすのはやめろよ」

庸一は答えず、路傍《ろぼう》の石を蹴り飛ばす。石は側溝に落ちて小さな水音を立てた。

森と無言で駅への道のりを歩きながら、密かに考えていた。菅洋市なら、どうしたか。きっと店員や知人の制止も聞かず、胸倉をつかまれた時点で相手に殴りかかっていただろう。しかし庸一はそこまで行動できなかった。食器が割れた音に怯《ひる》み、制止の声に毒気を抜かれた。まだ、甘い。

庸一は悔やみつつ、次こそは菅洋市としての振る舞いを全《まっと》うしようと決意した。


少しずつ、しかし確実に、庸一は菅洋市という虚構に染まった。

最初に人を殴ったのは錦糸町の酒場だった。

カウンターで飲んでいたところ、煙草の煙の風向きがきっかけで隣席の男と口論になり、もつれあうように店の外へ出た。酔いと勢いに任せて、庸一は相手の肩を小突《こづ》いた。すかさず拳が腹に飛んでくる。こうなったら、あとは互いにでたらめに拳を繰り出すだけだ。通行人に止められたときには、庸一の肩と瞼《まぶた》に痣《あざ》ができていた。

喧嘩はたいてい第三者のいる場所ではじめるため、仲裁《ちゅうさい》されるのが常だった。どちらかが倒れることは滅多にない。それがわかってからは、いっそう気兼ねなく喧嘩をふっかけるようになった。週に一度は盛り場で揉《も》め事を起こした。

痣だらけの顔で帰宅するたびに、堅次は喧嘩の顚末《てんまつ》を聞きたがった。庸一はできるだけ詳細に経緯を語り、堅次はそれをもとに加筆する。現実と虚構をすり合わせ、両者の境目を薄めていく。二人で一つの小説を作り上げていく作業は、奇妙な充実感をもたらした。

路上での喧嘩を繰り返すうち、得意の流れもできてきた。

暴言と冷笑で挑発し、相手が怒ったところに先制攻撃を仕掛ける。自分から先にやるのが肝心だ。こちらから手を出せば相手に正当防衛という言い訳を与えることになるが、その不利益より、先に一発殴れる利益を優先すべきだ。不意打ちの一発目を避けられる酔客はそういない。顔面に拳を入れ、隙《すき》ができたところを突き倒して馬乗りになる。あとは拳の痛みに耐えて殴り続けるだけでいい。うまくいけば、最初の一発で戦意を喪失させることもできる。

頭で考えたわけではない。庸一は身体で暴力の振るい方を会得《えとく》した。普段から肉体労働に従事し、体格に恵まれ、若さもある庸一はほとんどの喧嘩で優勢を保った。

酒に慣れるのは早かった。最初はビールをちびちびと飲むくらいだったが、体質も手伝い、じきにビールでは酔えなくなった。度数の高いウイスキーや焼酎を愛飲するようになると、今度は悪酔いすることが増えた。懐に金があるときは冷や酒を飲む。金がなければ合成酒を飲む。月々の給料は酒代に消えていった。

それに伴《ともな》い、生活も苦しくなった。食事は質、量ともに貧弱になる一方だったが、堅次は不平を漏らさなかった。空腹を感じたら原稿に向かって気を紛らわすのだという。小説のためなら、弟はどんな苦難にでも耐えられそうだった。

〈飲む〉が板についてきた庸一は次に〈打つ〉を身につけることにした。

菅洋市に倣《なら》って、庸一はパチンコ店に出入りするようになった。最初は職場のパチンコ好きな先輩に打ち方を教えてもらい、以後は一人で通った。無心で没頭できるパチンコは性に合っていた。

麻雀《マージャン》は役を覚えたり、点数計算をするのが面倒だ。競馬や競艇では目利きが求められる。その点、運の要素が大きいパチンコはわかりやすい。球の行方が数秒後には明らかになるのも簡潔で良い。麻雀と組み合わせた雀球《じゃんきゅう》も流行《はや》っていたが、庸一には最も素朴《そぼく》なパチンコが性に合った。

のめりこむのに時間はかからなかった。銀球の行方を追っているだけで、一時間や二時間がまばたきをする間《ま》のように感じられる。爆発的な歓喜はないが、球が入れば嬉《うれ》しいし、入らなければ入るまで打つのみだ。修行者のように黙々と球を打ち続けるのが菅洋市の流儀だった。

酒とギャンブルで金が底を尽くと、庸一は洋市と同じく、同僚に金を借りることにした。とは言え、貸してくれる見込みがあるのは森くらいのものだった。

「いい加減にしろよ、ボン」

仕事終わりの酒場で金を無心したが、森はすげなく断った。

「ちょっとおかしいよ、最近。どうした」

庸一は青痣の浮かぶ顔を掻《か》いた。その数日前にも初対面の男と殴り合ったばかりだった。顔に一発食らったが、相手の顔には三発入れた。

「どうでもええやろ。とにかく金がいるんや。千円でも、百円でもええ」

「貸せるわけないだろ。会社に前借りでも頼めよ」

「断られた。なあ、こんなに頼んでもあかんか。俺とお前の仲やろ」

「貸したくても手元にない。悪いな。パチンコ打ちたきゃ勝つんだな」

森の飄々《ひょうひょう》とした横顔を見ているうち、暴力の衝動がむくむくと湧き起こってきた。かつてならこんなことはなかったが、暴力で得られる爽快感《そうかいかん》と支配する喜びを知った今、口からこぼれ出る挑発の言葉を止めることはできなかった。

「……大学生のなりそこないが」

小手調べのつもりだったが、振り向いた森の顔はことのほか険しかった。

「どういう意味だ」

「お前余裕ぶっとるけど、ほんまは今でも学生になりたてしゃあないんちゃうか。そらそうやわな、一年浪人してでも大学生になるつもりやったのに。結局それもあかんかったから、こうやって汚い作業服着て力仕事やってんねんもんな。惨《みじ》めなもんやなあ。いっそ、もう一年浪人したらよかったんちゃうか。それか、来年にでもまた大学受けたらどうや。受かるか知らんけど」

大学生になれなかったことが森にとって最大の負い目であることは、とうに見抜いていた。森の顔は真っ赤になっているが、庸一の挑発は止まらない。

「そうや、運動に参加したらどうや。少しでも学生気分味わえるやろ。東北の大学にでも通っとることにしとけば、東京やったらばれへんのとちゃうか。おう、それがええわ。学生運動くさしとったけど、ほんまは羨《うらや》ましいんやろ」

そこで森は無言で金を置き、席を立った。庸一は慌てて支払いを済ませ、後を追う。狭い路地を抜け、児童公園の近くで追いついて肩をつかんだ。

「なあ、待てや。ちょっと金貸してくれるだけでええんや。そこの公園で休んでいかんか」

「放せよ」

肩に置かれた手を森は鋭く振り払った。庸一はその手首をつかんで、無理やり公園の敷地内へと連れていく。森は歩きながら舌打ちし、上気した顔で睨《にら》んだ。この数か月で場数を踏んだ庸一のほうが、ずっと冷静だった。

手頃なベンチに腰をおろす。目で促すと、森も渋々隣に座った。園内はもちろん、周囲の通りにも人影はない。街灯が水底《みなそこ》の海月《くらげ》のようにぼうと光っている。

「弟と住んでるって話してたやろ。最近は金がないから、弟にもろくなもん食わしたれへん。自分のせいやってことはわかってるけどな。でも、せめて弟にはまともな生活させてやりたいんや。なあ、何したら金貸してくれる」

庸一は初めて、下手に出た。森はしばらく不機嫌そうな表情を崩さず黙っていた。腕を組み、口を開いたのは夜気のせいで酔いが冷めてきたころだった。

「どうしても金貸して欲しいなら、女紹介しろよ」

「俺が、森に女紹介するんか」

「おう。紹介してくれたら、一人につき千円貸してやるよ」

「あ?」

荒っぽい口調は演技ではない。アルコールが抜けはじめたこともあり、庸一は苛立っていた。しかし森も茶化されたことを根に持っているのか、威嚇《いかく》に対抗するように顔を近づけてくる。

「童貞には無理か。だったら諦めろよ。貧乏人」

森の冷ややかな笑みに、目の前が揺れた。それが暴力の引き鉄《がね》だった。庸一は至近距離にある森の頬桁《ほおげた》に、渾身《こんしん》の力で拳をめり込ませた。ベンチから吹き飛んだ森が肩から倒れる。眼鏡が顔から飛んで、地面に落ちた。

「このボケが。調子乗るにも程があるやろ」

這いつくばって逃げ出そうとする森の後頭部を踏みつける。森の顔が砂にまみれるたびに、庸一の身体の芯《しん》を快感が走る。腕っぷしには自信がないのか、森は殴り返すどころか反論すらしなかった。

「許してくれ。殴らないでくれ」

「それが他人に謝罪する姿勢か。許してほしかったら金出せ。それが誠意ちゃうんか。百万じゃ。百万円用意できへんのやったら、今ここで殺したるわ」

「百万？」

森は言葉を切り、四つんばいで地面を見ている。庸一は脇腹を蹴りつけ、そのかたわらにしゃがみこんで優しい声音で言った。

「自分の立場わかっとんのか。金でカタつけたろ言うてるんやから、素直に払わんか……ええわ、ほんならサービスしたろ。女一人連れてきたら、一万円まけたる。百人連れてきたらチャラや。これで満足やろ。そこらへんの適当な女やないぞ。下手な女用立てたら、そいつと一緒にぶち殺したる」

「それは……」

「お前、一人紹介したら千円とかせこいこと言うてたな。こっちは一人につき一万円まけたるんや。感謝せえよ」

森は戸惑《とまど》いを隠せないのか、おどおどと視線を左右に動かすだけだった。時おり庸一の顔色をうかがいつつ、結論を先延ばしにしようとしている。ようやくその口から漏れたのは、「本気か」という裏返った声だった。

「冗談やと思うか」

すかさず、庸一は大きな右手で森の喉《のど》をつかんだ。ぐっ、と蛙《かえる》のような声を発して、森は初めて抵抗を示した。首を絞める手を引き剝がそうとするが、庸一は左手を重ねて、さらに力を強める。

「苦しいか。苦しいやろ。あの世の端っこでも見えてるんとちゃうか。今すぐ死ぬくらいなら、金払うか、女紹介するほうが早いやろ。なあ。返事は！」

森は庸一の手の甲を引っ搔きながら、必死に頭を上下した。顔色は赤を通り越してどす黒くなっている。唇の端が唾液《だえき》で濡れていた。

「やるんやな」

念を押し、うなずいたことを確認して力を緩める。解放された森は砂まみれの顔で咳《せ》きこみ、唾を吐いた。

涙ぐむ森を放置したまま、庸一は自分の両手を開いてじっと見つめる。

この手は凶器だ。この手が、金も女も引き寄せる。堅次の手が人生のシナリオを書き、庸一の手がそれを実現する。二人の手があれば、本当にどんな虚構でも実現できるのだ。身体の芯から震えが湧き、肌が粟立《あわだ》った。

「約束は守れや。森クン」

捨て台詞とともに庸一は公園を後にした。別人に生まれ変わったかのような、爽快な気分だった。

帰宅後、事の顚末を話すと堅次は手を叩いて喜んだ。

「女一人につき一万円の割引か。兄ちゃんもアコギなこと考えんなあ。そこらへんの男が、女百人も連れてこられるわけないやんか」

「わかってる。つい口から出たんや」

「ええよ、ええよ。面白いから。わかった、こっちが書き換えるわ」

「書き換えるって、どういう風に」

「そら、あったことをそのまま書くんよ。兄ちゃんもかなり、菅洋市が板についてきたな」

とりあえず、弟の期待に応えることはできたらしい。庸一は酔いから醒《さ》めてすっきりした顔で、原稿用紙にペンを走らせる堅次を見守っていた。


鉄筋コンクリート五階建てのビルが、庸一を見下ろしている。真昼の陽光が磨《みが》かれた窓に反射し、砦《とりで》から放たれた矢のように両目を射た。額のあたりに手庇《てびさし》を作る。紙袋を提げた庸一は、ガニ股で玄関を目指した。歩いているだけで嫌になる暑さ。全身が汗にまみれている。

目の前にそびえているのは、千代田区《ちよだ》にある方潤社の社屋だった。庸一は知らなかったが、文芸で有名な出版社だと堅次に教えられている。有名作家の小説を刊行し、文学賞を受賞した作品も数多く手がけているという。そもそも庸一は文学賞の何たるかすら理解していない。ただ、堅次が選んだ出版社なのだから間違いはないだろう。

分厚いガラスの扉には、派手な橙色《だいだいいろ》のシャツによれた濃紺のチノパンを穿《は》いた男が映っていた。寝ぐせのついた髪は櫛《くし》を入れた痕跡《こんせき》すらなく、汚らしい無精髭《ぶしょうひげ》が顎を覆っている。この外見も堅次の細かい指示に従った結果だった。とは言え、普段とそう大差はない。

扉を抜けた先の受付嬢は、怪しげな風体にも鉄壁の笑顔を崩さない。庸一は台帳に氏名を記入し、おもむろに語りかけた。

「小説の持ち込みなんやけど」

この台詞も堅次が考えたものだった。どんな相手でもペコペコするな、と指示されている。受付嬢は笑顔を保ったまま「そちらでお待ちください」と言った。視線の先には間仕切りとテーブルセットが並んでいる。

庸一は空席に腰をおろし、ゴールデンバットをふかした。紫煙と一緒にため息を吐く。

これで五社目。昨日は三社、今日もすでに一社行っている。ここは受付で門前払いを食わされなかっただけましなほうだ。

堅次は新人賞への投稿ではなく、持ち込みでデビューすることにこだわった。〈最北端〉は作者の人間性が知られてこそ真価を理解される、と信じてやまない。しかし出版社を訪れてみれば、人間性を披露《ひろう》する機会すら与えられない。これまで四社も訪問したというのに、編集者にはまだ一度も会ったことがなかった。

人影が現れたのは、アルミの灰皿に三本目の吸殻《すいがら》が溜《た》まったころだった。涼しげな麻のシャツを着た男は、庸一とそう年齢が変わらないように見える。まだ大学を出てすぐといった風情《ふぜい》だった。鼈甲《べっこう》の眼鏡が鼻からずり落ちかけている。警備員には見えない。

「お待たせしました。須賀さん？」

相手の呼びかけに、庸一は椅子に腰かけたまま鷹揚《おうよう》に手を挙げる。若い男は気分を害する様子もなく、淡々と名刺を取り出した。

「文芸の編集をやっています、中村といいます」

庸一はこぼれそうになる笑みをこらえた。ようやく、編集者と会えた。中村久樹《ひさき》、というのが男の氏名だった。方潤社という社名の下に、文芸編集部と書いてある。中村は冷静に、庸一の向かいの席に腰かけた。

「失礼ですが、おいくつですか」

「十九ですわ。もうすぐ二十歳」

「お若いですね」

「そっちは」

「二十五です」

大学を出て二、三年といったところか。若すぎるようにも思えるが、この際、編集者に原稿を読んでもらえるなら誰でもよかった。前置きもそこそこに、紙袋から原稿用紙の束を取り出してテーブルに置く。

「それで、これなんやけど」

「持ち込み原稿ですね。拝読します」

中村は顔色を変えずに紙束を受け取り、まず表紙を凝視《ぎようし》した。それからぱらぱらと原稿をめくっていく。まともに読んでいるとは思えないほど速い。中村が原稿を読んでいる間、庸一は何とも言えず居心地が悪く、ひたすら煙草をふかした。目の前で評価されるのがここまで気まずいとは思わなかった。

最後のページまで目を通した中村は、無感動な表情で言った。

「これ、あなたが書いたんですか」

庸一の顔に、はっきりと動揺が現れた。頭に血が上る。

「当たり前やろ。失礼やな。他に誰が書いたっていうんや」

「受付の台帳の筆跡と違いますが」

今度こそ、庸一は絶句した。中村はわざわざ台帳を確認してからここに来たのだ。迂闊《うかつ》だった。さすがの堅次も、原稿の筆跡を台帳と比較されることは予想していなかった。

「本当は誰が書いたんですか」

中村はあくまで落ち着いた口調で質問を重ねる。乾いた顔つきの中村とは対照的に、庸一は顔じゅうに脂汗《あぶらあせ》をにじませていた。こんな事態は想定していない。怒って席を立つべきか。しかし、ようやく原稿を読んでもらえたのだ。少しでもチャンスがあるならみすみす捨てるのはまずい。菅洋市を演じることも忘れて、庸一は必死に考えた。

「質問を変えましょう。須賀さんの好きな作家は誰ですか」

何も答えられない。ろくに小説を読んだことがない庸一に、好きな作家などいるはずもなかった。中村はレンズの奥の目で、焦る庸一をじっと観察している。吸いさしの煙草は、いつの間にか灰皿のなかで燃え殻と化していた。

「誤解のないように言っておきますが、この小説は面白いと思いますよ」

沈黙する庸一に、中村は言った。

「文芸では持ち込み原稿のほとんどは商品になりません。不躾《ぶしつけ》な言い方をすれば、外れです。千人持ってきたら、九百九十九人は外れと言ってもいい。しかしこの小説は売り物になる千に一つの原稿です。正直、持ち込みで文芸誌に載せる価値があると思ったのは今回が初めてですよ。いつもなら断るんですが、息抜きのつもりで読んでみてよかった」

庸一は微妙な立場に置かれていることも忘れて、「本当ですか」と喜んだ。本職の編集者が、堅次の書いた小説を絶賛している。やはり自分の目に狂いはなかった。弟は虚構を作る天才だった。

「それでね、須賀さん。本当は誰が書いたんです」

中村は初めて面上に笑みらしきものを浮かべた。

「それがわからないことには、さすがに雑誌に載せられない。どんな厄介事《やっかいごと》になるかわかりませんから。あなたの名前が書いてあるから、拾ったとか盗んだとかではないんでしょうがね。でも、あなたの後ろにはこれを書いた人物がいる。文学への造詣《ぞうけい》がかなり深い方でしょう。そしてその人物は、あなたを代理に立てて出版社に行かせた。違いますか」

ほぼ正解だ。若さに反して、中村は老獪《ろうかい》な観察眼を備《そな》えている。庸一は内心で舌を巻いた。隠し立てできる相手ではない。

もはや事実を語るしかなかった。無頼の殻《から》はなりを潜め、素の庸一のまま答えていた。

「……弟」

「はい？」

「弟です。須賀堅次といいます」

中村は腕を組んだまま原稿を睨んでいる。よほど予想外だったのか、しばらくは何も言葉を発しなかった。それでも驚きが顔に現れないのは大したものだった。

「弟さんの年齢は」

「十七歳です」

原稿を手にした中村は、再び最初から目を通した。今度は先刻より熟読しているのか、ページをめくる手が遅くなった。庸一は煙草を吸うのも忘れて待った。十分ほどかけて〈最北端〉を再読した中村は、眼鏡を指先で押し上げた。

「天才ですね」

中村の口調に気負いはない。当たり前のことを口にしているに過ぎない、といった風情だった。一足す一は二だと言っているかのような。

「十七歳の少年がこれを書いた。それ自体が一つの事件ですよ。ぜひ弟さんと会わせてもらえませんか。私だけで不安なら、編集長も……」

「それは無理ですわ」

庸一は即答していた。自分でも意外なほどきっぱりとした言い方だった。

「これは俺の私小説なんです。だから、この小説は須賀庸一が書いたということにしてもらわんと意味がない。須賀庸一の私小説を、須賀堅次が書いたなんて変でしょう」

「……ええと、この原稿は須賀さんをモデルに、弟さんが書かれたと。そして、須賀さんはこれを私小説として発表したいと。そういうことですか」

「俺が考えたことちゃう。堅次が考えたんや。自分が表舞台に立つ代わりに、須賀庸一を私小説作家としてデビューさせる。それが俺たちの目的や。だから堅次に会わせるわけにはいかん。その必要はない」

必死だった。弟を編集者と会わせてはならない。直感がそう告げていた。

会わせれば、その時はきっと自分が排除される。今、庸一は堅次にとって外界とつながる唯一の手段であり、だからこそ虚構を作り出す相棒として選ばれたのだ。もしも堅次が編集者と直接面識を持てば、庸一は不要になりかねない。

弟の成功を願っていたはずが、気付けば、弟に捨てられることが恐ろしくなっていた。庸一は、堅次の書いたシナリオに従って生きると決めたのだ。ならば堅次には死ぬまで庸一の人生を書き続けてもらわなければ困る。

「どうしても駄目ですか」

「あかん。それが条件なら、この原稿もなかったことにしてもらう」

いつしか菅洋市が乗り移っていた。切り替えようと意識したわけではない。ただ、虚構を借りることで、庸一は強気に出ることができた。

「須賀さんのやりたいことが、見えてきました」

原稿を間に挟んで、庸一と中村の視線が交錯した。

「深田久弥《ふかだきゅうや》という作家、知っていますか。『日本百名山』を書いた。去年、読売文学賞を受賞しましたが」

当然、庸一は知らない。首を横に振る。

「かつて、彼の作品は妻の北畠八穂《きたばたけやお》が代作していたそうです。病気で寝たきりだった内縁の妻が、夫のために原稿を書いた。そして深田は文壇での地位を確立した。結局は深田の浮気がばれて、代作の件は暴露されたんですがね」

「俺たちは夫婦とちゃう。兄弟や」

庸一が一蹴《いっしゅう》すると、中村は「ええ」と認めた。

「しかしやろうとしていることは深田久弥とよく似ている。この企《たくら》みを成功させるためには、あなたたち兄弟に絶対の絆が必要なんです。信頼関係と言ってもいい。公表しない以上は死ぬまで隠し通す。兄は弟を裏切ってはいけないし、弟も兄を見捨てることは許されない。その自信がありますか」

　ひとりでに庸一の口が動く。

「なかったら最初から来てへんわ」

　その言葉を待っていたかのように、中村は大きくうなずいた。レンズに蛍光灯の光が反射した。なぜか庸一は、言質《げんち》を取られた、と思った。

「それなら、乗りましょう」


　気付かぬ間に、森は中矢製作所を退職していた。庸一は森の電話番号も住所も知らなかったため、その後は連絡が取れなくなった。百万円の代わりに女を百人紹介してもらう件は、立ち消えになった。

　それから一週間と経たないうち、庸一は工場長に呼び出された。社屋の裏にある日陰で、作業着をまとった二人は揃って煙草をふかす。一対一で工場長と話すのは、入社試験の面接以来だった。

「悪いけど、もうお前の面倒は見切れん」

　開口一番、工場長はそう言った。

「ずいぶん盛り場での素行が悪いらしいな。辞めた森も言ってた」

「何言うてたんですか、あいつ」

「錦糸町あたりの飲み屋でしょっちゅう暴れてるそうだな。警察にも何回か注意されてんだろ。

社員が逮捕されたらウチも困る」

「まだ逮捕されてませんけど」

「そうなってからじゃ遅い。悪いけど今月限りだ。荷物をまとめて、次の就職先でも探せ。一応断っておくけど、決めたのは俺じゃないからな。逆恨みするなよ」

言いたいことだけ口にすると、工場長はそそくさとその場を去った。地面に捨てられた吸殻から、未練がましく煙が立ち上っている。庸一はそれを安全靴の底で踏みつぶし、唾を吐きかけた。いずれこうなるとは思っていた。むしろ菅洋市になるためには、まっとうな仕事などさっさと辞めるべきだったのだ。

堅次には、方潤社の中村から受けた指示をそのまま伝えた。〈最北端〉は改稿を経て、文芸誌に掲載される手筈《てはず》になっている。もちろん著者は須賀庸一だ。堅次が原稿を書き、庸一がその通りに行動する。兄と弟は、言葉という鎖《くさり》で永遠につながれている。

その夜、庸一はおぼろげな記憶をもとに〈バロン〉の扉の前に立った。〈最北端〉では、仕事を馘《くび》になった洋市は性風俗店へ足を運ぶことになっている。庸一が知っている店と言えば一つしかなかった。

夕刻から細い雨が降っていた。億劫《おっくう》なため傘はさしておらず、身体が濡れるに任せている。景気づけに酒場で焼酎を呷《あお》り、すでにしたたか酩酊《めいてい》していた。

庸一は己の内側で、菅洋市との境界がぐちゃぐちゃに溶けていることを自覚している。素の自分なら押すことのできない扉を、菅洋市は代わりに押してくれた。再びカウベルが鳴り、男装した例の若い女が顔をのぞかせる。今日は暗い赤のアロハシャツを着ていた。チンピラ紛いの格好をした女は、ぶっきらぼうに「お一人様ですか」と訊いた。

「二人に見えるんか」

「前金制なんで、先に千円を」

女は庸一のくだらない問いかけを無視する。その瞳は以前と変わらず、綺羅星《きらぼし》のように輝いている。場末のサウナにはそぐわない眩《まばゆ》さだった。雨で冷やされた庸一の下半身が、にわかに熱を帯《お》びてくる。どうせならこの女がいい。いや、この女でなければならない。洋市は庸一の耳元でそうささやいていた。

「二千円払うから、姉ちゃんサービスしてくれや」

とっさに口にした台詞を、女は鼻で笑った。

「百万持ってきたら考えてあげる。しつこいと人呼ぶよ」

慣れているのか、女は動揺する素振りなど微塵《みじん》も見せない。

百万円。この女は一人で、並の女千人分の値段を取るのだ。妥当な額だ。確かにそれほどの価値はある。両目に潜んでいる輝きを抱くためには、相応の対価が必要だ。今すぐは無理でも、求め続ければ必ず手に入れられるはずだ。

庸一は言われるがまま千円を支払った。そうして、受付に背を向けた。

「何やってんの、お客さん。そっちの通路進んで」

背後で女が慌てる。庸一は背に視線を感じた。

「風呂はええわ。今日は姉ちゃんに会いに来ただけやから。その千円は姉ちゃんが取っといてくれ」

下半身の熱は、きっと年増のサービス嬢を見た途端に失われてしまうだろう。ならばこれ以上は無用だ。千円は、女への分割払いのつもりだった。ここに千回通えば、総額は百万円になる。最後に払うときが、この女を抱くときだ。

相手は黙ったままだった。

「名前は」

振り向いて尋ねると女は明らかに戸惑った。受付係が客に名乗るいわれなどない。サービス嬢ですら本名は教えないだろう。それでも庸一が去らずにいると、やがて女は小声で「エイコ」と答えた。

「どんな字や」

「言葉の言に永遠の永」

言葉と永遠。庸一には、まるで自分と堅次の関係を暗示しているように思えた。悪くない取り合わせだ。

「ええ名前やな」

褒《ほ》めたつもりだったが、詠子はなぜか不快そうに顔をゆがめた。庸一への怒りというより、客を相手に名乗ってしまった自分への怒りに見えた。

雨は勢いを増していた。歩くたびに泥が跳ね、靴や足元を汚す。伸びかけの髪が、濡れて頭皮にへばりついた。雨水がとめどなく目に入ってくる。手のひらで顔を拭《ぬぐ》いながら、庸一は駅を目指した。

これからも、きっと〈バロン〉に通い続けるだろう。そしてそのたびに千円を払い、店を立ち去る。詠子《えいこ》をものにするためなら千回くらい訳はない。

庸一の顔は堪《こら》えきれない喜色に満ちている。笑い声は雨音にかき消される。

それは、この街でようやく居場所を見つけたことへの喜びであった。

第三章　無響室《むきょうしつ》より

　庸一はさりげなく、カウンターの隅に置かれた固定電話を見た。グレーのプッシュホンは、すました顔で沈黙している。苛立《いらだ》たしさをつまみに水割りを傾《かたむ》ける。額《ひたい》ににじむ汗は、七月の蒸し暑さのせいか、あるいは焦燥のせいか。

「そろそろか」

「そうですね」

　隣席の中村が答えた。中村はひたすら冷水を飲んでいる。編集者が会見をするわけでもあるまいし、アルコールを摂《と》っても問題ないと思うが、中村は待ち会では絶対に酒を飲まない。それは他の作家の待ち会でも同じらしい。

　二人は東京會舘《とうきょうかいかん》からほど近いバーにいる。午後七時の店内に他の客はいない。普段ならこの店に来るのはもっと夜が更《ふ》けてからだが、今日は日没前から待機している。二人で文学賞の選考結果を待つためだ。通称、待ち会。

　かつては他社の編集者たちも呼んで、にぎやかに待ち会をやっていた。しかし落選するたびに庸一が出席者の誰かにケチをつけて大暴れするため、今では担当編集者と二人で結果を待つのが恒例になっている。二人きりでも喧嘩になる時はあるが、被害は少ないに越したことはない。

今回は方潤社の雑誌に発表した短編が候補になったため、中村と一緒にいる。事務局にはあらかじめ、この店の番号を伝えてあった。選考結果が出ればすぐさま店の電話が鳴る手筈《てはず》だ。

庸一は五分おきに固定電話へ視線を送っている。鳴っているはずがないのに、気になって仕方がない。これぱっかりは何度候補になっても慣れることがなかった。己の小心さが身に染みてわかる。

これまで年に一度のペースでさまざまな文学賞の候補に挙げられてきたが、受賞したことはまだない。

とりわけ、この文学賞の候補に挙げられるのは四度目だった。国内の文学賞では圧倒的な知名度を誇り、受賞作は売れ行きも上がり、受賞作家の経歴には箔《はく》がつく。少しでも自己承認欲求がある作家なら、喉から手が出るほど欲しい肩書きである。

十年前、デビュー作の〈最北端〉が同賞候補に挙げられたときは、まさか、と思った。堅次もそれを聞いたときは唖然《あぜん》とした。デビュー作が候補になること自体はままあることだ。しかし新人賞も受賞していない、持ち込みの無名新人が候補になるとは、当事者たちもまったく期待していなかった。結果は落選だったが、候補入りがきっかけで須賀庸一は一躍文芸界で名を知られるようになり、他社からも続々と依頼が舞い込んできた。

それから毎年文学賞の候補に挙げられてきたが、結果は決まって落選だった。

どうせ俺は選考委員に嫌われているのだ。本が売れていることへの嫉妬《しっと》だ。文学性に欠ける、などとしたり顔で語る連中の頰《ほお》を片端から引っ叩《ぱた》いてやりたい。そういった鬱屈《うっくつ》は外へ発散するだけでは足りず、身の内へ蓄積されるようになった。

七時半を過ぎても、電話は沈黙を続けている。例年なら七時前後には連絡が来るはずだ。受賞でも落選でも、必ず連絡はある。

「事務局が電話するん忘れてるんとちゃうか」

「まさか」

中村は水を飲み、鼈甲《べっこう》の眼鏡を押し上げた。この男は常に、何を考えているのかわからない。受賞を期待しているようにも、諦めているようにも見える。ずいぶん長い付き合いになるが、庸一はいまだに中村久樹という編集者を摑《つか》みかねていた。

確かなのは、作家としての須賀庸一の生命線を握る人間ということだけである。中村は、実際に原稿を書いているのが弟だという事実を知る唯一の編集者だった。

「中村さん、まだ結婚せえへんの」

気づまりな空気をごまかすため、庸一は質問を発した。

「僕はまだ、いいです」

「もう三十五やろ」

「それでも、まだ、ですよ。須賀さんはもう四年になりますか」

「もうすぐ四年やな」

これまで幾度となく繰り返した会話。中村との雑談のネタはもう残っていない。数年前から同じようなことを何度も話している。更新されるのは、庸一が結婚してからの年数くらいだった。

「作家が結婚すると、良くも悪くも変わることが多いんですよ。須賀さんには意味のないことだと思いますが。弟さんが結婚されない限りは」

「その冗談、前にも聞いたわ」

中村は恐縮する素振りも見せず、「そうですか」と応じた。

電話が鳴ったのは七時四十八分だった。

最初にフロアの店員が電話を取る。短い会話の後、男性店員が庸一の席へと近づいてきた。庸一は声をかけられる前に立ち上がり、受話器を取った。くぐもった男の声が耳に流れ込んでくる。くどくどと前置きを話す声は、不思議と耳に入らなかった。

「誠に残念ながら、落選でした」

その一言だけが、くっきりと庸一の意識に食いこんできた。

「あかんかったんやな」

「誠に残念ながら、落選でした」

尋ね返すと、相手はまったく同じ台詞《せりふ》を繰り返した。そうか、とかすれた声でつぶやいた庸一は、力任せに受話器を叩きつけた。バーテンが一瞥《いちべつ》したが、電話機が無事であることを確認すると、前に向き直った。

席に戻った庸一は、無言で手元のグラスを空にした。電話の声を聞いていたらしい中村は「お疲れさまでした」と言った。

「水割り、二つお願いします」

中村の注文に応じて、すぐに新しいグラスが二つ出される。庸一は片方を手に取って一気に半分ほど空けた。一向に酔いが回る気配はない。

その時初めて、庸一は店内を満たすバイオリンの旋律《せんりつ》に気づいた。店に入ってから、音楽がかけられていることにも気づかなかった。緊張を指摘されたような気がして、不愉快さに顔を歪《ゆが》める。

「いつになったら獲《と》れるんや」

庸一は水割りの水面に問いかけた。そこには三十になろうとする自分の顔が映っている。天才文学青年と呼ばれた男は、すでに青年と呼ぶには苦しい年齢に差しかかっていた。

「連絡しなくていいんですか」

中村に急《せ》かされた庸一は「わかってるわ」と言い捨てて立ち上がった。もう一人、結果を心待ちにしている男がいる。固定電話の受話器を取った庸一は、暗記した番号をプッシュした。一度目の呼び出し音で相手は出た。

「俺や」

「どうやった」

押し殺した堅次の声が、庸一の心臓を握りしめた。

「あかんかった」

喘《あえ》ぐように言うと、一拍の間を置いて、堅次は長いため息を吐いた。その吐息は庸一の心に開いた風穴を吹き抜けていった。

「小説書くんが、こんなに虚《むな》しいとは思わんかったわ」

消え入るような声で言い残し、通話は切れた。庸一は受話器を耳に当てたまま、しばらくその場から動くことができなかった。

＊＊＊

洋市は四つ折りにした紙片を恵以子《えいこ》の目の前で広げてみせた。薄い紙は細々《こまごま》とした記入欄で埋められている。昨日、役場でもらってきた婚姻届だった。夫になる人、妻になる人、という役所特有のそっけない表記には、人形を管理するような薄ら寒さが漂っている。

さぞ喜ぶだろうと見込んでいた洋市は、恵以子が戸惑《とまど》う表情を見て、肩透かしを食った心持ちだった。この数年、彼女が煩《わずら》わしいほど口にしていた願望。入籍。しかし恵以子の顔にはいまや怯《おび》えすらにじんでいる。

「どういうつもりなの」

「お前が望んどったことやろ」

「そうだけど。本当に、いいの」

怒りで目がくらみそうになる。この期に及んで尻込みする性根が信じがたかった。与えられた恩恵を素直に受け取ることすらできない、哀れな女。それも過去を考えればやむを得ないと言える。彼女の前を通り過ぎた、数々の期待と裏切り。洋市は熱湯を飲むような表情で、湧き起こる衝動を抑えつけた。

「こっちがええって言うてるもんを、お前の判断で拒否するつもりか」

「違う。入籍はしたい。でも、それであなたが縛られるなら入籍なんてしたくない」

「阿呆。こんな紙切れで縛られてたまるか」

発作を堪《こら》えきれず、洋市は婚姻届を引き裂いた。音を立てて二つに破れた紙片を、洋市はさらに細かくちぎっていく。顔を朱に染めた洋市は、偏執《へんしゅう》的に行為を続けた。二度、三度、四度とちぎるたびに、婚姻届は紙吹雪《かみふぶき》のように小さくなっていく。恵以子は眉をひそめ、棒立ちになって眺めていた。

癇癪《かんしゃく》がいくらか鎮《しず》まると、洋市は手を止め、撒《ま》き散らされた薄紙の断片を見下ろした。見ているうちに荒波が均《なら》されていく。役所の紙一枚で縛られてはたまらない。所詮《しょせん》は紙でできた鎖だ。こんな脆《もろ》い代物《しろもの》で、自分を縛ることはできない。

「もう一枚、もらっとけ」

言い捨てて、洋市は大股で家を出た。気を紛らわす方法はいくらでもある。最後に見た視界の端では恵以子が涙ぐんでいた。その涙が何処《どこ》の泉から湧いているか、想像する気力すら残っていなかった。

＊
＊
＊

昭和四十七年に発表した〈紙の鎖〉という中編の一節である。

あらすじは単純だ。主な登場人物は、無頼の作家として生活する菅洋市と、その内縁の妻である恵以子。恵以子は事あるごとに入籍を望むが、洋市は面倒だからと一蹴《いっしゅう》していた。しかし酒場での喧嘩で傷を負うたびに、恵以子の献身的な看病を受けた洋市は入籍を決意する。洋市は煮え切らない恵以子の態度に癇癪を起こしながらも、最後には二人で役場に婚姻届を提出する。

最初に堅次から送られてきた〈紙の鎖〉を読んだとき、庸一は思わず「やっとか」とつぶやいた。その時すでに、錦糸町で詠子と出会ってから六年が経っていた。髪を短く整え、アロハシャツを着て、精一杯の男装を施《ほどこ》していた詠子。

彼女のもとへ通いはじめたのは、ちょうど〈最北端〉の掲載が決まったころだった。扱いはお世辞にも大きいとは言えないが、それでも文壇デビューには違いなかった。中村から指摘された筆跡の違いは、堅次にとっても盲点だった。以後、編集者に渡す原稿は必ず庸一みずから書き写した。

堅次は自宅に送られた文芸誌を数秒読んで、座卓の横に投げてしまった。「読まんのか」と庸一が問うと、「何が書いてあるか知ってるから」という答えが返ってきた。

原稿料もきっちり入ってきた。堅次の提案で、作家として得た収入は二人で等分することになった。庸一は半分もらうことに気が引けたが、堅次は「半分ずつ」を強く主張したため、それに従った。「お互い遠慮なくやるため」だと堅次は説明した。

庸一は金を工面《くめん》しては、足繁く〈バロン〉へ通った。千円を払って、詠子と会話しては帰ることを繰り返した。金を払っている以上、文句を言われる筋合いはない。最初は恐る恐る言葉を交わし、次第に突っこんだ話をするようになった。

「なんでここで働いてるんや」

「ここしか働くところがないから」

「その理由を聞いてるんやって」

十数度目に〈バロン〉を訪れた夜、相変わらず二人は受付の台を挟んで話していた。まともな答えは端から期待していない。庸一が去ろうとすると、詠子はぽつりと言った。

「あたし、ここで育ったんだ」

詠子は普段と変わらぬ白い無表情な顔で、まっすぐに正面を見ていた。瞳に星のような輝きはなく、擦《す》りガラスのように曇《くも》っていた。庸一はその視線に今までと違う何かを感じた。

「駅前の尾島屋《おじまや》って店、知ってるか」

問いかけると、詠子はかすかにうなずいた。「待ってるわ」と言い残し、庸一は舗道へ踏み出す。尾島屋は夕方から昼までやっている店だった。何時に仕事が終わるかわからないが、ともかく待ち続けることにした。

詠子が店に来たのは思ったより早かった。

午前二時過ぎ。ガラス戸を引いて現れたのは、生成《きな》りのポロシャツを着た詠子だった。下は店にいた時と同じスラックスだ。できる限り色気をなくそうという努力が感じられた。吸っている銘柄はハイライトだった。

カウンターに並んで座った二人は、焼酎を飲みながら互いの身の上話をした。

詠子は二十二歳で、私生児だった。

母親は恋人の暴力に耐えかねて家を飛び出し、実家で出産した。しばらくは母の実家で暮らしていたが、母と祖父母の折り合いが悪くなり、東京へ移った。母は幾人かの男との交際を経て、赤線業者の妾《めかけ》となった。母子《おやこ》は錦糸町にある店の、裏手の部屋で寝起きするようになった。詠子が九歳のときだ。赤線が廃止になっても、同じ店をサウナに改装して営業を続けた。詠子は店のサービス嬢や常連客との会話で、言葉を覚えた。

母の交際相手は妙に義理堅い人物で、母や詠子が水商売をすることは絶対に許可せず、できるだけ普通の生活を送らせた。とは言え、学校に通っていない詠子が就きたいと思う仕事は表舞台にはなかった。

十八歳のとき、詠子は〈バロン〉の受付に立つことを自ら希望した。それが最も身近にある仕事だったのだ。母の交際相手は男装を条件に許可した。

庸一が「駆け出しの作家」と名乗ると、詠子は小説を読みたがった。

「方潤社の雑誌に載ってるけど」

「それ、本屋で買えるの」

「買えるんとちゃうか。買ったことないけど」

「じゃあ、これから買いに行こう」

言うが早いか、詠子はすぐさま尾島屋を飛び出した。慌てて勘定を済ませた庸一は後を追う。詠子はせかせかと路地のほうへ歩いていった。

「こっちに営業してる本屋がある」

庸一が横に並ぶと、詠子はそう言った。時刻は午前四時に近い。こんな時間帯に営業している書店など聞いたこともない。しかし彼女は確固たる足取りで先へと進む。夜の店もすでにあらかたが閉店し、路地は静まりかえっている。

何度目かの角を折れたとき、日の出前の暗闇のなかに光る一軒の店が現れた。店内から漏れる照明が、おぼろげに路傍《ろぼう》を照らしている。表に面した本棚には雑誌が並べられていた。庸一は夜明け前の路上に立ち尽くした。人の絶えた夜道に忽然《こつぜん》と現れた書店は、どこかこの世のものとは思えない雰囲気をたたえている。

棒立ちの庸一を尻目に、詠子は棚に取りついて片端から雑誌を手に取っていた。表紙で誌名を確認しては棚に戻していく。

「ねえ、どれ」

声をかけられてはっとした庸一は、店の外にある棚を見渡したが、目当ての雑誌はなかった。店内に入ると、棚が背中合わせで並べられていた。店番をしているのは中年の男で、客が来ても挨拶一つない。庸一は文芸誌の棚を見つけ出し、見覚えのある表紙を手に取った。〈最北端〉の掲載された号。ぎりぎり次号が刊行される直前だったが、まだ残っていた。

「これの最後のほうや」

無造作に差し出された雑誌を受け取った詠子は、立ったまま読みはじめた。

「おい、詠子。立ち読みなら帰れ」

すかさず店番の男が叱責《しっせき》する。「うるさいなあ」と言いつつ、詠子はきっちり代金を支払って購入した。紙袋に入った雑誌を手にした詠子とは、書店の前で別れた。互いに、じゃあ、と言って別々の方向へ歩きだした。

堅次は時折「最近、何があった」と庸一に尋ねる。庸一の私小説を書いている以上、その身辺についてはできる限り知っておきたいのだろう。ある日、詠子との一部始終について話したところ、弟は珍しい女がらみの逸話に興味をそそられていた。

「その女、どんな見た目や」

「髪が短くて、色が白くて……あとは、目ん玉のなかに星がある」

庸一が真顔で言うと、堅次は声を上げて笑った。

「なんやそれ。兄ちゃん、惚《ほ》れてんのか」

「惚れてるんかな。そうかもな」

堅次の笑い声がぴたりと止んだ。「本気か」と問われ、「わからん」と答えた。詠子に対する気持ちの何割が恋情で何割が性欲なのか、判別がつかなかった。庸一が真正直にそう語ると、堅次は訳知り顔で言った。

「ええんや、それで。性欲のない愛情なんて脆《もろ》いだけや」

堅次が男女関係について何かを語るのは初めてだった。

思えば、庸一が家を空《あ》けている間、堅次が何をしているのかは知らない。きっと大部分の時間は原稿を書いているのだろうが、仮に他の過ごし方をしていたとしても知る術《すべ》はない。弟が家の外で女を作っていないという証拠はなかった。

「次の原稿にはその女も出すわ」

「堅次、それは……」

「何遍も言わすなって。俺が書いてんのは須賀庸一の私小説なんやで。ほんまにあったこと書いて何が悪いんや。それとも都合のええことだけ書いて、嫌なことは書くなって言うんか。それはさすがに調子ええんとちゃうか」

口喧嘩では堅次に勝てない。家の外では無頼《ぶらい》にふるまっている庸一も、弟と二人きりのときには自然と〈菅洋市〉の衣《ころも》が脱げ、本来の性格が頭をもたげる。

「ええから、俺に任してくれ」

元より反論の余地はない。庸一は、堅次が敷いた線路の上を走るしかないのだ。今更他の生き方を選ぶことなど考えられない。死ぬまで虚構に殉《じゅん》ずる以外、庸一が己の居場所を確保する方法はない。

堅次の書いた初稿を読んだ庸一は、かぶりを振った。

夜の繁華街《はんかがい》で〈恵以子〉という女と遭遇《そうぐう》した洋市は、彼女と交流を深めるうち純愛に目覚める。初めて恋愛らしい恋愛をした洋市は、恵以子になかなか手を出すことができず、いたずらに時間を浪費する。焦りを覚えた洋市は二人で飲んだ帰り道、強引に連れ込み宿へと引きずり込む。行為に及ぼうとする洋市だが、恵以子は抵抗の末に宿から逃げ出す。その後も洋市は恵以子につきまとうが、自分に浴びせられる視線の冷たさから、恋に破れたことに気付く。

「この筋書きやないとあかんか」

庸一には、そう尋ねるのが精一杯の抵抗だった。

「そら、うまくいくんやったらそういう話にしたいけどな。でも、まずうまくいかんやろ。詠子っちゅう女、明らかに訳ありやで。夜の店の裏で育った女が、兄ちゃんみたいな普通の男を相手にすると思うか。それやったらあっさり失恋するほうがよっぽど現実的やで」

堅次の言い分にも理はある。それでも庸一は、もっとまともな手段で詠子との距離を縮めたかった。しかし堅次に反論する言葉を持たない庸一は、今回もそのシナリオに従う他なかった。

その後も月に二、三回の割で詠子とは飲んだ。日付が変わったあたりで庸一が〈バロン〉に顔を出し、尾島屋で焼酎を飲みながら彼女を待つ。詠子はたいてい二時ごろに店に現れ、日の出前には解散する。飲みながら話すのは、詠子が遭遇した客のことや、店での出来事が多かった。庸一は相槌《あいづち》を打ちながらそれを聞き、ぽつりぽつりと意見をつぶやく。彼女の都合が悪い日は、素直に〈バロン〉から西日暮里へ直帰した。

弟の受け売りではないが、詠子がなぜ自分のようなつまらない男と飲んでいるのか、庸一には不思議で仕方なかった。

その理由が垣間見《かいまみ》えたのは、定期的に飲むようになって三か月が経った時期だった。夜更けから飲みはじめて空がうっすらと白みはじめた時間帯、詠子は語った。彼女の焼酎に浮かんでいた氷はすっかり融《と》けきっていた。

「あたし、あたしとして見られたことがなかった。言ってる意味わかる？　今まで〈女〉としてしか見られてこなかったたってことね。男からも女からも。そうでなきゃ私生児か、受付係。客にも嬢にも親切な人はいるけど、結局は同情なんだよね。風俗店の裏で暮らす哀れな女だから、優しくしてくれるだけ。あたしっていう人間として扱われたことなんて、一度もない」

冷やの日本酒を口に運びながら、庸一は柄にもなく涙腺《るいせん》が緩んでいた。

庸一は昔から、泣くという行為が不思議だった。人は極端な悲しさや悔しさに直面したとき、思わず涙をこぼす。しかし涙は現実的には何の解決にもならない。目から水分が流れたところで、魔法のように悲しみが消えるわけではない。どうして人間にはこんな無駄な機能があるのだろう、と不思議で仕方なかった。

しかし今、ようやくその理由がはっきりした。泣くことで、人はその感情が嘘《うそ》ではないと表明することができる。これは言葉や手振りと同じ、意思疎通の手段なのだ。

「何。泣いてるの」

詠子に問われるまでもなく、庸一は静かに泣いていた。先刻の発言のどこが琴線《きんせん》に触れたのかわからない。嗚咽《おえつ》を押し殺しながら、庸一は言った。

「連れ込み、行かんか」

それ以外の言葉が見当たらなかった。堅次の書いた原稿で頭が一杯だったせいかもしれない。女っ気を消した服装の詠子は苦笑した。

「この時間に行くの」

「あかんか」

「また今度」

聞き違いかと思った。また今度、という響きが庸一の脳内でこだまする。今夜は無理だが、他の日ならいいという意味か。それとも遠回しに断られているのか。涼しい顔でハイライトの煙を吐いた詠子は「帰ろうか」と言った。

庸一の誘いに詠子が乗ったのは、翌々週のことである。暗闇のなかで朱子織《しゅすおり》のような女の肌に触れた庸一は、目がくらむ快感を味わった。

「作家なら、あたしのこと書いてよ」

布団に寝転がり、汗にまみれた詠子は独り言のようにつぶやいた。

「時間ってどんどん過ぎていく。今ここで起こってることも、煙みたいに一瞬で消える。それが怖い。身体が蒸発していくみたいで。だから完全に蒸発しちゃう前に、小説に書いてよ。それなら少なくとも、小説のなかで生き続けられるでしょう」

庸一は当惑した。みずから書かれることを望む女がいるとは、思いもしなかった。

「書くわ。約束する」

堅次に事の次第を打ち明けると、愉快そうに膝《ひざ》を叩いて笑った。

「えらい女や。こっちに書き換えさすとはな」

「詠子の希望通りにしてくれるんか」

「そら、もちろん。そのほうが面白いからな」

普通の感覚なら個人的な恋愛、それも男女の交合について書かれるなど耐えがたい屈辱だろう。しかし詠子は、小説のなかで生き永《なが》らえることを望んでいる。庸一は「任すわ」と答えた。

後日、詠子との情交をモデルにした小説が文芸誌に掲載された。事前に予告していた通り、堅次は庸一が話したほぼそのままを書いていた。詠子は〈恵以子〉として、原稿のなかであられのない姿をさらしている。掲載された号を尾島屋で詠子に渡すと、彼女はその場で読みはじめた。一時間かけて熟読した詠子の顔は、興奮で上気していた。

「あたしが居る」

誌面を指さして、詠子は言った。

「すごいね、あんた」

目を見張る詠子の言葉に嘘は感じられない。庸一は、心に穿《うが》たれた罪悪感の穴が視界に入らないふりをしながら、「そうか」と日本酒を口に含んだ。


四度目の落選を味わった翌日、堅次に呼び出された。七月下旬、三十度を超える猛暑のなかを庸一は歩いた。

庸一と詠子が住む亀戸の集合住宅から西へ徒歩十五分。庸一名義で借りたアパートの一室で、堅次は生活している。西日暮里の部屋は老朽化《ろうきゆうか》がひどく、壁が薄すぎて執筆に集中できないため転居した。ただし、二階建てアパートの二階角部屋というところは変わらない。別々に暮らすようになってから、顔を合わせる頻度は激減した。半年で三、四回といったところだ。

ブザーを鳴らすと、前の家より分厚くなった扉の向こうで足音がした。顔を見せた堅次は、シャツにチノパンというさっぱりした身なりだった。休日の会社員という雰囲気だ。扇風機から送られてきた風が、庸一の頬を撫でた。

玄関を入って右手に書斎、左手に寝室。まっすぐ廊下を進んだ先には居間と台所がある。一人暮らしには贅沢《ぜいたく》な広さだが、庸一の本の売れ行きを考えれば妥当とも言える。文学賞の受賞経験こそないが、売れっ子という点では選考委員にも引けをとらない。

「悪いな、急に」

居間に通された庸一は座椅子に腰かけ、堅次が出した麦茶を一息に飲んだ。膝丈《ひざたけ》のズボンからは脛毛《すねげ》の生えた脚が飛び出している。弟が呼び出した理由にはおおよそ見当がついていた。間違っても、落選の愚痴《ぐち》をこぼすためではないだろう。

「用件は」

「原稿の関係。一応、確認しておこうと思って」

普段の仕事の進め方はこうである。まず庸一が編集者から受けた依頼内容を手紙に書き記し、堅次に送る。堅次は仕事を受けるかどうかを検討し、返事を庸一に書き送る。受ける場合は堅次が原稿を庸一へ郵送する。庸一は同じ内容を原稿用紙に書き写し、締め切りまでに編集者へと渡す。

　肝心なのは、庸一名義で発表する小説はすべて〈私小説〉だという点である。そのため、編集者に完成原稿を渡す前に、堅次の原稿に書かれた内容を実行する必要があった。庸一は原稿書きという作家としての仕事を負わない代わりに、書かれた内容をすべて現実にするという役目を担っていた。

　気を遣うのは、編集者との打ち合わせだ。中村以外の編集者は、堅次が本当の書き手だということを知らない。下手なことを言えば、庸一の作品ではないことがばれてしまう。そのため、堅次の書いた原稿はよく読んで、内容を頭に叩きこんでいった。余計なことはなるべく話さず、用件が済めばそそくさと切り上げた。インタビューや対談の類《たぐい》も、できる限り断った。どうしても受けなければならない場合は、最初から最後まで下世話な噂話をして煙《けむ》に巻いた。こうして、底の浅さが露呈《ろてい》することは避けられたが、業界での評判はすこぶる悪かった。

　好色で、酒好きで、暴力癖のある作家。それが庸一の人物評として定まった。それでも作品が売れるため、依頼は絶えなかった。

　須賀庸一という作家が売れたのは、その小説が実話暴露の気配を帯《お》びていたためである。小説のなかで描かれる菅洋市――須賀庸一の破天荒な生き方は、多くの人々を惹《ひ》きつけた。そして庸一自身が紛れもない〈私小説〉だと宣言していることから、読者はそこに他人の人生をのぞき見しているような興奮を覚えた。ゴシップ誌的な興味も手伝い、庸一の小説は純文学と呼ばれる分野では異例の売れ行きを示していた。原稿料や印税を二人で等分しても、そこらの会社員より収入は上だった。

　堅次が庸一を呼び出すとき、用件は大きく二種類に分かれる。一つは、編集者からの依頼内容の確認。もう一つは、自身が書いた原稿内容の確認。そして庸一は、今回の用件が後者であることを直感していた。

「方潤社に載せる中編やけど」

「早いな」

　依頼を受けたのはふた月前だった。どんなに立て込んでいても、中村からの依頼は優先することになっている。彼は唯一、須賀庸一という作家のからくりを知っている人物だ。兄弟にとってはデビューの恩人であると同時に、機嫌を損《そこ》ねてはならない相手でもある。

　堅次はテーブルに原稿の束を置いた。ざっと二百枚。表紙には〈無響室《むきょうしつ》より〉という題が書かれている。

「兄ちゃん、実家行ってくれるか」

　堅次はさらりと口にした。

「今更行くんか」

「行くんや」

　東京に出てきてからというもの、故郷には一度も帰っていない。電話で母と話すことはあるが、それも年に一度あるかどうかだ。作家になる前後で変化はない。両親にとって己は出来損ないの長男であり、何をしていようが関心の埒外《らちがい》に違いないのだ。

あの、日本海に面した小さな町。十一年ぶりの帰省がどうなるか、想像もつかない。その答えはすでに原稿に書かれている。堅次は表紙に手を置いた。

「ええか、これは勝負作や。作家にとって故郷は切り札や。他のどこよりも知ってる土地、誰よりも知ってる土地を舞台に書くんや。違う角度から言うたら、ここで失敗したら目も当てられん。この作家は生まれ育った土地もまともに書かれへんと思われる。俺らは絶対に、この小説で出世せなあかんねや」

堅次の声には気迫がみなぎっている。その裏には、文学賞を獲れない現状への不満が感じ取れた。それは、出世、という言葉に端的に表れている。

「詠子も一緒に行ってもらう」

詠子のことを、堅次は呼び捨てにするのが常だった。二人は顔を合わせたことすらないが、だからこそそう呼べるのかもしれない。

「俺と詠子で行くんか」

「そうや。ほんで、実家で好き勝手やってもらう。しばらくしたら東京から知り合い呼んでもええ。とにかく何でもええから、めちゃくちゃにやって欲しい。とことんまで、下品に汚してほしいんや」

庸一はぱらぱらと原稿をめくった。これまで何千枚もの原稿を読み、書き写してきたせいか、多少は文章の良し悪しを見分ける力がついている。〈無響室より〉は、これまでの小説とは一線を画す書きぶりだった。

約二百枚分の升目《ますめ》は文字で隙間《すきま》なく埋めつくされている。ほとんどが地の文で構成され、台詞も句読点で区切られているだけだ。濃密な文章の海が広がっている。拾い読みすれば、暴力と鯨飲馬食《げいいんばしょく》、そして性愛のオンパレードだった。

「この内容を呑むか、確認したかったんか」

「いやいや、兄ちゃんにはやらんという選択肢はない。書いたからにはやってもらう。そのために、さんざん作家としてええ思いしてるんやからな」

だろうな、と庸一は内心で思う。これまで庸一が書かれた内容を拒否したり、原稿にケチをつけたことはない。加えて、堅次の言葉には余計な棘《とげ》が仕込まれていた。須賀堅次としての人生を捨て、一生表舞台に出られないことへの葛藤《かっとう》を感じさせた。

「なら、なんや。早《は》よ言うてくれ」

「兄ちゃんが行くとき、俺も一緒に行く」

耳を疑った。東京に来てから、庸一は堅次と一緒に外出したことがない。パチンコ店にも、酒場にも同行したことはなかった。しかも、堅次は死んだことになっている。崖から身を投げたはずの堅次が両親の前に現れれば、どんな混乱になるか想像もつかない。

「それはあかんやろ。どうしたんや」

父と母にとって、堅次はとうにこの世から消えた存在だ。行方不明になってから七年以上が経過しているため、法律上もすでに死んだことになっている。

「慌てんでも大丈夫や。あの人らの前には出えへんから。それに、俺はもう死んだようなもんや。盆も近いし、死人が地元に帰るんは当然やろ」

厭味《いやみ》ったらしい笑顔だった。生きている兄に、死んだ弟が微笑みかけた。

「知り合いに会《お》うたらどうする」

「見ときたいんや」

堅次は遠い目をして、窓の外を眺めた。

「十何年経ったあの町を見たら、これから先の十年、また書いていけるような気がする」

毎度のことながら、兄弟の話し合いは最初から決着が見えている。必ず最後には弟の意思が実現するようになっているのだ。その構図が、兄弟をここまで連れてきた。人気作家である須賀庸一を作り出した。だから、今回も庸一は従うしかない。

「いつ頃行けばええんや」

「八月十三日」

堅次は日付を指定した。それが盆の初日であることに気付いたのは、詠子に旅行の予定を話した時だった。


あくびと一緒に吐いた紫煙は、車窓の富士山に靄をかけた。

東海道新幹線ひかりは帰省客で満員だった。座席に深く腰をおろし、隣席を振り返る。通路側の詠子は退屈そうに頬杖《ほおづえ》をついて、逆の車窓を眺めていた。分厚いベースメイクを施した肌に、唇には薔薇《ばら》のような紅をひいている。

「富士山、見いひんのか」

「帰りに見る」

今見ないことの理由になっていないが、庸一は深く考えずに窓へ向き直った。詠子の性格が読めないのは今にはじまったことではない。いちいち深読みしていたら、身体がいくつあっても足らない。

東京駅で売り子から買った缶ビールを口に含む。温《ぬる》く炭酸の抜けたビールが喉を落ちていく。買った直後の冷たさや刺激はないが、これはこれで味があるものだ。詠子と過ごしてきた日々も、温いビールに似ていた。

出会った頃は男っぽい服装をしていた詠子だが、〈バロン〉の裏の家を出て、庸一と同棲をはじめてからは女物しか着ていない。引っ越しの際にそれまでの衣類は全部捨てて、一から買い直した。もともと、客に色目を使われないためにそうしていただけである。それまで選べなかった反動か、一気に化粧が派手になり、人目を引く服を好むようになった。

車窓から富士山が消えた。庸一が「詠子」と呼ぶ。

「自分が生まれたのがどんなところか、覚えてるか」

「少しだけ覚えてる。けど」

詠子は言葉を切り、タイトスカートから伸びる脚を組んだ。

「ほとんど忘れた」

庸一は不用意な質問を後悔した。今さら思い出話を聞くつもりはないし、無理に聞き出したところで暗澹《あんたん》たる過去が蘇《よみがえ》るだけだ。妙なことを訊いてしまったのは、帰郷することへの気負いのせいかもしれない。

故郷へ帰るのは十一年ぶりだった。

両親には昨日、公衆電話から連絡した。おぼろげに覚えていた番号へかけると、母が出た。電話では何度か話していたため、声を聞いただけで郷愁《きょうしゅう》が掻《か》き立てられるようなことはなかった。

「明日、そっち行くわ」

母はしばし絶句してから、「どういうこと」「一人で来るの」「なんで急に」などと愚痴らしき断片を吐いていた。いちいち答えるのが面倒になり、庸一は途中で受話器を置いた。

両親が今の庸一を知らないはずはない。いくら世事に疎《うと》い田舎者でも、作家として一線で活躍している息子の名前を一度も耳にしていないということはあり得ない。父母は庸一の文壇での成功をどう思っているだろうか。

堅次のことは、二人のなかでどんな思い出になっているだろう。さすがに忘れてはいないだろうが、どこまで細かい点を覚えているか、はなはだ怪しいものだった。いなくなった優秀な次男は、あの夫婦のなかで極端に美化されているかもしれない。

改めて、庸一は考えた。親とは何者なのか。

詠子には父親と呼べる人物が二人いるが、いずれもよく知らないという。実父については一切を聞かされておらず、性風俗店を経営する事実上の養父についても、名前と顔の他には「母と同世代」という以上の情報はない。母親は昔は夜な夜な盛り場に出ていたそうだが、錦糸町に住んでからは水商売を禁じられ、パチンコ店の換金所で慎《つつ》ましく働いていた。

詠子は今でも時おり、母のもとに顔を出す。庸一は月に一、二度、詠子にまとまった金を渡しており、どうやらそのなかから幾許《いくばく》かを母親に渡しているらしい。亀戸に住むことにしたのも、その気になれば徒歩で錦糸町へ行けるからだった。

聞くところによれば、今でこそおとなしい暮らしぶりだが、かつては詠子の母も相当に放埒《ほうらつ》な生活を送っていたらしい。幼少期の記憶では、朝に酒臭くなかったためしはなく、「酒の匂いが母の匂いだと思っていた」という。手を上げられた記憶も一度や二度ではない。庸一が自分から根掘り葉掘り訊いたわけではなく、長年同じ屋根の下で暮らしているうち、自然と詠子のほうから打ち明けるようになった。

人並みとは言いがたい幼少期を送ってきた詠子だが、彼女は今も母のもとに足しげく通い、生活費を渡している。不思議なものだ。庸一の両親は地味な暮らしを送り、野放図な生活とは無縁だった。それなのに、庸一には父母を想う気持ちがかけらもない。そしておそらく父母にも、庸一への執着はない。東京に出てから没交渉になっているのが、その証拠だ。

堅次に至っては、父母への恨みすら感じられる。この世に産み落とされたことへの恨み。ひどく幼稚な感情であることは庸一にもわかる。しかし堅次は、いまだにその段階から抜け出せていないような気がした。

ゴールデンバットが燃え尽きた。新しい一本をくわえる。

「何日くらいいるつもり」

思いついたように、詠子が尋ねた。新幹線に乗ってからその質問を思いつくところが、いかにも詠子らしい。この女にとって、未来とは翌日までのことなのだ。

「決めてへん。一週間くらいか」

「一週間も何して過ごすの」

「やりたいように過ごしたらええ」

「でも田舎なんだよね。何もないでしょう」

東京の繁華街で育った詠子にとって、地方の一都市など「何もない」土地に違いないが、それでも行けば何とでもなる。それより、庸一の不安の種は弟が故郷にいることだった。万が一知人と顔を合わせれば、死んだはずの堅次が生きていることがばれる。それは作家としての須賀庸一が終わることを意味する。

「無響室って、知ってるか」

詠子は何度か「えっ」と訊き返した挙句、「聞いたこともない」と言って、けだるそうに目を閉じた。庸一もそれに倣《なら》う。京都に到着するまでひと眠りすることにした。

＊＊＊

鼓膜をつんざく蟬《せみ》の声、耳に障る木の葉擦《はず》れ、過剰な直射日光。そういった夏の諸々《もろもろ》を全身に浴《あ》びて、洋市はホームに降り立った、そこは記憶から組み立てたジオラマのようだった。目がくらむほどの既視感に襲われ、暗い郷愁に覆《おお》われる。本宅の雰囲気から取り残された物置のごとき、停滞した温《ぬる》い空気、埃《ほこり》が充満した大気。重ねられた手垢《てあか》が飽和し、かさぶたのように固まって殻《から》を作っていた。

忙《せわ》しなく上下するクマゼミの嗚咽は神経を逆撫《さかな》でする、林の奥へと石つぶてを投げ込みたくなる。だがいくら攻撃したところで蟬は絶滅しない、そして蟬が消えたところで苛立《いらだ》ちがなくなるものではない。

この町はあたかも無響室であった。反響の一切を消し去る密室、ここには残響はない、生まれた音は子宮から出でた瞬間に息絶えた赤子のように、残響なくこの世界から姿を消す。すべての命があらかじめ消去された町、それは町そのものが墓場であり霊場であることを意味していた。この町で何が起ころうとも、外へと漏れ聞こえることはない。無響室の外に音が届くことはあり得ない。

ねえ、と呼ぶ恵以子に、タクシーで行くぞ、と答えて洋市は歩きだす。手庇《てびさし》で光を遮《さえぎ》ると、屋根の下の暗がりに潜《ひそ》む改札口が浮かび上がった。

＊＊＊

故郷の町までは、京都駅から在来線を乗り継いで二時間半かかる。当初はあまりの長旅にうんざりしていた詠子だが、車窓の風景に地方らしさが加わるにつれて、物珍しげな表情で見入るようになった。この十年、東京から一歩も出ていない彼女にとって、田舎町は異界と言っていいほど縁遠い場所だった。

冷房のない車内はでたらめに暑かった。開け放した窓から風が吹き込んでくるが、それでは間に合わないほどの熱気と湿気だった。売店で買った缶ビールはあっという間に飲み干してしまい、うちわ代わりに手で顔を扇《あお》いだ。どういうわけか、詠子はさして汗もかいていない。いつもこうだった。夏場、庸一が玉の汗を浮かべる暑熱でも、詠子は小春日和《びより》くらいに受け止めている。

盆の初日であるせいか、在来線にもそれなりに乗客がいた。ボックス席の四人家族が庸一の視界に入った。三十代くらいの両親と、向かい合わせに座る十歳前後の息子が二人。兄のほうはおとなしく車窓を見ているが、弟のほうは疲れが溜《た》まったのか、「まだ着かないの」「もうやだ」としきりに喚《わめ》いている。両親は弟を静かにさせようと必死で、兄のことは見向きもしない。

気付けば、庸一は座席から立ち上がっていた。

「ええ加減にせえよ。やかましい」

ボックス席の四人に告げると、母親が「すみません」と言った。父親が叱責《しっせき》すると、弟は泣きだした。先ほどよりむしろうるさくなった。兄はまだ車窓を見ている。

「おい。窓見てるお前。早よ弟黙らせろ」

ようやく兄が振り向き、視線が合った。庸一が泣き叫ぶ弟を目で示すと、仕方ない、といった風情《ふぜい》で弟の両手を握った。

「泣くなよ。家じゃないんだから」

兄の呼びかけに呼応して、弟の泣き声は見る間に小さくなっていく。両親はその光景をぽかんとした表情で見ていた。弟が泣きやんだのを見届けて、庸一は元の席に戻った。

「そんなにうるさかった?」

詠子に問われ、庸一は「まあな」と曖昧な返事をした。

正直に言えば、弟がうるさいことより、兄が家族の輪から外れていることが気になった。年上というだけの理由で、両親はたびたび長子を後回しにする。子どものほうもそれがわかっているから、手を煩《わずら》わせないように大人しくしていようと努める。しかし一見平静だからと言って、問題を抱えていないとは限らない。むしろ時間が経ってから、その問題は表面化することが多い。

庸一が小学三年生のとき、算数の宿題で理解できない点があった。それまではわからないことがあれば母に尋ねていたが、母は弟の世話に追われて疲れていた。小学一年生の堅次は所構わず癇癪《かんしやく》を起こし、月に一度は母が学校に呼ばれた。見るからに疲弊《ひへい》した母の横顔を見ていると、宿題を教えてほしいとは言い出しにくかった。休日の父を捕まえようとしたが、「母さんに訊け」と一蹴《いつしゆう》された。結局、庸一は当てずっぽうで答えを書いたが、当然すべて不正解だった。

堅次の癇癪癖《ぐせ》は小学五年生になるまで直らなかった。母は弟の面倒を見ることに手一杯で、父は子どもの教育に関知しなかった。庸一は勉強だけでなく、学校生活の一切について誰にも相談できないまま中学生になった。

加えて、堅次は成績優秀だった。小学校の試験ではまず満点以外を取ったことはない。同じ小学校を卒業した庸一は、常に比較の的だった。庸一が中学校に進学してから、父はにわかに成績に関心を示した。そして学年の底辺に近い成績を持ち帰る庸一を、くどくどと叱咤《しった》した。

弟はこんな成績がええのに、なんでお前はこうなんやろな。弟に負けて悔しくないんか。悔しかったら、もっと勉強せえ。同じ親から生まれてるんや、お前やって勉強したらできるはずや。毎度、そんなことを言われた。

しかしその頃にはもう、どこがわからないのかもわからなくなっていた。授業を聞いても、教科書を読んでも、一向に内容が頭に入ってこない。知らない国の言葉を聞かされているようだった。成績が上向くことはなく、そのうち両親は庸一の成績について何も言わなくなった。

両親からの扱いに差はあったが、兄弟仲は悪くなかった。堅次は多少わがままだったが、兄を見下すようなことはしなかった。庸一も弟への嫉妬《しっと》はあったが、おおむね優しく接することができた。少年期の弟が、兄に対して劣等感に似た意識を抱いていることを庸一は直感的に知っている。だから、あのボックス席の一家で、弟を泣きやませられるのは兄だけだった。両親の言うことをきかない弟が、兄の言うことには耳を傾けた。

立場が逆転したのはいつ頃だったろうか。ある日唐突に起こったわけではない。ゆるやかに、少しずつ、関係性は変化していった。ただし、庸一はそのことに不満を持っているわけではない。堅次が優秀であり、誇らしい弟であることには変わりない。ただ、両親への言い知れない不信感だけは今でも拭《ぬぐ》うことができなかった。

電車は故郷の駅に停車した。

降車しようと立ち上がると、ボックス席の一家も立っていた。弟はさっきまで泣いていたせいで目が赤い。兄のほうは涼しい顔でリュックサックを背負っていた。庸一が道を譲ると、先頭に立った両親がぺこぺこと頭を下げて通り過ぎた。弟は母親に手を引かれている。最後に通過した兄は、庸一の前で足を止めた。

「おじさんも兄弟、いるの」

「弟がおる」

「やっぱり」

小さい背中がドアをくぐって外へ出た。その後ろに続いて、庸一と詠子は旅行鞄を提げ、のろのろとホームに降り立つ。ドアが閉まるときには、すでに一家の姿は遠く離れていた。ホームから雑木林や民家、田畑が見渡せる。

「ここから歩くんじゃないよね」

「タクシーでも捕まえるわ」

東京を出発したのは午前中だが、すでに日は傾きはじめている。早々に荷物を置いてしまいたかった。クマゼミの鳴き声が苛立ちを増していた。

庸一は、無言で改札口へと歩きだした。

＊　＊　＊

運転手はひどくなれなれしかった、菅さんの家でっか、と問い返すなり、車を発進させるより早く、何の用事で、と口にした。洋市は座席の背を蹴り飛ばした、やかましいボケ、さっさと出せ、と怒りが声になって出た。運転手は渋々アクセルを踏んだ、しかし今度は恵以子が、菅さんの家だと何があるの、と尋ねた、バックミラー越しに運転手と目が合った、六十を少し越えたと見える男の目は下賤《げせん》の色で染まっていた。その視線で理解した、気付いていない、この男は後部座席の客が菅洋市だと気付いていない、知っていて知らぬふりができるほどの器はない。

あっこは有名な作家さんの実家なんですわ、と運転手は言い、そうですか、と恵以子は厭《いや》らしい笑みを浮かべた。菅洋市て知ってます、有名な作家らしいですわ、私も読んだことはないんでっけど、と問われ、知らない、と恵以子が応じる、小説とか読まないから。はあそうでっか、なんや十何年前に家出ていったきり帰ってこんそうですわ、えらい無頼《ぶらい》な性質《たち》で、ここに住んでたときから乱暴者やった言うて、噂《うわさ》してます。私も何回か見かけたことありまっけど、確かに一目で柄が悪いてわかるやつでしたわ。そうですか、と恵以子は横目で洋市を見た、すべてを見通していると言わんばかりの視線だった。車を降りるとタクシーはしばらく停まっていたが、洋市が睨《にら》むと運転手は低速で駅のほうへと引き返していった。

一軒家は十一年前に比べて縮んでいた、褐色《かつしよく》の外壁は経年以上の劣化を感じさせた、雑草は夏の勢いを借りて天へと伸びている。車の音に気付いた母が玄関の引き戸を開けて出てきた、門の境界に立った彼女は老いた象だった、くすんだ分厚い皮膚に埋もれた黒い眼が、洋市の真意を見透かそうと懸命に動いていた。

何しに来たんや、と母は言った。

＊　＊　＊

母は家と同じくらい老いていた。肌のたるみや皺《しわ》は、十一年前にはまだ前兆すらなかった。目の前の老女はまるで知らない他人だ。

「何しに来たんや」

母の問いに、庸一はビールの臭いが混じった呼気で応じた。

「息子が実家に帰ってくるのに、理由なんかいるか」

「……そちらは」

「嫁さん」

詠子は頭を下げることもなく、腕を組んで家を観察している。母は呆然としていた。

「結婚してたんか」

「俺の結婚なんか誰でも知ってるで。俺の小説読んだ人間なら」

色の抜けていた母の顔に、さっと朱がさした。

「あんた、いつから小説なんか書くようになったんや」

「今さら何を言うとんねん。とにかく上げてくれ。こっちはこの暑いなか、半日かけて来とるんや。疲れてんねん」

母はまだ何か言いたげだったが、詠子の耳を気にしたのか、口をつぐんだ。身体を開いたのを招待の合図と受け取った庸一は、門の内側へ足を踏み入れた。クマゼミの声はいっそう大きくなる。

玄関の引き戸を無造作に開けると、吸い込まれそうな闇が廊下の奥まで伸びていた。板張りの廊下には埃が積もり、綿毛のような塊《かたまり》がいくつも転がっている。よく見れば、靴の向きも揃っていない。庸一が家にいたころ、こんなことはなかった。家事は母が一手に担《にな》っている。長きに亘《わた》る母の心の乱れが、手に取るようにわかった。

すぐ後ろの詠子が「暗い」とつぶやき、さらに後ろに母が立っていた。

「オヤジは」

「わからん。お昼からどこか出てもうたわ」

「とりあえず、酒出してくれ」

酒場の店主に言うような口ぶりに、母は「何を言うてんの」と応じた。靴を脱いだ庸一はずかずかと廊下を進み、台所に入る。緑色の電気冷蔵庫を開けると、瓶《びん》ビールが一本だけ横倒しに入れられていた。おぼろげな記憶をたどり、食器棚からグラスを取り出す。引き出しを片端から開け、ようやく栓抜きを見つけた。

「ちょっと」

困惑する母を尻目に、庸一は栓を抜いた。黄金色の炭酸がグラスのなかで弾《はじ》ける。立ったまま流しこむと、渇いた喉《のど》が潤《うるお》い、血が巡る。

「おい、詠子。何してんねや。早《は》よ上がってこい」

ゴールデンバットの紙箱から最後の一本をつまみ出し、火をつけた。疲れた身体に、アルコールとタールはことのほか効く。心地よい酩酊《めいてい》に胸の奥がすっと落ち着く感触があった。汗みどろの腕がべたつく。

「何のつもりなん」

母は疎《うと》ましさを隠そうともせず、棘のある声音で言った。庸一はたゆたう煙を眺めながら、後でビールを買いに行かせよう、と考えていた。

「息子が実家に帰ってくるのに、理由はいらんやろ」

「高校卒業してから一回も帰ってこんと、何が息子や」

「帰るのも帰らんのも、俺の自由や」

「法事で呼んでも帰らんのに」

庸一は実家からの呼び出しを何度か断っている。外祖父や叔母の葬儀があるから帰るようにと電話口で釘を刺されたが、すべてすっぽかした。顔も覚えていない親戚が死んだからと言って、取り立てて感想はない。

「喪服がないんや」

「ええ加減にして」

「なあ。俺が東京で何してたか、知ってるんやろ」

答えはない。母は唇を噛《か》み、目を細めていた。クマゼミの声が急に主張をはじめる。

「あんたら散々、俺のこと馬鹿にしとったな。なあ、嫌っちゅうほど殴ってくれたな。この頭を。すっからかんやと思っとったんやろ。なんぼ殴っても壊れへん壺《つぼ》みたいなもんやと思ってたんやろ」

「そんなことない」

「ないことあるか。どの口が抜かしとんねん。しかしほんま、ええ気味やわ。阿呆や阿呆やと思ってた相手が作家になって、どんな気分や。さすが私たちの息子、ってか。今になってそんな手のひら返すようなことせんよな。どうしたらええと思う？　どうしたら、作家になった息子に許してもらえると思う？」

指先に熱を感じ、庸一は吸殻《すいがら》を流しに直接捨てた。

「とりあえず、風呂入れとけ。詠子。どこ行ったんや」

母の横をすり抜け、庸一は廊下に出た。詠子は玄関の上がり框《かまち》に腰かけて一服していた。視線は開け放たれた引き戸の外へ向けられている。

「そんなとこやなくて、家ん中で吸えよ」

「来たよ」

詠子と同じ方向に目を向けると、門扉《もんぴ》のあちら側に男が立っていた。肌色のポロシャツを着た白髪交じりの貧相な男。光を失った瞳は、現役を退いた老人特有のくすんだ黒をしていた。庸一と男は、たっぷり一分ほども無言で見つめ合った。

「……庸一」

父の声だった。まだ還暦前後のはずだが、その声からは張りが失われている。緩んだ弦を無理やり鳴らすような違和感があった。

父は門扉を押して玄関へと入ってくる。自宅だというのにおずおずとしていた。濁《にご》った瞳は詠子を捉《とら》え、すぐに逸らされる。庸一とも目を合わせず、靴を脱いで押しのけるように居間のほうへと歩いて行った。

「あの人、大丈夫？」

詠子に言われるまでもなく、明らかにぼんやりした様子の父は、年齢に比してあまりに頼りない様子だった。腑《ふ》抜《ぬ》けとなった父の背に庸一は「オヤジ」と呼びかけた。

「今日からしばらくここに泊まるわ。頼むで」

振り向いた父の瞳がわずかに小さくなったが、すぐに何も聞かなかったかのように居間へと去った。拍子抜けの反応だった。

突然戻ってきた庸一に抵抗する者がいるなら、母ではなく父だと思っていた。かつての父は、気に食わないことがあれば息子を叱責《しっせき》し、時には手を上げた。年齢を重ねたことで短気になっているものと予測していたが、取り越し苦労であった。むしろ、魂をどこかに落としてきたかのようだった。

ひとまず、この家から強制的に排除されることはなさそうだ。台所に戻った庸一は、瓶やグラスを片付けていた母に告げた。

「すぐに酒屋、呼べ。瓶ビール三ケース運ばせろ。あと食うもんも適当に用意せえ。今日はあるもんで構わんから。金ならようさん色つけて、後でいくらでも払《はろ》たるわ」

一方的にまくしたて、詠子のもとへ戻ろうとしたが、途中で足を止めた。

「風呂、帰るまでに準備せえよ。暑うてかなわん」

庸一は額の汗を拭い、新しい煙草を買うために外へ出た。

＊＊＊

食卓には鰯《いわし》の塩焼き、キャベツ炒め、小松菜の煮浸しが並べられ、豆腐とわかめの味噌汁が湯気を立てていた、洋市は各々の料理に視線を巡らせ、何やこれ、とつぶやいた。かたわらの電気釜から白飯をよそっていた母が怪訝《けげん》そうに振り向いた、何やこれ、と洋市は同じ感想を繰り返した。洋市の目には、卓上の風景が貧相に見えて仕方なかった、高級料理を期待していたわけではない、だがこれが久方ぶりの息子を出迎える宴席の光景だろうか、そして最も気に食わないのは、洋市の口内に唾液が溢《あふ》れていることであった。

これやったら缶詰食うてるほうがましや、と怒鳴ると、母はしゃもじを握る手を止めた、父は葬式のようにうなだれている。いいよもう、これで、と恵以子が苦りきった顔で言った、それに反応して母が恵以子を睨んだ、洋市はすかさず母の肩を蹴り飛ばした、小さく老いた象は仰向《あおむ》けにひっくり返り、襖《ふすま》に後頭部をぶつけた。すすり泣く声を聞いても、父は頭を下にしたまま微動だにしない、親に暴力をふるったのは初めてだった。

酒屋の件は言いつけを守ったらしく、裏手の土間にケースが三つ積み上げられていた、しかし冷蔵庫に瓶は一本も入っていない。老母の愚鈍さに苛立ちつつ、洋市は製氷皿から空けた氷をグラスに入れ、常温のビールを注ぎ込んだ、水の混ざったビールは麦の香が薄まって不味《まず》かったが、飲まないよりはましだった。焼酎はあるかと問うたがなかった、一緒に酒屋に注文させればよかった。

父は小鳥がついばむように少しずつ煮浸しを食べた、母は泣きながら味噌汁をすすった、詠子は鰯の身を行き当たりばったりにほじくり返し、洋市は冷蔵庫にあった漬物をかじりながらひたすら氷で冷やしたビールを飲んだ、扇風機が夜の熱を掻き回した。

田舎町のみすぼらしい家で、成り行きとはいえ、妻と両親と、四人で一つの食卓を囲んでいる、これは喜劇の一場面か、悪い夢か、己が道化になったかのようであった。煙草を吸っているのは洋市一人だった。

父は半分も食わずに逃げた、母は終始何かを窺《うかが》うような狡《ずる》い目をしていたが、ついに一言も発さないまま食事を終えた。下膳する母に、明日からは別の場所にせえ、と告げた、お前らはここで食うたらええ、俺らは客間で食うから運んどけ、と。返事はなかったが、この指示は間違いなく実行される、洋市は確信していた、母の脳裏に暴力の痕跡《こんせき》が刻まれている限り、言いつけを裏切ることはない。

これがおふくろの味ってやつ、恵以子が言ったが、聞こえないふりをした。

たとえ相手が親であろうと、暴力を振るうことにためらいは感じなかった。拳や蹴りで他人を服従させようとする性質は、庸一の身体の一部と化している。特に相手が還暦前後の老親なら全力を出す必要はない。ちょっと小突《こづ》いてやるだけで、素直に言うことを聞くようになる。いったん暴力で服従させてしまえば、後はこちらの言いなりだ。路上の喧嘩で勉強したことだった。

二日目から、指示通りに食事は客間へと運ばれた。冷蔵庫で冷やされたビール瓶の表面には水滴が付いている。詠子の好物である鮪《まぐろ》の刺身が出された。「お金は……」と歯切れの悪い言い方をした母を、「帰るときに払う言うてるやろ」と一喝《いっかつ》して黙らせた。二日目から、父の姿は見かけることすらなかった。妻を矢面《やおもて》に立たせて、自分は目に付かないところでひっそり過ごす父。

なぜこんな両親に従っていたのか、思い返すたびに不思議だった。

子どものころ、両親の発言は絶対だった。堅次は目を盗んで言いつけを破るのが得意だったが、庸一はなぜ守るのが正しいのかもわからないまま、言われたことを守っていた。当時は、父と母が人生を導いてくれると思っていた。しかし十七歳の浜辺で、シナリオの書き手は堅次へと変わった。父と母は、人生の管理者から脇役へと転落した。

＊＊＊

庸一は公衆電話で、東京の知人に連絡した。数少ない作家仲間や、ごろつきに近い編集者、水商売の女たち、本業不明の輩《やから》、等々。片端から、この町へ来るよう誘った。大半はその距離に尻込みして断ったが、奇特で暇な三、四人が捕まった。

「明日の夜から、知り合いも来るから。食事とか、寝る場所とか、頼むわ」

そう告げると、母は絶句した。唖然《あぜん》とした表情を見ているうち、何もかもがどうでもよくなった。

全部、しょうもない。母親も父親も、呼ばれてのこのこ来る連中も。退屈そうな詠子も、堅次の筋書きも。俺はいつまで、このしょうもないことを続けなあかんのや。いや、そう思ってるのに降りられへん俺こそ、一番しょうもないんか。

翌日、詠子の提案で、日中は近場を散策することになった。庸一はまず、最寄りの繁華街へ行ってみることにした。自宅までタクシーを呼び、映画館へ向かうよう告げる。堅次と一緒に『大脱走』を観た映画館だった。

「それ、もう潰《つぶ》れたで」

気の早い運転手はアクセルを踏みながら応じた。庸一と詠子は後部座席にいた。

「ほんまか。ホルモン屋とバーの間にあった、ちっちゃい映画館やで」

「結構前、五年くらい前になくなったんちゃうかな。もうこの辺、映画館ないから」

しばし呆然とした。狐《きつね》につままれた気分だった。庸一は今でも、あの日のすべてを鮮明に思い出すことができる。柔らかな椅子の座り心地。映写機の音。〈吉展ちゃん誘拐事件〉のニュース映画。字幕付きの『大脱走』。スクリーンを覆う紫煙の幕。あのすべてが消え失せたというのか。

「とりあえずそっちに向かってるけど、ええかな」

田舎道を走る車内で、庸一は小さくうなずいた。

映画館のあった場所は更地になっていた。周囲にあったバラック酒場の群れも、きれいに姿を消している。庸一は知らない土地へ来たかのように、左右を見回しながら駅の方角へ歩を進める。

飲み屋街が廃《すた》れた代わりに、駅前通りの商店街は賑《にぎ》やかになっていた。編み籠を手にした主婦や老人が行き交っている。盆だけあって、供花を手にした人々も目に付いた。夜の顔が消え、完全に昼の場所となっていた。庸一は酒屋で買ったワンカップを手に、背を丸めて歩いた。

「どこもそうだよ」

詠子は庸一の心中を読み取ったようだった。

「曖昧なものは健全なものに消されるんだよね。黒と白の混ざった灰色は、いつか絶対排除される。昔は濃い目の灰色でも許されてたけど、どんどんその基準が白に近づいてる。真っ白じゃないと許さない、少しでも黒に見えるなら消しちゃえ、って。そのうち、白でも白じゃないってことにされて消えちゃうよ」

あの映画館は灰色だったのだろうか。あそこは束《つか》の間、田舎町の観客を虚構に浸《ひた》らせてくれる空間だった。スクリーンは東京だろうがアメリカだろうが、自在に観客を連れて行ってくれる。もう、この町にスクリーンはない。

「消されてるんは虚構や」

カップ酒を腹に収めながら、庸一は向かってくる買い物客を避けた。中年の主婦は顔をしかめて身をよじった。

「この町は、豊かな虚構よりも薄っぺらい現実を選んだんや。住民にはしみったれた現実さえあればええ、心躍《こころおど》る創作なんかいらん。誰かがそう判断したってことや。見てみ、ここの連中の目。泥の底みたいに濁《にご》っとるわ。そらそうやで、逃げ場のない現実ばっかり見せられとるんやから」

混み合う舗道を歩きながら、弁舌《べんぜつ》が止まらなかった。あの映画館がなくなったことへの戸惑いが時間差で怒りへと変換されている。

「みんなが注目するんは真実、真実、真実。でもなあ、人間は虚構がなかったら生きていかれへん。どんな厳しい状況でも、無意識のうちに虚構を作ってはそれで命をつなぐんやろ。頑張って真実だけの世の中にしたところで、絶対誰かは真実に見せかけた虚構を作るんや。それやったら最初から虚構と共存していくしかない」

詠子は肯定も否定もしなかった。二人は当てもなく商店街をさまよった。

行く手から黒眼鏡をかけた男が近づいてくる。庸一はさりげなくカップ酒を呷《あお》って視線を逸らした。男は庸一に気を留める素振《そぶ》りもなく、後方へと歩き去っていく。まるで幽霊のように、黒眼鏡の男は誰にも顧《かえり》みられることがない。

歩き疲れた、という詠子の希望で喫茶店に入った。昼時の店内はまだ空いている。常連らしき男女が一人ずつ、離れた席に座っている。庸一らは窓際の四人掛け座席に陣取り、冷やしコーヒーを二つ注文した。

窓の外を歩く人々を眺めているうち、ここが故郷だということを忘れそうになる。本当は東京の喫茶店にいて、窓越しに離れた土地の風景を覗《のぞ》いているような気がしてくる。

見覚えのある一行が通りかかった。幼い兄弟と両親。在来線の車中で居合わせた、ボックス席の四人家族だった。彼らは店内からの視線に気付かず通り過ぎようとしたが、一番後ろを歩いていた少年がふとこちらを見た。兄のほうだ。ぴたりと足を止めた少年は、前を行く両親に短く何かを告げると、駆け足で店に飛びこんできた。残された三人の家族は、窓の前で気まずそうに待っている。

少年は窓際の席に近づくと、勢いよく頭を下げた。

「この間はありがとうございました」

庸一は小さいつむじを見ながら、頭をかしげた。

「何がや」

「覚えてませんか。一昨日、電車で」

「それは覚えてる。でも、なんでお前が礼言うんや」

両親はガラス窓越しに息詰まる表情でこちらを見ているが、店内に入ってこようとはしない。少年の意志を尊重しているのだろうか。弟は困惑した様子で両親と兄の顔を見比べている。詠子は面白そうにコーヒーを飲んだ。

少年は靴の先を見て「弟が嫌いだったんです」と変声前の高い声でこぼした。

「弟はいつでもわがままで、自分さえよければいいと思ってるんです。僕は兄だから、年上だから、色々我慢した。我慢すればするほど、弟が嫌いになるんです。でも、お母さんとかに弟が嫌いって言うと、すごく怒られる。だから無視してたんです。弟の言うことは聞かない。我慢はしない。これ以上、嫌いになりたくないから。あのときも無視してたんです。そうしたらおじさんが、黙らせろ、って僕に言った。やりたくなかったけど、おじさんも怖かったし、弟もうるさかったから、泣きやませたんです。別に難しくなかった。でも、お父さんもお母さんも、びっくりしてました。すごい、って。どうして泣きやませられるの、って。だって相手が弟だから、って言ったらもっとびっくりしてた。それからちょっと変わったんです。お兄ちゃんすごい、って。どうしてか、弟もあんまりわがまま言わなくなったんです。理由はよくわからないけど、でも、おじさんが言ってくれたからだと思います。ありがとうございました」

庸一は圧倒されていた。年端《としは》もいかない少年が、自分の言葉で、複雑な感情の揺れ動きを明確に表してみせた。少し時間が経ってようやく、己の発言が彼の家庭をわずかでも変えたのだと気が付いた。

「本当は帰ったら手紙を出そうと思ってたんです」

「手紙を、俺に?」

「おじさん、作家なんですよね。お母さんが言ってました。ここ出身の有名人って」

ああ、と言いかけて言えなかった。何もかもが恥ずかしくなった。こんなことは初めてだった。あの小説を書いたのは俺やない。ほんまは弟が書いてるんや。俺は自分で書いたような顔をして、好き勝手に生きてきただけなんや……

気が済んだのか、立ち去ろうとした少年を「待て」と呼び止めた。

「虹の骨、見たことあるか」

「なんですか」

「空にかかる虹、あるやろ。あれの骨や。俺は持ってるで。家にある」

大人になった庸一は、虹に骨がないことを知っている。それでもまだ、どこかで堅次の発言を嘘だと断定できない己がいた。それを嘘だと言えば、すべてが崩壊する。堅次は虚構を生み続け、庸一はそれを信じ続けている。そこに一点でも綻《ほころ》びがあれば、関係は紙の鎖のように脆《もろ》く千《ち》切《ぎ》れる。

「虹に、骨があるんですか」

面食らう少年に、庸一は「ある」と断言した。

庸一は見知らぬ少年に、兄弟の絆《きずな》を見せたかった。俺は、俺と堅次は、どれほど荒唐《こうとう》無稽《むけい》な虚構でも、必ず現実にしてみせる。虹に骨はあるのだと言い続ける。その時、虚構と現実は逆転する。俺たち〈トンネル王〉は世界を転覆させる。

「ありがとうございました」

少年は再び頭を下げ、店を出て家族のもとへと戻った。両親は窓越しに一礼し、商店街を歩き去っていった。弟だけは執拗《しつよう》に庸一の顔を見ていたが、じきに前を向いた。四つの背中を見送った庸一はおもむろに煙草をくわえた。

「あたしも欲しかったな、兄弟」

詠子の言葉には揶揄《やゆ》や愛想の気配はなかった。だから、庸一もごまかさずに答えた。

「兄弟なんかおっても、ええことないで」

庸一はもう、頭を下げた少年の顔を忘れかけていた。

＊＊＊

町に来て七日目、洋市は一人で電車を乗り継いで浜辺へ向かった、日本海に面した陰鬱《いんうつ》な海の情景が見たくてたまらなかった、恵以子を連れて行かなかったのは、一緒にいても共有できるものがないからだ。寂《さび》れた電車の窓から深青色の海が見えたとき、洋市はようやく故郷へ戻ってきたのだと感じた。

針のように尖った日の光が、黒ずんだ砂浜に突き刺さっている、海面は荒れ、不躾《ぶしつけ》な横殴りの風が肉体を揺さぶる。八月後半、海水浴客の姿はない、足跡は若いころよりずっと深く、はっきりと刻まれていく。

左手には、崖が変わらぬ横顔を見せていた、弟が海へと跳躍した高跳び台だった。崖に至る道が灰色のアスファルトで舗装されている、砂浜を離れ、坂の上の崖へと向かう足は洋市の意思とは無関係に動いている、波音はかき消え、ただあの夜に吹いていた風の音だけが耳朶《じだ》を裂いた。

汗で皮膚はべたつき、喉が渇く、潮風の香りが血なまぐさい。

海に呑まれた弟の死体は今でも見つかっていない。

＊　＊　＊

坂道を上りながら、庸一は昨夜の宴会を反芻《はんすう》した。

東京からは五人の知人が来た。男が三人、女が二人。計七人になった一行は、日没前から客間で飲みはじめた。母は大量のビール瓶と料理を冷蔵庫に準備したまま、どこかへ消えてしまった。連日連夜の大騒ぎに付き合いきれず、遁走《とんそう》したらしかった。仕方なく、庸一たちは悪態をつきながら冷蔵庫と客間を往復した。

庸一がグラスを取りに台所へ入ったとき、父と鉢合わせした。父は辻斬《つじぎ》りと遭遇《そうぐう》したような面《つら》をして、凍り付いた。庸一はそれを無視してグラスを手に取る。台所を出ようとしたとき、背後で父が何事かを口走った。今日ここに、という最初の言葉だけは聞き取れたが、口のなかでもごもごと舌を動かしていたせいで、その後が聞き取れなかった。

「なんや。何か言うたか」

振り向いたが、父は呆けたように口を半開きにするだけだった。グラスを握る手に力が籠《こも》る。

「言いたいことがあるなら、はっきり言わんかい」

父を台所に残して客間へ戻り、怪しげな風体をした男女にグラスを渡した。男女二人組はライター仲間ということだったが、どこに原稿を書いているのか定かではない。座持ちがいいから呼んだに過ぎなかった。それに、庸一だって他人のことは言えない。十年以上作家をやってきて、自分で考えた文章はどこにも書いたことがないのだから。

宴《うたげ》は、夜半に差しかかっても盛り上がりを維持した。下世話な業界話や色恋沙汰は尽きることがない。いつの間にか、ライター仲間の男女が消えていた。耳をすませば隣室から喘《あえ》ぎ声が聞こえてくる。卑猥《ひわい》な音楽を肴《さかな》に酒を飲む。

会話の隙間に、詠子が立ち上がった。

「ごめん。今日は寝るわ」

瞼《まぶた》が重く、瞳はとろけそうである。眠くて仕方ない、と言いたげだった。詠子は酒に強いほうだが、今夜は飲んでいない。そう言えば、飲んでいないのはこの家に来てからずっとだ。いや、その少し前からだったかもしれない。

「俺もションベン」

庸一は立ち上がり、詠子と一緒に客間を出た。何かある、と直感が告げている。手洗いには向かわず、「ちょっと」と声をかけて詠子を外に連れ出した。「本当に眠いんだけど」と言われたが、強くは抵抗しなかった。

「何かあったんか」

「何もないけど」

「体調おかしいんちゃうか」

「どうして」

軒下でそんな問答を繰り返したが、何度目かの質問で詠子はようやく白状した。

「あたし、妊娠してるんだよね」

そうなんだろうな、とおぼろげに考えていたことが的中した。ほぼ反射的に「やっとか」と言った。むしろ今までできなかったのが不自然なくらいだった。詠子はやや意外そうな顔をしていた。

「産んでもいいんだ」

「いいっていうか、産むために妊娠してんねやろ」

はっ、と詠子が笑った。馬鹿にする笑いではなく、予想外の出来事につい笑わされたという感じで、不快には思わなかった。

「わかったわ。もう寝ろや」

庸一は軒を出て、空を見上げた。透き通った空気の向こう側に、東京よりずっと多くの星が瞬いている。酩酊《めいてい》が多幸感に拍車をかけ、思わず口元が緩んだ。久しぶりに、本当に久しぶりに、心から良い気分だった。

夕刻、橙《だいだい》色の強烈な日が斜めに差し込み、雑木林が路傍に濃い影を落としている。庸一は頂上へ延々と続く坂道を上る。この先に待っているのは、神童の墓標だ。あの日は寒い夜だった。今、庸一は滝のような汗を流しながら同じ道を辿《たど》っている。

あの頃と比べて、展望台はさらに寂《さび》れていた。切り株や丸太のような、訪問者が休む場所さえ取り払われ、ただの空き地と化していた。地面からは雑草が茂り、虫たちがすだいている。木々に囲まれているせいか、蟬の声が二重、三重に響いている。

崖の近くにはアルミの看板が立てられていた。〈この先ガケ　転落注意！〉と赤ペンキの太字で記されている。三メートルほど離して二本の杭が打たれ、腰の高さに錆《さ》びた鎖が渡されていた。

「笑うよなあ、これ」

振り向くと、街中ですれ違った黒眼鏡の男が立っていた。

「こんなんで本気で防止できると思ってたら笑いもんやで。むしろ、絶好の自殺場所ですよって教えてるようなもんやろ。うちの親もようこんな対策で納得したと思わんか」

「先に来とったんか」

「ちょっと前にな」

黒眼鏡を外した堅次は、得意の薄笑いを浮かべた。

「しかし、意外とばれんもんやな。知り合いにも会わん」

確かに、庸一も昔の知人とは一度も遭遇していない。皆、この田舎町から脱出して都会に出てしまったのだろう。庸一はそう得心したが、堅次の発言は意味が違っていた。

「俺が死んだんが十三年前か。そら、オヤジも気付かんわな。顔も変わってる」

「家に行ったんか。親の前には行かんっちゅう話やったやろ」

「大丈夫。会《お》うたけど、ばれんかったわ」

堅次は黒眼鏡をかけ直し、右手をひらひらと振った。白の開襟《かいきん》シャツに、黒いスラックス。たまたまだろうが、あの日着ていた学生服とよく似ている。

「あの人、もうボケとんのとちゃうか。何訊いてもまともな答え返ってこんかったで」

「ずっとあんな調子や。定年で仕事辞めたからちゃうか」

堅次は両手をポケットに突っ込み、鎖のほうへ近づく。兄弟二人が並んで海のほうを向く格好になった。崖の突端までは十メートルほど。その先には黒い影で縁取られた海が広がっている。頭上の太陽が強い光を放っていた。

「ここに来る電車で、変なガキと会うたわ」

庸一は、在来線で遭遇した少年について話した。みずからの心情を正確に言い表してみせた、あの幼い兄。話を聞き終えた堅次は、「そらええな」と相槌を打った。

「弟が自殺した町で、和解した幼い兄弟と出会う。ああそうやな、それがええわ。東京に戻ったら書き直すわ」

横目で堅次を見ると、一人で頷《うなず》いている。堅次が庸一の体験をもとに原稿を書き直すのは、久しぶりのことだった。弟はジグソーパズルの最後のピースがはまったような、清々《すがすが》しい表情をしている。今この瞬間、ようやく〈無響室より〉は完成したのかもしれない。

「満足か」

堅次は答える代わりに、鎖をまたいだ。庸一は慌てて「おい」と声をかけたが、堅次は構わず崖のほうへと歩いていく。あの時の再現だった。足跡をつけるために崖の際まで接近した弟と、それを追う兄。庸一も気付けば鎖を越えていた。

あの夜と違うのは、堅次が崖際の数歩手前で立ち止まったことだった。

「ほんまに死んでたら、どうなってたやろな」

想像もつかなかった。堅次というシナリオライターのいない庸一は、どんな人生を送っていただろう。親に言われるがまま、この町で生を全うしていただろうか。あの、暗く古い一軒家で。

「案外、兄ちゃんが小説書いてたかもな」

「そんなわけないやろ」

二人は揃って展望台へ引き返した。乾いた土に足跡は残らない。

「明日、東京に帰るわ。ええやろ」

庸一が言うと、堅次は「ご自由に」と返した。弟がいつまでここに滞在するかは訊かなかった。知る必要もない。思う存分、居ればいい。とうに死んでしまった亡霊として。

海面は、小波《さざなみ》の影で織られた絵画だった。太陽と水平線の角度は一秒ごとに鋭くなり、その都度、糸の色は暗度を増していく。海面に触れる直前、夕日のきらめきが二人の目を射た。

その時、昨夜の台所で父が何と言ったか、庸一は唐突に理解した。

「今日ここに、堅次が来た」

確かにそう言った。黒眼鏡の訪問者が堅次だと、気が付いていた。父はどう思ったのだろう。次男は生きていたと素直に喜んだか、目の前に幽霊が現れたとでも思ったか。おそらく後者だろう、と庸一は思った。

堅次は、今にも鼻歌が飛び出しそうなほど機嫌がよかった。足取りは軽く、リズムを取っている。これからの十年を書き続ける自信をつけられたのかもしれない。しかし庸一には弟と同じ自信を持つことができなかった。それでも、堅次の操り人形として一生を終える以外の選択肢が思いつかない。

子どもが生まれると知ったら、堅次はきっと喜ぶ。庸一の人生に新しい舞台装置が加わるのだ。物語の幅が広がり、創作意欲はさぞ刺激されることだろう。庸一の人生に起こる出来事はどんなに重大事だろうと、堅次にとっては小説を書くネタの一つに過ぎない。

「あの映画館、なくなっとったわ」

堅次はあっけなく「そうか」と答えた。脱獄した檻《おり》へわざわざ帰ってきた割に、堅次は過去からの変化が気にならないようだった。堅次の目的は、この町が檻だということを確認することだったのかもしれない。

「〈トンネル王〉の二人は、脱走した後も一緒に行動したんかな」

「さあな」

今度こそ、決定的に興味のない声音だった。庸一は弟の影から目を逸らし、暗転する海を見た。そこには菅洋市の弟が眠っているはずだった。

＊＊＊

一切の痕跡を残さずに生きることは、果たして可能だろうか、洋市は考える、おそらく不可能だと。食い、眠り、働いている限り、人間が社会に足跡を残さず生きる術《すべ》は存在しない、もしそのような人間がいるとするならば、人間ではなく環境が特異なのだ。

例えば無響室のような。

あらゆる残響を消し去り、鼓膜が痛くなるほどの静寂をもたらす部屋のような。

足音も足跡もない浮遊霊のような、摩擦のない氷の上を滑るような。

洋市は故郷の闇夜を振り返った、無音の空間にこそ彼は息づいている、関節の鳴る音も、内臓がうごめく音も立てず、両手を動かしている、無色の糸を操り、兄の人生を左右する人形遣いがそこにいる。

闇に塗《まみ》れた弟は、音もなく、じっとこちらを見ている。

＊　＊　＊

十一月、〈無響室より〉は方潤社の文芸誌上で発表された。

庸一の作品は文芸時評で取り上げられる頻度が高かったが、とりわけ〈無響室より〉は話題を呼んだ。文体の変化はおおむね好意的に受け止められ、発表直後から文学賞の候補入りは確実視された。庸一は驚かなかった。堅次が勝負作だと断言した小説なら、愚作であるはずがない。実際、原稿を渡したときに中村は「これで駄目なら、文学賞とは縁がなかったと思いましょう」と言った。

十二月に候補入りが伝えられた。最初に堅次に伝えると「わかった」とだけ返ってきた。候補になるのは当然だ。問題は、その後の結果だった。

一月の待ち会は半年前と同じバーで、中村と二人きりで行った。水割りを飲みながら、電話がかかってくるのを待った。中村も無言で水を飲み続けた。

店の固定電話が鳴ったのは午後六時五十一分だった。受話器をつぶしそうなほどの力で握りしめた。電話をかけてきた男は、今回もくどくどと前置きを述べてから本題を切り出した。

「……えー、選考の結果ですね、今回は須賀さんの〈無響室より〉に本賞を授与することが決まりました」

庸一は長い長い溜め息を吐いた。それから、一言だけ感想を述べた。

「遅いんじゃ、ボケ」

中村を手招きし、電話を替わった。残っていた水割りを一気に飲み干す。カウンターに突っ伏し、両手で顔を強く擦《こす》る。手のひらが熱い。

受賞した。とうとう、受賞した。堅次が天才であることを、文壇が認めた。

「終わりましたよ」

事務連絡を終えた中村に声をかけられた。すでに通話を終えている。庸一は身を起こし、急いでボタンを押した。間髪を容れずに相手が出る。

一瞬のうちに、受賞の報を知らされた弟の反応を想像する。あの弟のことだ、素直に快哉《かいさい》を叫ぶとは思えない。見慣れた皮肉な笑みのなかに、ほんのわずかに本物の喜びを溶け込ませた表情が浮かんだ。

「堅次か」

第四章　深海の巣

〈選評〉須賀庸一

平成最初の選考だったが、低調と言わざるを得ない。

会は序盤から陰鬱《いんうつ》な空気が支配し、個人的にも、これらの作品群から受賞作を出さねばならないという事実に暗澹《あんたん》たる思いだった。新人賞ではあるまいし、これが一家を成した作家の小説か、と疑いたくなるような出来の作品ばかりであった。一つ一つの小説に対する論評は他の委員が行うであろう。同じような文章を書き連ねても紙幅の無駄であるため、私からは全体的に候補作を覆《おお》っている〈卑近さ〉について述べる。

今回の候補作はいずれも、きわめて個人的な事情を描いている。例えばそれは、親との死別であったり、職業的な葛藤《かっとう》であったりと、題材は多彩である。しかしプライベートを曝《さら》け出せば小説になるというものでは、断じてない。

よりによって須賀が言うか、と思われる向きもあるかもしれない。私は、己が私小説家と呼ばれていることを重々承知している。私小説とは、個人的な体験を描きつつ、そこにある種の普遍性を獲得するものでなければならない。その点、候補作となった小説はいずれも自分の半径十メートルの出来事を描き、しかもそれらの出来事はいつまで経っても個人的なだけであり、自分を中心とする円から一歩もはみ出ない。行儀がいいと言えばそうだが、素人の日記と変わらないという批判もまた当を得ている。

受賞作なし、という結論は妥当である。若い作家たちが、火花が散るような生の実感から目を背《そむ》けている限り、今後も失望することになるだろう。

＊　＊　＊

堅次が書いた選評は相変わらず辛辣《しんらつ》だった。

内容を確認した庸一は同じ文章を原稿用紙に書き写した。選評の原稿は、今日中に文学賞を主催する出版社へ渡すことになっている。これは自分の本心ではない。そう思いながら書き写す作業はことのほか辛い。

数年前に新設されたばかりの、新しい文学賞だった。庸一は第一回から選考委員を務めている。事務局が選んだ五、六冊の候補作を読み、そのなかから受賞にふさわしい一冊を選ぶのが役目だ。今回のように受賞作なしという結果に終わることもあるが、大抵はどれか一つに賞を与える。

文学賞の選考会で、庸一が活発に発言することはない。堅次の指示に基づき、あらかじめどの作品を推すかだけ決めておく。庸一個人は、六つの候補作のうち受賞に値する作品が二つあると考えていた。しかしながら堅次の意見は、受賞作なしが妥当、という手厳しいものだった。蓋《ふた》を開けてみれば、他の選考委員も同様の見解だった。庸一は意見が出揃《でそろ》った辺りで、結論だけを告げる。

「俺も、受賞作なしが妥当やと思うわ」

本心と裏腹な意見を述べつつ、己には文学を批評する眼がないのだと思い知らされた。

高校生のころは、文字列を読むだけで眠くなった。自分は死ぬまで文学とは無縁の人生を送るのだと思っていた。それが何の因果《いんが》か、曲がりなりにも小説を生業《なりわい》にして二十年以上になる。ただし、庸一が書いた小説は一編もない。庸一の仕事はあくまで、小説を読み、そこに描かれた虚構を演じることだった。

人並み以上には小説を読んできたという自負がある。堅次の書いた小説を最初に読むのは常に自分だし、流行している小説や、古今の名作と呼ばれる作品は積極的に読んできた。特に、最初に文学賞を受賞してからは熱心に読むようになった。堅次に任せきりの状況が恥ずかしくなり、せめて自分にできることはないか、と考えた末の行動だった。読書をする時間は山ほどあった。何しろ、普通の作家が最も時間を割くであろう執筆を担当していないのだから。

地頭《じあたま》が悪いことは自覚している。だからこそ、一つ一つの作品をじっくりと読みこんだ。文字の連《つら》なりに潜《ひそ》む核心をじっと見つめてきた。そうして、庸一なりの文学観を大事に育ててきたのだ。

しかし時間をかけて成長させた文学観は、皮肉なことに、堅次と相反するものだった。

選評を写し終えた庸一は、原稿を封筒に入れて座卓の横に放り投げた。夜には編集者が取りに来ることになっている。これで直近の仕事はすべて済んだ。肩を揉んで、別の新しい原稿用紙を取り出す。

悩みながら、使い慣れているボールペンを紙上に走らせる。数文字書いて立ち止まり、また数文字書いては頬杖《ほおづえ》をつく。時おり引き返しながら、亀の歩みのような速度で升目《ますめ》を埋めていく。堅次の原稿を丸写しすることに比べれば、ずっと時間がかかる。

この文章は庸一の頭のなかからひねり出している。堅次という影武者ではなく、正真正銘、須賀庸一が書いた小説だった。

あらすじはこうである。会社員としての生活に倦《う》んだ三十歳過ぎの男が、法事の花を買いに行ったことがきっかけで、生花店で働く女性と出会う。男はやがて恋に落ちるが、女性に夫がいると知って身を引く。しかし夫の暴力癖に苦しんでいることがわかり、男は彼女を救うため、夫に立ち向かうことを決意する。

我ながら、悪くない筋書きだと思う。書きはじめてから二か月経つが、原稿はようやく百枚を過ぎたところだ。目標は四百枚。先はまだ長い。

堅次の原稿を書き写しているときは想像もできなかったが、小説を書くというのはひどく疲れる作業だった。登場人物が何を考え、どう行動するか、一つ一つ吟味《ぎんみ》しなければならない。書いてから辻褄《つじつま》が合わなくなって、慌てて過去の原稿を修正したりもする。原稿用紙一枚分も書けば、頭がぼうっとして、熱を出したような感じがする。こんなことを二十年以上も続けている堅次は凄《すご》い、と改めて思う。

頑張って二枚分書き進めたところで限界を迎えた。気付けば、書きはじめてから三時間が経っている。夕食の時間が近い。

二階の書斎を出て、階段を降りる。食堂から、妻と娘が会話する声が聞こえる。小学校の同級生の話で盛り上がっているらしい。庸一は階段の途中で止まった。自分が出て行けば、どんな空気になるかはわかっている。もう少し母子の楽しい会話を続けさせてやりたかった。

三十分ほど階段に座り込んでいると、廊下に出てきた詠子と目が合った。

「何してるの、そんなところで」

「うん。ちょっと」

「ご飯できたけど」

怪訝《けげん》そうな目で見る詠子に片手を挙げ、庸一はのろのろと階段を降りる。

明日美はすでに食卓についていた。庸一の顔を見るなり、むすっとした表情に変わる。これ見よがしにテレビの電源を入れ、リモコンで音量を上げた。

「これからご飯だから、テレビ消して」

「今だけだから」

詠子に言われても、明日美はテレビ画面に視線を注ぎ続ける。まるで父親などいないかのように。仕方ない。子どもに胸を張れるような生活は送っていない。それに、小学六年生の女子から好かれようとするのが無謀な願望だということもわかっている。

明日美はまだ、須賀庸一の小説を読んだことがない。デビュー作の〈最北端〉も、両親の結婚の顚末《てんまつ》を描いた〈紙の鎖〉も、文壇で地位を築いた〈無響室より〉も。娘が文字を覚える前に、詠子がすべて遠ざけてしまった。

自分で探し出して読む日も遠くないだろうと庸一は予想しているが、今はまだ、明日美は母親が風俗店で育ったことを知らない。噂《うわさ》は聞いているかもしれないが、信じている節はない。少なくとも詠子とは仲良くやっている。娘が知っているのは、父が出たがりの放蕩者《ほうとうもの》ということだけだった。

庸一は冷蔵庫から缶ビールを取り出し、プルトップを開けて口をつけた。明日美が父のほうを一瞥《いちべつ》し、汚らしいものを見た、と言いたげに目を背けた。どうも缶からじかに飲むという行為は、娘の美意識に反しているらしい。今更グラスに移すのも面倒で、庸一はそのまま飲み続けた。

じきに詠子がテーブルに肉じゃがや酢の物、味噌汁を並べはじめた。明日美は茶碗《ちゃわん》に白飯を盛っていく。庸一だけは椅子に座ったままビールを飲み、立ち働く二人を眺めていた。窓の外からスピーカーを介した竿竹屋《さおだけや》の声が聞こえる。

何ということのない、夕食時の光景だった。しかし庸一にとっては、この何ということのない風景こそが最も大事なものであった。

明日美が生まれてからというもの、詠子は一変した。顔に塗りたくっていた化粧は落とされ、短いスカートや背中の出たニットは捨てられた。代わりに髪を短く切り、量販店で脱ぎ着の楽なワンピースを買い求めた。詠子の生活はあらゆる面で、娘を中心に回るようになった。夫の庸一ですら、二の次の存在となった。

それでも不満はない。庸一もまた、初めての我が子を愛していた。詠子が必死で娘を育ててくれるのなら、自分は今よりもっと稼げばいいと思った。

しかし作家として庸一にできることはない。せめてもの稼ぎとして、それまで断っていたテレビの仕事を受けるようになった。堅次は「ボロが出るんちゃうか」と嫌がったが、庸一が強硬に説き伏せた。文学賞を受賞してから間もない時期で、堅次の気が緩んでいたこともあって、庸一はテレビに出演できることになった。

当初はバラエティと呼ばれる娯楽番組が中心だった。クイズ番組の解答者や、トーク番組のパネリストとして声がかかった。テレビカメラを向けられても、観覧席を前にしても、「自分は〈菅洋市〉を演じている」のだと思えば、不思議と緊張しなかった。何が期待されているかは明確だった。学がなく、短気で、酒乱で、女好き。それでいて、文学の話になれば真面目な顔つきになる。そういう無頼《ぶらい》な作家像を求められていたし、庸一はそれに応えることができた。

テレビの出演料は原稿料より割がよかった。実入りがいい代わりに、街中で指をさされる回数が格段に増えた。一八〇センチを超える体格に幅広の肩、猫背ぎみに首を突き出して歩く姿は人目についた。顎《あご》にはびっしりと鬚《ひげ》を生やし、両の瞳がせわしげに動く。その風貌《ふうぼう》はテレビで見かけただけの視聴者の脳裏にも、焼き付いていた。

須賀庸一の名は瞬く間に広がり、一躍時の人になった。

駅で見つかれば声をかけられ、サイン待ちの列ができる。テレビで見たことはあるが、作品は読んだことがないという連中もわんさかいた。作家であることすら知らず、タレントと間違えている若者もいた。本音では、「作家じゃない」と言われれば、庸一には反論の言葉はなかった。自分で書いた小説は一つもないのだから。

そんな状況が一年ほど続くと、さすがに疲れてきた。ちょうど視聴者の飽きが来たこともあり、テレビ局から声がかかる機会も急減した。それ以後は、気が向けば出演することもないではないが、基本的にマスメディアから遠ざかっている。

テレビ出演をやめてできた時間の大半は読書に充《あ》てた。明日美はすでに一歳になっていて、詠子は抱っこ以外に何もやらせてくれなかった。

「あんたがやると、どうなるかわからない」

それが詠子の口癖だった。

テレビ出演で得た金を元手に、一戸建てを買うことにした。亀戸で探し、ＪＲの駅から徒歩十五分という場所に築浅の中古物件を見つけた。二階建てで、一階には居間と食堂、客間、二階には個室が三つ。小さいが庭もついている。

「この家を買う」

一人で下見に行った庸一は、独断で一戸建ての購入を決めた。詠子からは意外にも反論はなかった。

疎遠になりつつあった堅次との関係は、引っ越してからより希薄になった。物理的距離はほとんど変わっていないが、心はひどく遠ざかった。作家ともてはやされる兄と、人知れずその作品を書き続ける弟。家庭を持つ兄と、一人暮らしの弟。庸一の浴びる光が強ければ強いほど、堅次の潜む影は色濃くなる。

念願の文学賞を獲《と》ってからというもの、堅次の筆はますます冴《さ》えた。編集者たちは賞という目標を失ったことで意欲が衰えることを恐れていたが、心配は無用だった。

最近では空想めいた展開が目立つようになった。人間だったはずの男が獣《けもの》に変化したり、空を飛んだりする。もちろん庸一がそれを実現することはできない。可能な限り実行することで茶を濁《にご》していた。旧知の中村が言うには、「大きな物語への志向」が目立つそうだ。庸一には作品の凄みを感じることはできても、理解することはできない。

解釈の及ばない領域へ向かう弟との距離は、日に日に広がった。

庸一が喝采《かっさい》と注目を集めるほどに、堅次の表情に影がさした。たまに顔を合わせると、堅次は兄の態度にけちをつけるようになった。雑誌に掲載された写真が穏《おだ》やかな笑顔だというだけで、「須賀庸一のイメージが崩れる」と怒った。ニュース番組に出演すれば「常識人みたいな顔でしゃべるな」と悪態《あくたい》を吐《つ》かれた。庸一のほうも堅次と顔を合わせるのが億劫《おっくう》に感じるようになっていた。

一戸建てへの転居は、ぎりぎりのところでつながっていた二人の絆《きずな》を断った。自然と断たれたのではない。庸一がみずからの意志でそうしたのだ。

そうしなければ、兄も弟も平穏を保つことができなかった。

「いただきます」

妻と娘が声を揃えた。庸一も口のなかでさっと呟《つぶや》き、箸《はし》を取る。肉じゃがを頬張《ほおば》ると、甘辛い素朴《そぼく》な旨《うま》みが舌に広がった。明日美は食卓に父が存在しないかのようにふるまっている。庸一のほうは頑《かたく》なに見ようとせず、気まずさを紛《まぎ》らすように、しきりに詠子に話しかけていた。

明日美は人づてに、庸一の過去の行状を聞いている。テレビ出演の影響もあるのだろう、アルコールや暴力にまみれた生活を送っていたことは、小説を読まずとも知っているらしい。彼女にとって、父親は「なりたくない大人第一位」だった。小学四年生のとき、面と向かってそう宣言された。

しかし、これでいいのだ。

自分が嫌われるだけで平穏な生活が続くのであれば、いくらでも嫌ってくれて構わない。庸一が最も恐れているのは、家庭が決定的に壊れてしまうことだった。今の生活を失うことに比べれば、娘に嫌われるくらいどうということもない。

「明日、税理士のところに行ってくる」

一瞬の沈黙を突いて、庸一は発言した。明日美は何も聞こえていないかのように酢の物を咀《そ》嚼《しゃく》している。

「お昼、どうするの」

「食べてくる。十時くらいに出るわ」

「夜も飲んでくるんでしょう」

「いや、明日はええわ。家で食べる」

ちっ、と舌打ちが聞こえた。明日美だ。

「この間も税理士さんと会ってなかった」

「三月にな。修正申告せなあかんから来い、やと。使えへんやつやで」

税理士とは、秋葉原《あきはばら》の事務所で二か月前に会ったばかりだ。しかし申告の内容に誤記があったらしく、修正申告をしなければならないという。庸一は電話口で下手に出る相手にさんざん怒鳴ったが、まだ怒りは収まっていない。

「そういう言い方、やめてよ。気分悪い」

不機嫌にねじれた声で言ったのは、明日美だった。娘からじかに話しかけられたのは、ずいぶん久しぶりだ。

「なんや。そういう言い方、って」

「使えないやつ、とか。その人もわざとやったわけじゃないでしょ。お父さんだって、人に偉そうなこと言えないくせに」

視線は手元に向けられたまま、明日美はぶつぶつと言う。詠子は素知らぬ顔で味噌汁をすすっていた。父と娘の会話になると、詠子は途端に口をつぐむ。

「俺は客やぞ。金払《はろ》てんねんから、額に見合った仕事もできんやつは使えへんやつや」

「この人が仕事語るとか笑える」

「お前、誰が仕事した金で飯食うてんねや」

「テレビではしゃぐのが仕事なわけないし。馬鹿でしょ」

いつの間にか茶碗を空にした明日美は、「ごちそうさま」と言い残して席を立った。「食器下げて」と詠子が言ったが、無視して二階の自室へと去っていく。ゴールデンバットをくわえて火をつけた庸一を、詠子が睨《にら》んだ。

「換気扇」

庸一はため息を一つ吐き、席を立った。換気扇をつけ、その下で煙を吐く。ここ数年の習慣だ。二回に一回は忘れるが、必ず詠子から指摘される。詠子は妊娠中に酒も煙草もすっぱり止《や》めた。今ではむしろ、庸一が吸うたびに顔をしかめる。「服に臭いがつく」とか「臭い家は売れない」などと、口うるさい。

そして庸一は、娘に疎《うと》まれ、妻の小言に従う自分が嫌いではなかった。

この家には確かに庸一の居場所がある。父として、夫として、庸一という部品は家庭を構成する立派な部品だった。確固とした場所に立っているという、故郷の家では感じられなかった感覚があった。

急に賑《にぎ》やかな音楽が流れた。詠子がリモコンでテレビをつけたのだった。

「いい歳なんだから、明日美の前ではしっかりしたところ見せてよ」

「しっかり?」

「さっきみたいな言い方はやめてってこと」

詠子は鼻から長々と息を吐く。いかにも退屈そうに画面を見ている妻は、一見して、錦糸町の風俗店で受付係をしていた女と同一人物とは思えない。

詠子はその時々の居場所に適応するように、自在に変化している。男装の受付係。けばけばしい風体の女。家庭の主婦。詠子の本当の姿は、庸一にはわからなかった。どれもが彼女であるし、どれもがかりそめの姿でもある。

結婚から二十年近く経っても、庸一はまだ詠子という女を摑《つか》みかねている。

翌朝、庸一は税理士のくどい言い訳を聞き流し、言われるまま書類に判を捺《お》した。ずいぶん長いこと個人事業主をやっているが、納税のことはいまだに爪の先ほども理解できていない。最後に書類の写しを受け取り、事務所を後にした。

秋葉原の牛丼屋で昼食を済ませ、その足で堅次のマンションを目指した。弟は一昨年、水道橋《すいどうばし》の賃貸マンションへ転居している。借主は庸一だが、堅次は自分の取り分から家賃を支払っていた。

堅次との間で、庸一が税理士と会ったときはその内容を共有する、と取り決めていた。堅次は兄と違い、納税の内訳を気にする。国民としての義務感などではない。税務署に勘ぐられれば、自分の身元を突き止められる恐れがあるからだ。間違いがないよう自分の目で確認するのが堅次の常だった。

だから少なくとも年に一度、確定申告の時期には兄弟が顔を合わせる。今年は修正申告が生じたため、例外的に二度目の訪問となった。

堅次と対面するのは憂鬱《ゆううつ》だが、行かないわけにはいかない。

水道橋の駅周辺は人通りがまばらだった。プロ野球の試合が行われる日は、駅のホームから東京ドームまでの道のりが人で埋まるらしい。昨年開業した東京ドームは巨人と日本ハムの本拠地だ。庸一はドームと反対の方向を目指す。

今年の頭、元号が昭和から平成に替わった。ただ、新しい元号になったところで庸一の生活にさしたる変化はない。ヘイセイ、という上滑《うわすべ》りするような言葉の響きにも慣れた。

マンションがあるのは比較的静かな通りだった。エレベーターで八階建ての七階まで上る。いつも部屋番号を忘れるが、今回は三月に来てから日が浅いためかろうじて覚えていた。インターホンを押すと、扉の鍵が解錠される音がした。

「入るぞ」

扉を開け、室内に声をかけてから足を踏み入れた。他人の家の匂いがする。

堅次はすぐ目の前にたたずんでいた。四十だというのに、見た目は庸一よりずいぶん若い。家のなかにこもっているせいか、肌は雪のように白かった。小柄で細身の体型は、歳を重ねるごとに華奢《きやしや》になっている。まるで、堅次だけは時の流れから置き去りにされているようだった。

顔には薄笑いが張り付いている。何か企みがあるときの表情だった。ここ数年、堅次のむっつりとした不満げな表情しか見ていない。庸一の内心では安堵《あんど》と不安が半分ずつ入り混じっていた。

「どうやった、税理士」

機嫌よさそうに部屋の奥へと歩いていく堅次の後ろを、庸一はついていく。庸一名義で借りてはいるが、立ち入ったことは数えるほどしかない。室内はきれいに整理されている。食器棚には曇り一つないワイングラスが飾られ、居間には毛足の長いカーペットが敷かれていた。

堅次がワインを愛飲していることを、庸一は知っている。夜な夜な、マンションの一室で血の色のワインを口に運ぶ堅次を想像した。そこに漂っているのは、海の底に取り残されたような、本当の孤独だった。

税務書類を見せながら話していると、堅次は奥の洋間にある作業用テーブルの前で立ち止まった。

「今日来てくれて、ちょうどよかったわ」

堅次はテーブル上の原稿用紙の束に手を置いた。最近、一部の作家は手書きからワープロに移行しているが、堅次は今でも手書きを貫《つらぬ》いている。

「昨日、ちょうど書きあがった」

「新しい原稿か」

文学賞を受賞したころに比べればペースは落ちたが、今でも半年に一、二本は作品を発表している。付き合う版元も絞《しぼ》っているが、デビュー版元であり、秘密を知る中村の在籍する方潤社が最優先であることには変わりなかった。

庸一は原稿の束をのぞきこんだ。表紙には〈深海の巣〉という題が綴《つづ》られている。

作業テーブルの後ろにはテレビとソファが配置されている。堅次はソファに身を沈めて足を組んだ。

「せっかく来たんやし、ここで読んでいかんか」

庸一には断る理由がない。急ぎの予定があるわけではないし、原稿の内容は早く知りたい。庸一にとって堅次の書く原稿は予言の書であり、人生の進路を決定づける神託だった。小説の通りに生きてきたからこそ今の生活がある。勧《すす》められるまま、ざっと目を通していくことにした。

原稿の束を手に取り、椅子を引いて腰かける。最後に弟の前で原稿を読んだのはいつだったか、記憶にない。枚数は百五十前後。雑誌に掲載する枚数としては標準的だ。庸一は唾《つば》を飲み、最初の一枚をめくった。

〈深海の巣〉は、目を疑うような一節からはじまった。

＊＊＊

恵以子を殺そうと思ったのは、二日前の夜だった。

浅草《あさくさ》の立ち飲み屋で頭の芯《しん》まで酔った洋市は、町中をあてもなくぶらついていた。流行遅れの香水をまとった年増女、寄り添って歩く訳あり風のスーツの男女、朗らかに笑う白人旅行者とすれ違った。誰もが好き勝手な生を生きていた。己の手で己の人生の舵《かじ》を取り、浅草の夜の底でひっそりと泳いでいる。

あらゆることが退屈だった。妻と娘がいる家庭も、先生先生ともてはやす文壇も、何もかも。元号が変わっても社会は何一つ変わらない。凹凸のないのっぺりとした人の世には、洋市が命を燃やす場所はなかった。

ドブの臭いが漂う角を曲がった時、脳裏に天啓《てんけい》が舞い降りた。恵以子を殺せばいい。唐突な思い付きだったが、それは洋市の摩耗《まもう》した部分を埋めるためには最適のピースであった。手近な居酒屋に飛びこんだ洋市は、その考えに没頭《ぼっとう》した。

娘が生まれてからというもの、恵以子の肉体からは香気が失われていた。愛欲は他の女で解消していたものの、妻とのつながりが絶えた以上は恵以子が妻である理由などない。彼女への愛はとうに疎《うと》ましさへと形を変えていた。

洋市が手にした原稿料や印税の相当部分が、妻子を養うために費消されていた。彼女らが飯を食い、布団で眠るために、身を削って稼いだ金が使われている。冷静に振り返れば、まるで盗人《ぬすっと》のような所業だった。妻が死ねば、金を渡す必要はもうない。

恵以子が死んでも不都合はない。考えれば考えるほど、洋市は確信した。

娘の養育だけが、唯一の不安材料だった。洋市には、娘を一人で育てるつもりなど毛頭なかった。なるようになる。人間、どんな状況でも生きようと思えば生きていけるはずだ。

興奮の坩堝《るつぼ》に放り込まれた洋市は、醒《さ》めてしまった酔いを取り戻すように、冷酒の杯を重ねた。

＊＊＊

「嘘《うそ》やろ」

読み終わって、最初に口から飛び出したのはその一言だった。

〈菅洋市〉は冒頭で妻殺しを決意し、個人輸入した殺鼠剤《さっそざい》を使って妻を毒殺する。自殺に偽装するため、妻を口車に乗せて遺書を書かせる。洋市は警察の取り調べを受けるが、証拠不十分で釈放され、妻のいない生活を手に入れることに成功する。

庸一は堅次のかたわらに立ち、原稿の束をソファに叩きつけた。堅次は兄を見上げ、得意の薄笑いを浮かべる。

「凄い小説やと思わんか」

庸一は、腹の中心でたぎる憎しみを持て余していた。自覚したのは初めてだったが、その種はずっと前に撒《ま》かれていた。兄だけが幸せになることを許そうとしない弟の執念《しゅうねん》を、庸一は激しく憎んでいた。

この憎しみは、弟への従順さの裏返しでもあった。ここに書かれたことは実現しなければならない。そう信じているからこそ、非道な指令を出した堅次が憎い。ここに書いてあることを無視できるなら、そもそも葛藤《かっとう》は生まれない。

「勘違いせんといてや。別に兄ちゃんが家庭を持ってることが羨《うらや》ましくてぶち壊したろうとか、そんな理由で書いたんとちゃうで。俺が欲しいんは圧倒的な虚構、それを須賀庸一という装置で現実世界にぶち込むことや」

「嫁を殺すんが圧倒的な虚構か。えらい陳腐《ちんぷ》やな」

弟が書いた小説の内容を正面から批判する。堅次は、ほう、と感心するような表情をした。

「言うようになったやんか」

庸一は鼻息で返した。今までに発表した、堅次が書いた小説は数十編に及ぶ。そのすべてを私小説にするために、庸一は生きてきた。無茶なこともずいぶんやった。だからこそ、〈深海の巣〉だけはどうしても受け入れられなかった。

妻を殺し、家庭を壊すくらいなら、自死を選んだほうがよほどましだった。

「これは神話なんや」

真顔になった堅次が、庸一の目を見た。

「家族殺しは神話に不可欠や。親殺し、子殺し、夫殺し、妻殺し。人間が言語を発明した時代から、家族殺しの血統は連綿と受け継がれてるんや。古代、中世、近代、現代。それぞれの時代に合わせて形を変えながら続いてきた。偉大な作品には必ず、何らかの形で家族殺しが含まれてる。なんでやと思う？　それこそが、人間の罪の一番奥深いところをえぐるからや」

「小説のなかだけの話なら、なんぼでもやったらええ。でも、俺らの場合はそれで終わらんやろ。物語のなかの家族殺しと、現実の家族殺しは別物や」

「そうや。普通は虚構と現実は別物やけど、俺たちにとっては別物やない。虚構はイコール現実や。でも、今まで書いてきたことは正直言って大した内容やなかった。酒飲んで暴れる程度では、神話の領域には届かん。これから須賀庸一は新しい舞台に上がるんや。神話を現実にする。そして文学史に名前を残す。そこまでやらんかったら意味がない」

「ええか、冷静になれ。人殺しは今までやってきたこととは訳がちゃう」

「俺は冷静や。冷静に考えた結果、須賀庸一という作家のためにはこれが最善手やという結論が出たんや。最善手である以上、やらなしゃあない」

どこまで行っても会話は噛《か》み合わなかった。これまで論争になれば必ず庸一のほうが譲っていた。しかし今回ばかりは呑めない。

「詠子を殺すくらいやったら、俺が死ぬ」

「その覚悟があるなら、人殺しもできるわ。言うたやろ。これは神話や。伝説にならなあかんねや。文壇だけやない。そんな狭い世界どうでもええ。外の世界にまで名前を刻み込むんが、本物の作家やろ。その資格がある書き手はそうおらん」

「人殺しが作家の仕事なら、俺はもう辞める」

「よう聞け。須賀庸一は十人並みの作家とは違うんや。現実と虚構を並行して走らせてる作家なんて、まずおらんぞ。それに、今作家を辞めてどう暮らしていくんや。生活なんか続けられへんぞ。嫁も子どもも、兄ちゃんが作家として金稼いでるから一緒に暮らしてるんやろが。金なくなったら、向こうから手ぇ切られるわ」

庸一は再び反論しようと口を開きかけたが、堅次は手を開いてそれを制した。

「ほんなら選ばしたるわ。嫁さん殺すんと、娘殺すん、どっちがええ？」

痺《しび》れを切らしたのか、苛立《いらだ》った口調だった。

「どっちも御免《ごめん》や」

「早よ選べ。嫁か、娘か」

もはや会話ではない。互いに言いたいことを言っているだけだった。

庸一は「俺は」と言って、そこから先を言い淀《よど》んだ。言ってしまえば軽くなるような気がした。しかし結局は、最後まで口にすることにした。

「俺は詠子も明日美も愛してる」

堅次は鼻で笑った。それから、白い陶器のようなこめかみを指で掻《か》いた。

「なるほどなあ。でもその愛情は、虚構なんとちゃうかな」

口ぶりは穏《おだ》やかになったが、潜《ひそ》んだ敵意は隠しようもなかった。棘《とげ》を含んだ厚布のようなもので、少し力を入れて叩けば、たちまち棘が表に出て手のひらを刺す。

「何言うとるんや」

「今の兄ちゃんがあるのは、俺の書いた小説の通りに生きてきたからやろ。要するに、虚構をなぞってるうちに詠子を愛するようになったんや」

「違う。詠子のことは最初から愛しとった。俺自身の感情や」

「いいや。兄ちゃんはただ、あの女と出会っただけや。それを愛情に育てたんは、俺や。兄ちゃんは、俺の作った虚構の上で踊ってるだけや。百歩譲って、血のつながってる娘への愛情は本能的なものやとしよう。でも詠子への愛情は、作り物や。そんな偽物の愛情を貫いて、死んでいくんか」

庸一は話を遮《さえぎ》るように、堅次の肩を押さえつけた。

「詠子を愛してるんは、俺の意思や。もうやめてくれ」

「やめへんよ。兄ちゃんは虚構の上に生きてる。俺の書いた虚構には従ってもらう」

頭に血が上る。目の前に閃光《せんこう》が弾け、気が付けば堅次の頬《ほお》を拳で殴《なぐ》っていた。堅次はもんどりうってソファから転がり落ち、床に倒れたが、すぐに半身を起こした。

「何遍でも言うたる。お前の人生は、何もかも作り物や」

左頬を赤く腫《は》らした堅次は、一歩も退こうとしない。どれだけ暴力に訴えたところで無駄だろう。庸一の右手の拳が解かれたのを見て、堅次はソファに座り直した。

「嫁さん殺すまで、次の原稿は渡さん。そうしたらお前は失業や」

「失業はせえへん。俺が自分で書く」

今度こそ堅次は噴き出した。呆れたように口を歪める。

「書く？　兄ちゃんが？　今は冗談言う場面とちゃうやろ」

「本気や。実はもう書きはじめてる」

「へえ……そうか、そうか。ほんなら書いたらええわ。好きなだけ編集者に見せたらええ。その代わり、須賀庸一の名前だけは貶《おとし》めてくれるな。〈須賀庸一〉は、俺が一生をかけて作った作品なんやからな。兄ちゃん一人のもんとちゃうんやで」

須賀庸一は俺だ。そう言いたいのを堪えて、弟を睨む。

「これ、見てみ」

ふと、堅次は引き出しから一枚の原稿用紙を取り出した。言われるがまま、紙面に目を落とした庸一は愕然とする。それは〈深海の巣〉の一枚目だった。ただし、堅次の筆跡ではなく、庸一の筆跡で書かれていた。当然、書いた覚えはない。

「兄ちゃんの筆跡覚えるん、苦労したで。とんでもない癖字《くせじ》やからな。まあでも、癖のあるほうがばれにくいんかもしれんけど」

「何のために」

「そら、兄ちゃんが万が一刑務所行っても、小説を発表し続けるためやで。まあ、安心してくれや。俺の正体をばらすつもりはない。須賀庸一から原稿を受け取った知人ってことで、出版社には送るから」

堅次は嬉々《きき》として語っている。やはり弟は、庸一の人生を破滅させようとしている。そうでなければ、狂っている。

「俺の書いた小説の通りに行動してくれることにこそ、兄ちゃんの存在価値はある。作家でいつづける道はそれしかない。わかってくれたか」

庸一が無言で玄関へと足を向けかけた時、背中に声が投げつけられた。

「原稿、忘れてんで」

堅次はテーブルを指さしている。ほんのわずか逡巡《しゅんじゅん》したが、大股で引き返して〈深海の巣〉

の原稿を手にし、封筒に突っ込んだ。ソファのほうは振り返らず、蹴破《けやぶ》るようにして玄関の扉を開けた。

殺伐《さつばつ》とした空気が嘘のように、扉の外には穏《おだ》やかな午後が広がっていた。庸一は水道橋駅へと急ぎ足で歩いた。すぐに家に帰り、書きかけの長編小説に取り掛からねばならない。堅次への依存を断つために。

神話を実現するために詠子を殺す？　ありえない。あってはならない。殺す理由もない相手を、ただ小説のためだけに殺していいはずがない。人間として、それは一線を越える行為だ。たとえ殺人が露見しなかったとしても、本質的には何も変わらない。

しかし。

本当に、堅次の小説を無視することなどできるのか？

背中に粘《ねば》ついた汗が噴き出した。視界が霞んでくる。

二十歳のころから堅次の書いた物語の通りに生きてきた。もう人生の半分以上、そうやって過ごしている。いつからか、須賀庸一と菅洋市の境界線も消えた。原稿用紙に綴られた出来事は必ず起こる事実であり、抗《あらが》うことのできない運命だった。内容は関係ない。どれほど過酷であろうと、庸一はその軛《くびき》から逃れられない。

お前の人生は、何もかも作り物や。

無響室だった庸一の脳内に、堅次の声が反響していた。

方潤社の会議室は静まりかえっていた。原稿用紙をめくる音が、いつもより異様に大きく聞こえる。かつてない緊張感だった。

時間を持て余した庸一は、先ほど受け取った中村の新しい名刺を眺めた。肩書きは文芸編集部長。出会った時から他の部署へ移ることもなく、文芸編集一筋の会社生活を送っている。庸一をはじめ、数々の作家を育て上げてきた実績を買われてこの度部長に就任したという。

デビュー当時から庸一の担当を続けている中村は、編集者たちのなかでも最も付き合いが長い。そして中村だけが、須賀庸一の作品を書いているのが弟の堅次であることを知っている。

最後の一枚を読み終えた中村は、鼈甲《べっこう》の眼鏡を外してテーブルに置いた。何かを思案するように顎《あご》の無精鬚《ぶしょう》をなでている。そのまましばらく沈黙していたが、やがて眼鏡をかけ直して咳払《せきばら》いをした。

「これは、弟さんの作品ではないですよね」

「わかるか」

「文体が違いますから。誰が書いたんですか」

「俺が書いた」

中村の顔色は変わらない。そこには何の感情も浮かんでいないように見える。強いて言えば、内面を悟られないよう努力していることはわかる。それは、相手に言えない感情を抱いていると いうことだろうか。

この作品の良し悪しを早く聞きたかったが、中村は再び沈黙した。

水道橋のマンションで堅次と会ってから、二か月が経っている。初めて自分の手で書いた長編小説は、目標の四百枚より少し長くなった。題は〈一輪の花〉。大人の恋愛や苦悩を描いた物語は、読み応え十分だという自負がある。少なくとも商業用に出版できる水準は超えているつもりだった。問題は、今までの作風とはまったく異なるという点だ。

「須賀さん」

中村がとうとう口を開いた。

「これを発表したら、読者はどんな反応を返してくると思いますか」

「いや、そこは俺も気になるねん。今までの雰囲気と全然ちゃうやろ。読むほうもいきなりこんな小説読まされたら、戸惑うよな。それはさすがに俺もわかってるから、例えば娯楽系の雑誌で発表するとか」

「そういうことではないです」

庸一の語りを、中村は容赦なく断ち切った。

「面白くないんです、この小説」

耳がおかしくなったのかと思った。あるいは、中村が言い間違えたのかと思った。だが、中村の顔に浮かび上がる憤然とした表情は、先刻の台詞が言い間違えなどではないことを物語っていた。

「面白くない？」

「具体的に言いましょうか。まず、筋書きが非常に陳腐です。手垢《てあか》のついた題材を選ぶことは結構ですが、そこに新しい何かがないのであれば、読み手に既視感をもたらすだけです。文体もこなれていない。紋切り型の比喩《ひゆ》、長々とした説明口調、どこをとっても美しくない。登場人物の行動や思想にも一貫性がなく、読んでいて混乱します。〈一輪の花〉という題名も、内容を的確に言い表しているとは言えない。須賀庸一の作品として不自然であるとか、それ以前の問題です」

気が付けば、テーブル越しに身を乗り出し、中村の胸倉をつかんでいた。両手でワイシャツの胸元をつかみ、顔を寄せる。わずかに残っていた理性が、かろうじて殴ることを思い留まらせた。

「お前、誰のお陰で部長になれたと思ってんねや」

「誤解されているようですが、須賀さんが持ってきた原稿だから最後まで読んだんです。これが新人賞の原稿なら、最初の五枚で捨ててますよ」

シャツから手を放す。中村は冷静に服装を整え、背筋を伸ばして椅子に座り直した。長年連れ添ってきた編集者が、今は敵にしか見えない。

「胸糞《むなくそ》悪い。もうええ、他の編集に見せるわ」

「やめておいたほうがいいですよ。須賀さんの名前が傷つくだけです。もしかしたら、なかにはおだててくれる編集者もいるかもしれない。須賀庸一という名前があれば、内容に関係なくある程度は売れますからね。でもそういう連中の口車に乗って出版しても、固定の読者は離れていくだけですよ」

庸一の全身から力が抜けていく。どうやら中村は本心から、この小説に価値がないと判断したらしい。編集者としての中村の実力は折り紙付きだ。他ならぬ庸一が、誰よりもそのことを理解している。

中村の顔からこわばりが薄れていく。

「本当のこと言うと、私は疑ってたんです。須賀さんに弟さんがいることを。それは須賀さんなりの決まりというか、設定なんじゃないかと。でもこれを読んでわかりました。今までの作品はすべて別人が書いていたんですね」

庸一はうなだれたまま、一言も口にできなかった。

堅次を超えるとまでは行かずとも、売り物にはなるはずだと思っていた。曲がりなりにも二十年以上、誰よりも近い場所で堅次の仕事を見てきた。堅次の書いたものにはすべて目を通し、書き写してきた。文壇の第一線に立つ作家の文章が、自分の血肉になっていると勘違いしていた。

庸一は堅次の兄だ。同じ血が流れているのだから、自分にも才能の一片くらいは授けられているはずだと思った。だが、それは妄想だった。兄弟であろうと、自分と弟は別の人間なのだ。己には小説を書く才能がない。

「どうして今になって書こうと思ったんですか」

中村の質問に、庸一は黙って首を振った。そのしぐさから別の意味を読み取ったのか、中村の顔色が青くなる。

「まさか、弟さんが書けなくなったんですか」

その反応もまた、庸一には屈辱的だった。自分の小説を散々こき下ろした中村が、弟が書けないとなると顔を青くしてうろたえている。その扱いの差に情けなくなる。

「書いてるけど……その内容が俺には理解できへん」

「理解なんか、できなくたっていいんです」

中村の目に迷いはなかった。

「理解できることと、文学としての価値とは別物です。わからなくても凄いものは凄い。だから、もし迷っているのなら私に原稿を見せてください」

見せられるはずがない。中村に見せるのは、原稿の内容を現実にした後だ。〈深海の巣〉を見せるのは、庸一が詠子を殺した後でなければならない。だから、中村に原稿を渡す日は永遠に来ない。そうでなければならない。

「前々から言おうと思っていたんですが、そろそろ会わせてくれませんか。長年お世話になっているんですから、一度ご挨拶させてください。それとも、弟さんとお会いすることに不都合でもありますか」

会わせることはできない。そんなことをすれば、庸一の存在価値が希薄になる。堅次と外界をつなぐことは庸一の重要な役目であり、それを失えば存在意義が著《いちじる》しく損なわれる。

「もう、ええわ」

庸一は〈一輪の花〉の原稿を封筒に戻し、荒々しく腰を上げた。中村は無言で見送りに出たが、会議室を出るところで立ち止まった。

「冷静になってください。何があったか知りませんが、あなたが弟さんと手を切るのは得策ではない。これからも作家として人生を送りたいなら、弟さんの力を借りるしかない。最初に原稿を持ってきたときから、そう決まっているんです」

背中で中村の声を受け止めた庸一は、一目散に社屋を出た。空気は湿っぽく、少し歩いただけで汗がにじんだ。最初に方潤社を訪ねた日も、やはり酷暑《こくしょ》だった。釜の上の金網にいるような、足元から湯気が立ち上る暑さだった。

駅に着くとごみ箱が視界に入った。紙類を捨てる箱には、新聞や雑誌が押しこまれている。庸一は封筒ごと原稿を捨てた。数か月をかけて書いた、初めての小説。須賀庸一の名前を傷つけるだけの駄作。

キヨスクで缶ビールを求め、ホームに立ったまま一気に飲みほした。ぬるい酩酊《めいてい》が時間差で訪れる。立っていられなくなり、コンクリートに尻をつけて座り込んだ。

もともと小説に興味なんかなかった。書いたところでうまくいかないのは明らかだった。それなのに、どうしてあんな酔狂をやってしまったのか。何のために、小説なんか書いたのだったか。

そうか。俺は小説を書きたいのではなく、作家になりたいのだ。

そんな人間の作品が、本物の小説読みに認められるわけがない。知性もなく、衝動もなく、狂おしい欲望もない人間の書いた小説が、他人を虜《とりこ》にするはずがなかった。小説は書けないくせに、なぜかそんなことだけはわかった。

それは二十数年もの間、本物の書き手を見てきたせいかもしれない。

＊＊＊

輸入代行業者を通じて手に入れた殺鼠剤は、日本では販売が許可されていない代物《しろもの》だった。亜ヒ酸が配合されたその製品は、ネズミへの効果抜群という触れ込みだった。相応の量を食わせれば、人間にも同様の効果が期待できるのは明白だ。殺鼠剤の瓶《びん》は黒々とつややかで、銃器を思わせる風貌だった。

自室にこもった洋市は、マスクをして両手に分厚い軍手をはめ、慎重に瓶を開封した。淡い紅色をした顆粒《かりゅう》が詰められている。梅干しを乾燥させて砕《くだ》いたような形状だった。広げた古新聞の上に、瓶を置く。

今度は円筒形のガラス容器を引き寄せる。冷蔵庫から出したばかりの容器は表面に水滴がついていた。そこには濃い色の麦茶が入っている。

洋市はガラス容器の蓋《ふた》を開け、殺鼠剤を注いだ。褐色《かっしょく》の液体のなかでひらひらと雪のように舞いながら、顆粒が下方へ落ちていく。半分ほど中身を空けて、瓶を閉める。割り箸で麦茶をかき混ぜる。溶けきらない顆粒が容器のなかで躍っていたが、やがて少しずつ小さくなり、しまいには溶けてなくなった。蓋を戻せば、冷蔵庫から取り出す前と変わらない、何の変哲もない麦茶だった。

かたわらの遺書を見やった。無地の茶封筒には、三つ折りにした便箋が入っている。洋市はそこに書かれた内容を知っていた。

母と同じ墓に納骨すること——短い文面の末尾には、恵以子本人の署名が添えられている。

＊＊＊

朝から降っている雨はやむ気配がない。庸一は蝙蝠傘《こうもりがさ》をさし、水道橋駅からマンションまでの道のりを歩いた。履《は》き古した運動靴に雨水が染《し》み入り、靴下まで濡れている。足裏で水を踏む不快感に顔をしかめつつ、庸一は歩き続けた。手にしたレジ袋が濡れそぼっている。

七階の部屋のインターホンを押す。一年に三度も堅次のもとを訪ねることになるとは思わなかった。解錠された音を合図に扉を開ける。玄関先で待っていた弟に、庸一はレジ袋に入っていた赤ワインのボトルを差し出した。

「グラス、使わしてくれ」

「手土産《てみやげ》か」

「俺が飲みたいだけや」

ボトルを受け取った堅次は、台所の照明をつけてラベルを眺めてから、鮮《あざ》やかな手つきでコルクを抜いた。血の色をしたワインがグラスに注がれ、ソファで待つ庸一のもとに運ばれた。堅次は作業テーブルの椅子に座った。乾杯もなく、各々が勝手に飲みはじめる。

「思ったより、腹くくるん早かったな」

「ようわかったわ。俺には小説は書けへん」

堅次は満足そうにグラスを傾けた。

それは庸一の偽《いつわ》らざる感想だった。中村の酷評を受けてからというもの、自分で小説を書く気力は失われた。何を書いたところで売り物になるはずがないのだ。作家としての才能がないなら、できることはおのずと限られてくる。進んで人殺しに手を染めるわけではない。ただ、それ以外に決着をつける方法がなかった。

殺鼠剤は詠子の名義で購入してある。輸入業者も殺鼠剤も、選んだのは堅次だった。注文のハガキを書いたのも堅次だ。筆跡から庸一だと推測されないための工夫だった。堅次の筆跡ならば、誰とも一致しない。すでにこの世にはいないことになっているのだから。

「一個だけ、訊いてもええか」

「今になって、内容変えてくれって言うんはなしやで」

せせら笑う堅次に、庸一は顔を近づけた。

「俺らの親が生きとったら、あの人らを殺すことになってたんか」

堅次は〈深海の巣〉が家族殺しの神話だと言った。それならば、殺す相手は父や母でもよかったはずだ。むしろ血の濃さという意味では、両親は配偶者よりもふさわしい相手であるように思えた。

兄弟の両親はすでにこの世を去っている。父は五年前、母は二年前に亡くなった。詳しい死因は知らない。二度とも庸一のもとに親戚から手紙が送られてきたが、ろくに読みもせず捨てた。かかってきた電話もすべて詠子に応対させた。

父母が憎かったからではない。二人に合わせる顔がなかったからだ。兄弟は、田舎町で暮らす平凡な夫婦に重荷を背負わせた。一つは、まだ中学生だった堅次を失ったことへの罪の意識。もう一つは、世間を賑《にぎ》わす私小説作家の親としての負い目。今更、神妙な顔で父や母の遺影に手を合わせるなんてしらじらしい。喪主を務める自分の姿を想像すると、いたたまれない気持ちになる。

「どうやろな」

曖昧《あいまい》に濁して、堅次はワインを含んだ。

「真面目に答えろ」

「どうしたん。えらいこだわるやんか」

「そらそうやろ。こっちは嫁さん殺すんやから。必然性が知りたい」

「必然性、か」

堅次は笑った。庸一がその言葉を使うこと自体、不自然だと言わんばかりだった。それでも庸一はじっと待つ。弟がいずれ本心を語るはずだと信じて、黙っていた。堅次はひとしきり笑うと、グラスをテーブルに置いた。

「あの女は、作家としての須賀庸一を殺そうとしてる」

堅次は腕を組み、ソファの兄を見下ろした。

「あの女と結婚して、人並みの家庭なんか築いたせいで、兄ちゃんの文士としての格は下がる一方や。作家に安寧《あんねい》なんかいらん。このままやと、詠子はいつか須賀庸一に筆を折らせる。作家としての兄ちゃんを殺す。そうなる前にこっちから殺すんや。これで答えになってるか」

「なってへん。それは嘘や」

堅次の視線が尖《とが》った。この部屋に来て初めて、苛立ちを露《あら》わにした。

「お前は他人に愛されたいだけや。俺の気を引きたいだけや。詠子が死ねば、俺の堅次への依存度は高まる。しかも真相を知ってるんは俺とお前だけや。娘にもそのことは話せへん。だから俺に殺させるんやろ。偽装自殺したんもそうや。お前は甘ったれてただけや。親からの愛情がもっとほしかった。だから自殺を装った。いなくなれば自分の大事さを再認識するやろうと踏んでな。愚《おろ》かやな。でも、それが本心やろ。自由が欲しかったなんてほんまは嘘やろ」

とにかく堅次から冷静さを失わせるのが目的だった。庸一の企《たくら》みを成功させるには、挑発し、少しでも注意力を低下させる必要がある。堅次は眉間《みけん》に皺《しわ》を寄せた。

「不愉快やな」

「否定はせえへんのか」

「するのも阿呆《あほ》らしい」

まさか図星なのか。庸一のほうが動揺しそうになったが、深くは考えないことにした。落ち着いて、集中して、事を運ばなければならない。

堅次は鼻白《はなじろ》んだ顔つきで席を立ち、玄関脇にある手洗いへと消えた。施錠する音が聞こえる。

庸一は堅次のグラスにワインが残っていることを確認し、荷物を入れてきた手提げ鞄から黒光りする瓶を取り出した。手洗いのほうへ注意を配りつつ、瓶を開封して殺鼠剤の顆粒を半分ほどグラスのなかへ投じた。割り箸で静かにワインをかき混ぜる。グラスを注視したが、肉眼では赤ワインに溶けた顆粒は確認できない。役目を終えた殺鼠剤と割り箸は、袋に入れて鞄に戻した。

わずか二十秒ほどの出来事だった。

庸一の心臓は限界まで高鳴っている。自分の小心さを嫌というほど思い知らされた。うまくいけば、あと数分で堅次は死ぬ。みずから選んだ殺鼠剤をワインと一緒に摂取し、苦しみ悶《もだ》えて死んでいくのだ。

堅次が死ねば終わる。堅次が息絶えたのを見届けた後、庸一は自首するつもりだった。そこで洗いざらい、すべてを話す。これまでの経緯はすべて明るみに出る。堅次が自殺に見せかけて生きていたことを、庸一の発表してきた小説はすべて堅次が書いていたことを、そして小説を通じて妻殺しを指示されたことを。須賀庸一という作家の幻影は完璧に消えるが、詠子は殺されずに済む。

これしか手段はない。弟が生きている限り、庸一は歯向かうことができない。このままではいずれ、妻を手にかける。そうならないためには、堅次か庸一のどちらかが死ぬしかない。そして庸一にはまだ、この世に未練があった。

やがて、手洗いから戻ってきた堅次がグラスを手に取った。目の高さまでグラスを掲げ、暗赤色の液体に目を凝《こ》らしている。庸一は思わず、その様子を凝視《ぎようし》していた。眼球がひび割れそうなほど、瞬きもせず、弟の挙動に注目していた。堅次はすぐにグラスをテーブル上へ戻した。

「殺鼠剤はどこにある？」

諭《さと》すような声音《こわね》だった。その一言で、庸一は計画の失敗を受け入れた。

「ワイン持ってきたときから、おかしいとは思ってた。俺は生憎《あいにく》、誰かみたいにベロベロになるまでは飲まん主義や。前後不覚になるような真似はせえへん。ましてや、こんなしょうもない手には引っかからん」

勝ち誇るわけでもなく、堅次は淡々《たんたん》と語った。当然の帰結だとでも言いたげな冷静さだった。その冷静さが庸一にはあからさまな怒りよりもずっと恐ろしかった。

「これを、その間抜けな面にぶっかけたらどうなると思う？」

毒入りのワインを浴びればただでは済まない。堅次はグラスをつかみ、少しだけ液体を揺らした。その動きに合わせて、庸一は反射的に両手を顔の前にかざす。数秒後、怯《おび》えた姿を晒《さら》したことに気付き、ゆっくりと手を下ろす。液体の揺れはとっくに収まっていた。

「諦めろ。詠子を殺すしかない」

言葉を忘れてしまったかのように、庸一は一語も発することができなかった。反論の無意味さは発言する前からわかっている。それどころか、少しでも答えてしまえば、そのまま堅次の指示を受け入れてしまいそうだった。

「自分で書いた小説は持ち込んだか。どうやった。喜んで掲載してくれる版元は見つかったか。見つからんかったから、こんな真似したんやろうけどな」

庸一が書いた小説原稿は、すでに焼却炉で燃やされ、灰と化しただろうか。内容に価値がなければ、インクをこすりつけた原稿用紙など燃えるごみに過ぎない。

堅次はソファの座面に腰をおろした。

「安心しろ。詠子を殺せば神話の一部になれる。兄ちゃんの面倒は、俺が一生見たる」

庸一は故郷の砂浜を思い出していた。兄弟で学校をふけ、並んで海を見た。あのころから、堅次の虚構の一部として生きていくことは定められていた。今更どんなにあがこうとも、強靭な虚構の世界を突き崩すことはできない。

今、この場で毒杯をあおって死ぬという方法もある。作業テーブルには殺鼠剤を溶かしたワインがあり、手を伸ばせば届く。中身を一気に飲めば、きっと死ねるだろう。妻を殺すくらいなら、自分で死を選んだほうがましだ。

そう思いながらも、庸一の身体は硬直したまま動かなかった。ここで自殺を選べなければ、この先もずっと選べないだろう。そうなれば、残されている道は一つしかない。歯を食いしばり、ワイングラスへ手を差し伸べようとした。だが、実際は指先がわずかに震えただけだった。

仮に庸一が死ねば、〈深海の巣〉はどうなる。世間との媒体を失った堅次は、他の誰かを身代わりに立ててでも、世間にこの小説を公表するだろう。その誰かはあっけなく後釜《あとがま》に収まり、庸一のいない世界は何事もなかったかのように回っていく。それは耐え難い屈辱だった。

〈深海の巣〉を発表するのは、自分でなければならない。

「運命には抗《あらが》えんよ」

思考を読んだかのように、堅次が言った。詠子を殺す以外に、作家としての須賀庸一が生き延びる術はない。

毒入りのワインは、砂上の蜃気楼《しんきろう》のように遠く感じられた。


八月前半、明日美が二泊の林間キャンプへ出発した。

参加者は都内のターミナル駅に集合し、貸し切りバスで千葉県のキャンプ場へと向かう。保護者の付き添いはなく、運営組織の職員が子どもたちの面倒を見る。要するに、都会で生活する子どもを自然に触れさせるためのイベントらしい。その間、親は育児から解放される。

明日美は三年連続でこのキャンプに参加している。顔なじみの友達もできたらしく、食卓でもしきりに詠子とキャンプのことを話していた。庸一は会話に加わらないが、その話題が出るたびに耳をそばだてた。

「あの子がキャンプの間、何か予定あるの」

明日美が寝付いた夜、食卓に居座ってビールを飲んでいると、食器洗いを済ませた詠子が切り出してきた。渡りに船である。

「飯でも食いに行くか。店、取っといたるわ」

「いいの」

詠子は意外そうに目を見開く。昨年までは、明日美がキャンプに行っている間も夫婦で食事に行ったりはしなかった。それに、詠子との食事で庸一がわざわざ店を予約したことなどない。不自然さを気取られないよう、ビールの缶を傾けて顔を隠す。

明日美が出発する日、いつもなら昼前に床を抜け出す庸一も朝早くに起きた。玄関まで出てターミナル駅へと向かう妻と娘を見送った。つばの広い帽子にパーカー、ジーンズという出で立ちで、大きなリュックを背負った明日美は、相変わらず庸一と視線も合わせようとしない。

庸一は娘のふてぶてしい横顔をじっと見た。もしかしたらこの顔を見るのはこれが最後かもしれない。

「気をつけてな」

声をかけたが返事はなかった。日傘をさした母と娘は、肩を寄せ合って真夏の日差しの下へと溶けていった。

家に一人残された庸一は書斎に戻り、鍵付きの引き出しを開けた。黒光りする瓶が庸一の目にまぶしく映る。この小瓶に入った数グラムの顆粒が人生を一変させるのだと思うと、実際の重量よりも重々しく感じられた。

決行は明日の昼。殺鼠剤を混ぜた麦茶を用意して、詠子に飲ませる。その間、自分は外出してアリバイを作っておく。明日美が帰るのは明後日だから、間違えて娘が毒を口にする恐れもない。単純といえば、ひどく単純な方法だった。詠子が亡くなったことを確認次第、警察へ電話をかける。

「最後まで気ぃ抜くなよ」

水道橋のマンションで、堅次から念を押された。

「獄中作家という道もあるけど、避けるに越したことはない。これからも塀の外で生活したかったら、遺書の準備と、アリバイの確保は絶対や」

庸一の義母――詠子の母は肝がんで亡くなった。かつて詠子と住んでいた建物は十数年前に取り壊され、以後は押上《おしあげ》のアパートで暮らしていたが、がんが発覚してからは一年弱の入院生活を経て亡くなった。本人の希望で葬儀はあげていない。墨田区の霊園は自宅からバスを乗り継いで三十分ほどの距離にあり、毎年命日には家族で墓参する。

母と同じ墓に入れてくれ、と詠子はくどいほど庸一に語っていた。彼女の母親に対する執着は、庸一の理解の範疇《はんちゆう》を超えていた。義母には数えるほどしか会っていないが、とりたてて特徴のない、平凡な女性に見えた。詠子の輝きを数十倍薄めたような風情だった。

ともかく、詠子には死後のメッセージを遺《のこ》す理由がある。庸一はきっかけさえ与えてやればよい。遺書があれば警察も自殺と判断する。あとは詠子が亡くなるとき、別の場所にいたというアリバイを確保するだけだ。

書斎にこもり、床に座り込んだまま、頭のなかで一連の流れを試行した。何度も何度も繰り返し、数えきれないほどの遺書を詠子に書かせた。ここで失敗すれば、計画は台無しになる。〈深海の巣〉が発表されることは永遠にない。

書斎を出たときには、すでに日が傾きはじめていた。半日近く考え事をしていたらしい。明日美を駅まで送った詠子はとっくに帰宅していた。居間でテレビを見ていた詠子は、座椅子に腰をおろしたまま庸一を見上げた。

「どうかした」

「便箋《びんせん》とペン、あるか」

のろのろと立ち上がった詠子は、言われたものを引き出しから取り出した。庸一はテレビを消し、座卓を引き寄せ、対面にあぐらをかく。

「俺が死んだら、お前と同じ墓に入れてくれ」

前置きを飛ばして、庸一は切り出した。唐突に自分の死について語りだした夫に驚く素振りも見せず、詠子は首をかしげた。

「亀戸のお墓に入ることになるけど。それでいいの」

「詠子はどうしてほしいんや」

「あたしが死んだら、母親と同じお墓に入りたい。葬式もいらない」

「それだけか」

「それだけ」

詠子の目からは、最初に〈バロン〉で会ったときと同じ奥深さを感じた。星屑《ほしくず》を抱《いだ》く宇宙のように果てしなく、光の粒がきらめいている。

庸一はペンを取り、便箋に書き綴った。

〈妻詠子と同じ墓に納骨すること〉

署名を残してから、庸一は便箋を詠子に差し出した。

「お互いに持っとくんや。どちらかが死んだら、もう一方がその約束を守る」

詠子は庸一の顔を一瞥《いちべつ》してから、黙って便箋を受け取った。ペンを手に取り、もう一枚の便箋に線の細い字を綴る。

〈母と同じ墓に納骨すること〉

詠子も末尾に署名してからペンを置き、庸一に手渡した。

「これでいいの」

「そうや」

「あたしが約束を守るとは限らないけど」

「そうやとしても、俺は約束を守る」

笑みが詠子の顔をよぎった。

こうして、庸一は詠子の遺書を手に入れた。後は実行に移すだけだった。


その日の夜はフランス料理を食べに出かけた。久々にセックスもした。寝息を立てる詠子と同じ布団のなかで、庸一はまんじりともせずに朝を迎えた。身体は重く疲れきっているが、眠気はなく、目は冴《さ》えていた。

今日、詠子を殺す。

作家としての須賀庸一が生き延びるためにはそれしかない。

詠子がもがき苦しむ様子を想像して、夜半、何度も罪の恐怖に苛《さいな》まれた。これから、自分はその業を死ぬまで背負っていくことになる。想像だけで重みに押しつぶされそうだった。すべてを投げ捨て、どこかへ遁走《とんそう》したかった。

朝日が差すころ、朦朧《もうろう》とした意識のなかで決心していた。

やるしかない。それが、運命なのだ。

早朝に布団を抜け出した庸一は、書斎でもう一度〈深海の巣〉の原稿を通読した。

＊＊＊

真夏の朝は、夜明けから急激に蒸し暑さを増していた。

洋市は殺鼠剤を溶かした麦茶を冷蔵庫に収め、足音を殺して台所を離れた。恵以子はまだ寝室で眠っている。冷房が効いているのに、脂汗が流れて止まらない。足の裏まで汗でぬめり、転びそうだった。

鍵と財布をズボンのポケットにねじ込み、そっと扉を押して家を出る。屋外の暑熱は尋常ではなく、蟬の声がやたらと耳についた。矢のような陽光が降り注ぎ、衣類からのぞく皮膚を容赦なく熱で刺す。洋市は手庇《てびさし》で光を遮《さえぎ》り、サンダル履きの足で街中へと歩きだした。

夏の朝、恵以子は必ず麦茶を飲む。それはこの数日の観察からも明らかだった。目覚めてまず、前夜に作った麦茶をグラスに一杯分飲む。恵以子が数時間以内に殺鼠剤を口にするのは間違いない。適当に時間を潰して家に帰り、第一発見者となる予定だった。遺書を死体の近くに置き、殺鼠剤の瓶は恵以子の指紋をつけてからその辺に転がして、警察に通報する。後は、気丈にふるまう夫を演じればいい。

娘は母親の死に衝撃を受けるだろうが、仕方ない。親はいずれ死ぬ。死期が少し早まり、その死に方が多少珍しいだけだ。

不快な外気に舌打ちをしながら暑熱の路上を歩いた。この時刻、まだパチンコ屋は開店していない。涼しい喫茶店にでも入って、週刊誌を読みながら恵以子の死を待つことにした。早朝とは思えない湿度と温度が息苦しかった。

自宅から離れるほど、洋市の首は禍々《まがまが》しい死の引力で絞められた。

＊＊＊

喫茶店は冷房が効きすぎるほど効いていた。

庸一は運ばれてきたモーニングには口をつけず、隅の席で週刊誌に視線を落とすふりをしていた。目で文字を追うが、頭のなかで単語が意味をなさない。最初から順番にページをめくり、裏表紙にたどりついたらまた最初からページをめくる。その繰り返しだった。もうずいぶん時間が経っただろうと思って店内の掛け時計を見ると、まだ入店から二十分しか経過していない。

気を紛らすために冷めたコーヒーをすすると、苦味だけが舌に残った。食パンはプレスされたのかと思うほど固く、ゆで卵は乾いた砂を食べているようだった。この喫茶店には以前も来たが、こんなにまずくはなかった。問題があるのは店ではなく、自分のほうだ。庸一は食事を諦めた。

テーブルに肘《ひじ》を突き、両手を組み合わせて額を預ける。一分、一秒が恐ろしく長い。時の流れが淀《よど》みに入り込んでしまったかのようだった。掛け時計を睨むと、こちらが見返されているような気になってくる。何者かに試されている。

本当に、これでいいのか。

男の声が庸一に問いかける。左右を振り向いても客はいない。

今ならまだ間に合う。引き返すべきだ。

犬のように呼吸を荒らげ、庸一は頭を抱えた。髪を掻きむしっても声は消えない。

運命など存在しない。未来を決めるのはお前だ。

声は庸一自身のものだった。秒針の動く音が重なる。時が経つほど、詠子は死に近づく。今ならまだ。いや、しかしもう決めたことだ。決めたことなら覆《くつがえ》せばいい。堅次にはどう話す。弟などどうでもいい。これは俺の家族の問題だ。違う。須賀庸一は俺だけのものじゃない。堅次が殺せと書くならそれに従うまでだ。なら、従った先に何がある。せっかく手に入れた居場所をみずから壊すなんて、とんだマッチポンプだ……

丸めた週刊誌を手のなかで潰す。くしゃくしゃになった雑誌をマガジンラックに押し込み、千円札をレジに叩きつけた。

喫茶店を出て駆けだす。自宅まで、走れば十五分。蒸し暑さはいや増している。炎天の朝、汗をまき散らして走る庸一の横顔は蒼白《そうはく》だった。すでに手遅れかもしれないし、間に合うかもしれない。もし間に合えば、詠子にすべてを打ち明けるつもりだった。自分が何をしようとしていたか。本当の書き手が誰なのか。作家から足を洗い、文壇から去るために。堅次の呪縛《じゅばく》から解放されるために。

突き破りそうな勢いで玄関扉を開ける。廊下には寝間着姿の詠子が立っていた。櫛《くし》の入っていない髪と厚ぼったい瞼《まぶた》が、起床からほぼ時間が経っていないことを物語っている。

「おはよう。どこ行ってたの」

「麦茶、飲んだか」

詠子は何を言われているのか理解していない様子で顔をしかめた。台所に駆けこみ、冷蔵庫を開ける。手前に置かれたガラス容器の麦茶は減っていない。庸一は腹の底から安堵《あんど》の息を漏らし、その場にへたりこんだ。間に合った。今更、指が震えてきた。

「どうかした」

詠子の声は喉の渇きのせいで掠《かす》れている。横から手を伸ばして麦茶の容器を取ろうとしたので、「待て」と制した。

「飲むな。飲んだら死ぬ」

手が止まり、詠子は半笑いで庸一の顔をのぞきこんだ。

「どういうこと」

「その麦茶、毒が入ってる。飲んだら死ぬ」

詠子はおそるおそる手を引っ込めて、冷蔵庫から後ずさるようにして離れた。

詠子と庸一は、食堂のテーブルに向かい合わせに座った。庸一は水道水をグラスに満たし、喉を湿らせる。

「聞いてくれるか」

庸一はすべてを話した。弟の堅次は自殺に見せかけて、今も生きていること。小説を書いているのは堅次であること。自分は私小説家を自称するため、その内容を後追いで実現してきたこと。そして、自殺に見せかけて詠子を殺そうとしたこと。

「今まで騙してきて、ごめん」

驚きのあまり声が出ない詠子に、庸一は頭を下げた。本当の自分は無頼とはほど遠く、ただ他人の言うことに従うしか能のない男だが、さすがに殺人までは犯せない。愛する妻を手にかけることなどできない。庸一はしきりに頭を下げたが、詠子は責めも許しも口にしなかった。ただ、目を見張って聞いていた。

「堅次は、詠子を殺せへんかったら次の原稿は書かへんって言うてる。だからもう、作家としての須賀庸一は死んだも同然や」

「あなたが自分で書けばいいでしょう」

ようやく詠子が質問した。

「俺にはそんな才能ないんや」

「要するに、弟が書かない限りは作家を続けられないってこと」

「そうや。作家でいるためにはお前を殺さなあかん。でも、お前を殺してまで作家を続ける必要があるとは思わん。だから……」

「本当に、殺さなくていいの」

思いもかけない反応に遮《さえぎ》られ、庸一は目を白黒させた。詠子が殺されることを望んでいるはずがないと思っていた。むしろ殺されかけたと知って、激怒するだろうと予想していた。しかし目の前の妻は、化粧気のない顔でこちらを睨んでいる。まるで覚悟のなさに呆れるように。

「あなたは作家として二十年以上生きてきたんでしょう。私が死ねば、これからも作家でいられる。おまけにスキャンダルまで付いてくる。本当に諦めていいの」

「いや、だって、え？　お前、死ぬんやで」

理解が追い付かない。もしかして、この女は自分を殺せと言っているのか。寝ぼけているのかと疑いたくなるが、見開かれた両目は覚醒《かくせい》している。黒い瞳の奥では星屑《ほしくず》が瞬《また》いていた。詠子は正気だ。

「作家をやめて、どうするの」

「それはこれから考えるけど、とにかく作家以外の仕事に……」

「それなら別れる」

庸一は今度こそ言葉を失った。頭のなかが真空になり、耳鳴りがした。

「あなたは今まで、その弟が書いた物語に沿って生きてきたんでしょう。だったらあたしが好きになったのは、素の須賀庸一なんかじゃなくて、弟の小説の通りに生きる須賀庸一ってことよね。自分の欲望のままに妻を殺す男のほうだよね」

狼狽《ろうばい》して「待て」とか「落ち着け」と口走る庸一を無視して、詠子は話を進める。

「あなたが弟の書いた物語から逸脱するなら、あたしはあなたを愛せなくなる。だって、〈本当の須賀庸一〉なんか好きじゃないから。あたしが愛してきたのは、傍若無人《ぼうじゃくぶじん》で社会不適合な、文士の須賀庸一なの。作り物の、虚構の、操り人形の須賀庸一なの。あなたの自由意志なんか知らないし、聞きたくもない」

長年一緒に生活してきた妻が、見知らぬ女のように見える。

狂っている。堅次も、詠子も。いったい何をしようとしているのか理解していない。ひっくり返った人体のように、現実と虚構が逆転している。表に出た内臓が日を浴び、滑《なめ》らかな表皮が陰でうごめいている。こいつらは自分のグロテスクさに気付いていない。

「俺に、お前を殺せって言うんか」

「あたしに指示はできない。あたしはあなたの判断に応じて、自分が取るべき行動を決めるだけ。今までと同じように」

庸一が堅次の書く小説のままに生きる人形だとすれば、詠子は庸一の生き方を反映する鏡だった。場末で暴れていた無名の新人時代、詠子は男装の受付係として風俗店で働いていた。名が知られていっぱしの作家になれば、詠子は無頼派作家にふさわしい派手な女になった。娘が生まれたことで安定を求めはじめると、詠子は家庭的な母を演じた。

似た者夫婦。そんな言葉がよぎった。

他人に依存して生きてきた二人は、引き返せない地点まで来ている。

本当に？　一度は思い留まったというのに。これからは、詠子と一緒に自分の人生を歩んでいけるはずだったのに。どんなにもがいても、詠子を殺すという結末から逃れられない。あらゆる足掻《あが》きは無駄だった。

目頭が熱くなるのを感じたが、涙はこぼれなかった。詠子の愛が得られないなら、生きていることにどれほどの意味があるというのだろう。それなら詠子の愛を抱いたまま、彼女を殺したほうがまだしも有意義に思えた。

やはりこれこそが運命らしい。逃れ得ない終着点。

詠子はみずから立ち上がり、冷蔵庫を開けた。麦茶のガラス容器をテーブルに置く。褐色《かっしょく》の液体が満たされた容器の表面は、死人のような男の顔を映している。実際、とっくに死んでいる。堅次の書くままに生きると決めた日、庸一の魂は葬られた。

詠子は新しいグラスを手に取ると、迷いなく、麦茶を注いだ。

「自殺に見せたいなら、あなたはいないほうがいいんじゃない」

詠子の声に興奮はない。代わりに、過剰なほどの冷徹さがあった。死への恐怖を理性で押さえつければ、こんな声になるかもしれない。庸一は腰を浮かせ、ゆっくりと玄関へ歩を進めた。食卓が見えなくなる直前に振り返ると、詠子は蠟人形《ろうにんぎょう》のような虚《うつ》ろな表情をしていた。

「遺書は守ってよ」

「うん」

ぎこちない仕草でこくこくと頷く。それが詠子との最後の会話だった。

庸一は家を出て、当てどなく歩いた。自宅から遠ざかるため、ひたすら足を前に出した。そのうち見知らぬ土地に出たが、構わず歩き続ける。大通りを歩き、交差点を渡り、小路《こうじ》を抜け、突き当たりを引き返した。繁華街を離れ、住宅街を行き過ぎた。数えきれないほど大勢の通行人とすれ違った。なかには庸一の顔を指さす女性もいた。一時期ほどではないが、テレビ出演の影響はまだ尾を引いている。

アリバイはこれで十分か。どこまでやればいいのか確信が持てない。

太陽が高くなっていた。空腹を感じたが、それでも止まらない。

嫌というほど汗をかいた。喉が渇いていた。麦茶を飲む姿を夢想した。ガラス容器からグラスに注ぎ、一気に飲み干す。数秒後には大量の血を吐き、突っ伏して倒れる。詠子はもう、息絶えただろうか。

日が傾きはじめたころ、庸一は前触れなく踵《きびす》を返して、来た道を戻りはじめた。そろそろ帰らなければならない。あまり長い時間、詠子を一人にしてはいけない。

大通りを渡る通行人は皆、詠子と同じ表情をしていた。人の群れを見ているだけで、胸が悪くなった。嘔吐《おうと》しそうになり、その場にうずくまる。めまいがした。点滅する光は、詠子の瞳の輝きに似ている。

——狂っているのはこいつらか、俺か。

まるで毒を食らったように、身体の芯がぼうっと熱を持っていた。

堅次の狙いは成功した。

三か月後に方潤社の雑誌で発表した〈深海の巣〉への反響は、尋常ではなかった。文学的価値は別として、一連の出来事はスキャンダルとして報じられた。作家の不祥事をご法度《はっと》とする週刊誌ですら、無視できない規模に発展した。

世論は概《おおむ》ね、この短編小説に書かれたことこそが真実に違いないと断定した。有名作家の妻は自殺したのではなく、自殺に見せかけて殺された。これは須賀庸一による殺人の告白であり、警察はすぐにでも須賀を逮捕すべきである。そのような意見が大勢を占めた。

ワイドショーやスポーツ新聞でも盛んに報じられた。須賀の事件報道が過熱するにつれて、雑誌は売れ、著作も売れた。各社で重版がかかり、殺人作家として、須賀庸一の名は瞬く間に全国を駆け巡った。

庸一はできる限りテレビや雑誌の取材に応じた。

「殺人の告白やなんて、冗談やない。ほんまに殺しとったらあんなこと書いてへんわ。殺してへんから書けるんやろが。ちゃうか、おい」

庸一は、作家としての須賀庸一を演じきった。酩酊《めいてい》してテレビカメラの前に現れ、キャスターの胸倉をつかんだ。そうした出来事が報じられるたびに、須賀の小説は版を重ねた。

庸一は一度だけ、参考人として警察の取り調べを受けた。妻が亡くなった時間帯にどこで何をしていたか、型通りの質問を受けた。その時刻、街中では大勢の通行人が庸一を目撃している。アリバイは十全だった。

警察が気にしたのは、そこではなかった。殺鼠剤の成分が麦茶のグラスだけでなく、ガラス容器からも検出されたことだった。麦茶に溶かすとしても、普通は飲む直前にグラスのなかで溶かす。あらかじめ容器に溶かしておく必然性はない。

取り調べを担当した警察官は、明らかに庸一の犯行を想定していた。事前に殺鼠剤をガラス容器に溶かしておけば、アリバイなどどうとでもなる。取り調べでは詠子名義での殺鼠剤の購入記録について執拗《しつよう》な質問を受けたが、庸一は「知らん」「見覚えがない」などと答え、のらりくらりとかわして乗り切った。

結果的に、警察からそれ以上の追及を受けることはなかった。

現場に詠子直筆の遺書が残されていることが、庸一に有利に働いた。〈深海の巣〉を発表したことも、意外にも庸一への疑念を薄れさせた。常識的に、自分の殺人の告白を白日下に晒《さら》すような真似をするはずがない、と考えられた。須賀庸一のような有名人ならなおさらである。警察は、小説の内容そのものが事実をモデルにした虚構であると判断した。

詠子に渡した庸一の遺書は、化粧台の引き出しに入っていた。警察へ通報する前に、遺書は燃やして捨てた。証拠につながりそうなものは片端から処分すると決めていた。それに、もう詠子と同じ墓に入る資格はない。

書店の店頭には過去作も含めて、庸一の本が並んだ。並ぶ端から売れ、すぐに重版がかかり、また並んだ。〈深海の巣〉が掲載された号は繰り返し増刷され、文芸誌とは思えないほど売れた。注目が集まるにつれて、〈深海の巣〉に対する文学的評価も高まっていった。ある評論家はこの短編を「人間の原罪を描き切った、平成の神話」と称した。数々の批評が寄せられ、文壇では須賀庸一の転換点として認識された。

すべてが計画の通りだった。

一つだけままならないものがあるとするなら、それは明日美だった。

明日美は軽蔑を通り越し、父を憎悪した。彼女は世間一般の衆人と同じく、父が母を毒殺したと思いこんでいた。学校で辛い目に遭っていることも、庸一は知っていた。それでも取材に応じ、露悪的にふるまった。そうしなければ自分が壊れてしまう。妻を殺したという罪悪感に潰《つぶ》されてしまう。

庸一は自己防衛本能に従い、下劣な文士を演じ続けた。

ある日、詠子の従兄《いとこ》を名乗る男と、その妻が自宅に来た。彼らは報道で明日美の境遇を知り、現状を見かねてやって来たのだった。

「須賀さんはこれから、一人で明日美ちゃんを育てられるんですか」

「うちで引き取ったほうが幸せだと思いますがね」

要するに、明日美を自分たちの家庭で育てたいという申し出だった。庸一は鼻息を漏らして答えた。

「そのほうが、俺も助かるわ」

明日美は小学校卒業を待って、詠子の従兄夫妻の家へ移ることになった。

騒動が一段落した翌春、庸一は人目を忍んで水道橋のマンションを訪れた。〈深海の巣〉を発表してからというもの、堅次とは連絡を取っていなかった。下手に接触すれば堅次の存在が露見するかもしれない。記者やカメラマンが身辺から去った頃を見計らって、堅次に会いに来たのだった。

「いや、すごいな。感服するわ」

久々に会う堅次は上機嫌だった。

「テレビ見たで。悪役やっとったな。しかし、あそこまで振り切るとは俺も期待してなかったわ。けど部数凄いんやろ。儲《もう》かったな。どんくらい重版かかったんや」

テーブルにはワイングラスが載っていた。堅次を殺そうとして果たせなかった、あの日と同じ光景。まるで、この部屋では時が止まっているかのようだった。

「ほんで次やけど、どうしようかと思ってな。一応、三つくらい考えたんやけど。事件後の娘との関係性の変化とか、あと過去の話でもええんやけど」

「堅次」

話を遮られた堅次は不思議そうに兄のほうを振り向いた。

「お前と話すんは、今日で最後や。電話でも二度と話さん」

「……あ、そう。こっちは別にええよ。最近はほとんど話してなかったし。ほんなら、事務手続きもこれからは全部任すわ」

堅次は白《しら》けた顔で椅子に腰かけ、ワイングラスのなかで深紅の液体を遊ばせた。

「わざわざ、それを言いに来たん?」

庸一にはもう一つ目的があった。今後、二度と話さなくなる弟に訊いておきたいことがある。

「〈深海の巣〉っていうんは、堅次がいるこの部屋のことか」

揺れていたワインの水面が、平らになった。それから堅次はゆっくりとグラスの縁に口をつける。当然毒は入っていない。手の甲で拭《ぬぐ》われた唇から、高い声が漏れた。

「想像に任すわ」

庸一は死ぬまで、この男の手から逃れられない。彼の綴る物語のなかでしか、生きていけない。そして誰にも見えない深い海の底で、堅次は小説という名の爆弾を作り続ける。己の生み出した虚構がこの世界を満たすまで。

＊＊＊

警察署の屋根の下から見る空は、黒一色だった。曇天《どんてん》の夜は幕を下ろしたように暗い。唯一の頼りは、白く霞《かす》む月だった。光の輪郭《りんかく》がぼやけている。洋市は警察署の敷地を離れ、月明かりの方角へと歩いた。

電柱の陰には得体の知れない深海魚が棲《す》んでいた。細長い鯰《なまず》のような、体表のぬめった魚がゆっくりと泳いでいる。針金のような手足で地面を突く、宇宙船に似た形態の生き物がいる。赤や白に光る、海月《くらげ》の変種が浮かんでいる。

月はたった一つ、地上に至る目印だった。洋市は大きく両手を掻《か》いて浮上しようとしたが、身体がどうしようもないほど重く、地面から離れることは叶わなかった。以前も似たようなことがあった。そうだ。もう何度も、この深海の底から逃れようとして失敗を繰り返している。諦めて一歩ずつ月との距離を縮めたが、光は遠い。巣に帰る時間が近づいている。奇妙な形の魚たちは、巣を目指して泳ぐ。その流れがうねりとなって洋市の身体を運ぶ。たどりついたのは、恵以子のいない自宅だった。帰る場所はここしかない。

深海の巣の扉に手をかけた。

食卓に人影を見た瞬間、洋市の眼球が水圧で潰れた。

第五章　巡礼

晴れがましさと憂鬱《ゆううつ》が入り混じった、奇妙な感覚だった。

長年待ち望んでいた悪夢、という表現がしっくりきた。

庸一は雲の上を歩くような足取りで都立病院を離れた。地面を踏んでいる感触がない。やはりこれは悪夢なのだろうか。それにしては随分と待たされた。夢ならもう少し早く見てもよさそうなものだ。

横断歩道の赤信号で足を止める。近くに立つ若い女が、指先でスマートフォンの画面に触れていた。その隣の若い男も、さらにその隣の中年女も同じものを操作していた。

庸一は携帯電話を持っているが、折りたたみ式だ。スマートフォンは携帯電話ショップで触ったことがあるが、文字が小さすぎてとても操作できなかった。最近はパソコンどころかスマートフォンで小説を書く作家もいると聞いて、驚いた。

筆記具で原稿用紙に文字を書きつけるという身体性こそが、作家には不可欠だと思っていた。もっとも、それは原稿書きこそが庸一の担当する唯一の作家らしい作業だからかもしれない。もしも堅次がパソコンやスマートフォンで原稿を書くなら、庸一の筆跡で書き写す必要はなくなってしまう。

信号が青になり、人の波が動きだす。庸一は痛む膝《ひざ》をなだめながら歩を進めた。三月の冷気は、身体の節々に締め付けるような痛みをもたらす。

今日の診断で、庸一はステージⅣ——末期の膵臓癌《すいぞうがん》と言い渡された。膵臓癌は自覚症状がないことが多く、病院にかかるほどの体調不良が起きたときにはすでに末期に至っていたというケースも少なくない。そんな医師の説明を聞きながら、診断に至るまでの経緯を冷静に振り返っていた。

最初に異変を感じたのは背中の痛みだった。すぐに医者にかかろうとは思わなかった。七十歳を過ぎてからというもの、膝、腰など、痛みを感じる場所を挙げればきりがない。食欲も衰《おとろ》えていたが、それも年齢のせいだろうと諦めていた。この年齢では健啖家《けんたんか》のほうが稀《まれ》だ。

癌検査を受けることになったきっかけは、かかりつけの内科医から黄疸《おうだん》を指摘されたためだった。背中の痛みや食欲不振について話すと、内科医は「念のため」と前置きして、検査を勧めた。面倒だったが、内科医とは定期的に顔を合わせるため無視するわけにもいかず、紹介状を手に都立病院を訪れた。

歩いているうち、全身に倦怠感《けんたいかん》を覚えた。舗道の花壇の縁に尻を乗せて、一休みすることにした。癌と診断されたせいか、余計に身体が重くなったような気がする。

すでに手術では腫瘍《しゅよう》を取り除けないため、治療は化学療法を選択することになった。塩酸ゲムシタビンという薬を週に一度、点滴で投与する。余命宣告はされなかったが、そう長くないだろうと覚悟している。

やっとか、と声にならない声でつぶやいた。

詠子が死んでから、ずっとこの日を待っていた。庸一に自殺はできない。詠子を殺した男が、みずから命を絶つことは許されない。作家須賀庸一を演じながら、病死か事故死を延々と待ち続けた。

およそ三十年。長かった。

つい先程署名した同意書には、令和二年と印字されていた。

上京した堅次がサラリーマンたちにオリンピックのチケットを買わせ、金券屋に転売して小金を儲けたのが一九六四年。あれから半世紀以上を隔《へだ》てた今年、東京では二度目の五輪が開催される。さすがに当時のようなボロ儲けは不可能だろうが、規制の網をかいくぐって転売しようとする輩《やから》は現れるだろう。

膝に手をついて立ち上がり、庸一はまた歩きだした。

電車で移動して亀戸の自宅へと帰りつくまで、一時間かかった。意のままにならない身体を引きずって、台所で一杯の水を飲んだ。大理石の天板に手をつき、喉を鳴らして水道水を胃の腑へ送る。上向いた顔を戻したとき、一瞬、知らない家に迷い込んだのかと錯覚した。きめ細かなダークグレーの壁紙に、五十インチの薄型テレビ。焦茶色の革張りソファは、貧相な家主に代わって存在感を放っている。

数年前、三人目の妻に勧められてリフォームをした。基本的に間取りは同じだが、外観も内装も洒落《しやれ》たデザインに変わり、まるで別の家だった。完成した新しい我が家を見た時、庸一は思った。詠子や明日美との思い出は、これで完全に消えた。

当時の妻とはとっくに別れた。二十歳以上離れた彼女が今どうやって暮らしているのか、庸一は知らない。

シンクにグラスを戻すと同時に、背中に痛みが走った。壁に手をつきながら書斎へ移動する。家のなかに手すりをつければよかった、と後悔している。

書き物用のテーブルについた庸一は、引き出しから新しい便箋を取り出した。万年筆で短く、末期癌と診断された旨を綴《つづ》る。

水道橋に住む堅次宛ての手紙だった。〈深海の巣〉の一件があってから、堅次とは話していない。どうしても連絡が必要な際は手紙を使っているが、それすらも年に一度書くかどうかだった。

〈長くても一年以下だと思う〉

悩んだが、余命の見立ても書いた。そう的外れでもないだろうと思っている。

封をして、玄関の靴箱の上に置いておく。次に外出する時に投函《とうかん》するためだが、もしかしたらそれは三日後の通院になるかもしれない。庸一には外出する用がない。編集者と会う約束も、仲間と飲む約束もない。家族もいない。友人もいない。買い物は業者に頼んでいるため必要ない。外出しなければならない用事は通院だけだ。

残された時間で新作を世に出せるだろうか。できれば最後に一つだけ、これと決めた小説を発表したかった。

すべてを決めるのは弟だ。庸一の人生は、堅次の意思によって決められる。


堅次からの返信が来たのは五月だった。

すでに、庸一は化学療法を開始していた。週に一度の点滴を三週続け、一週休む。このサイクルを二回終えたところだった。副作用といえば歯ぐきから血が出たくらいで、重篤《じゅうとく》なものはない。その代わり、背中の痛みや黄疸も改善しなかった。

庸一にできることは、変化のない日常を送ることだけだった。殊更《ことさら》、死への恐怖は感じない。理由はわかっている。庸一の自由意志はすでに死んでいるからだ。今ここで呼吸をしているのは須賀庸一の肉体だが、そこに本来の須賀庸一の魂はこもっていない。空っぽの身体は、堅次が吹き込んだ物語をなぞっているに過ぎない。

気掛かりがあるとすればただ一つ、明日美のことだった。〈深海の巣〉を発表したために詠子の親戚に引き取られた実の娘。彼女の消息を庸一はまったく知らない。明日美は詠子を殺したのが庸一だと信じ、今も許していないだろう。彼女の実家であるこの家に連絡が来ることもなく、庸一から連絡を取ってもきっと拒否される。会えないなら、せめて無事で暮らしているかを知りたかった。

その朝、郵便受けを開けると、角形一号の分厚い封筒が入っていた。送り主は堅次だった。厚みから、原稿の束が入っているのは間違いない。堅次が原稿を送ってくるのはおよそ一年ぶりだった。書斎に戻りつつ、庸一は首をひねった。これはいったい、どの依頼に対する原稿なのか。

五十代の半ばから、堅次の原稿が滞《とどこお》るようになった。短編なら二か月に一編の調子で送られていたが、それが四か月になり、半年になった。三百枚を超える長編ともなれば、一年以上かかるのはざらだった。

庸一にとっても、原稿の間隔が空くのはありがたかった。そこに書かれた虚構を現実にするためには、それなりの労力を要する。二度目の結婚、三度目の結婚も、すべて原稿の内容に従って行ったことである。庸一自身は彼女たちに対する愛情など、かけらも抱いていなかった。行動原理は、小説の通りに動くという一点のみ。ともかく、原稿が間遠になることは歳を重ねた庸一にとっても望ましいことだった。

堅次から送られて来ない限り、編集者に原稿を渡すことはできない。締め切りを破ることが増えたが、それでも辛抱強い編集者たちは待ってくれた。作家歴が長く、ファンの多い庸一の作品は、書店に並べれば確実に売り上げが見込める。加えて、数々の文学賞で選考委員を歴任した庸一は文壇での揺るぎない地位を確立していた。〈最後の文士〉と呼ばれて久しく、大家である庸一に締め切りを迫ることができる編集者はいない。最も付き合いの長い中村は、とっくに方潤社を定年退職している。

書斎で鋏《はさみ》を使って、丁寧に封筒の上辺を切った。案の定、クリップで留められた二百枚ほどの原稿が入っている。封筒を傾けると、小さな紙片が落ちた。正方形のメモには堅次の字で走り書きがされていた。

〈これを絶筆にする。発表方法は任せる〉

身震いがした。

前回の五輪から半世紀以上が経ち、須賀庸一という作家が現れてから同じだけの時が経った。その歴史がこの一編で終わる。本当に終わらせていいのだろうか。いや、いずれは絶筆の時が来る。須賀庸一が生身の人間である限り、いずれその存在は息絶え、朽《く》ちて消える。

原稿の束を前にして、自然と背筋が伸びた。表に記された題は〈巡礼〉だった。

最後の小説にふさわしい内容が何か、庸一には見当もつかない。しかし、堅次がこれで最後だと判断したのだ。どんな形であれ、受け止める義務がある。

息を吞んで、人生最後の一編になる小説を読みはじめた。

＊＊＊

数年ぶりに方潤社の自社ビルを訪れた。ここしばらくは編集者が自宅を訪ねてくるため、洋市のほうから会社へ行く用がなかった。

若い担当編集者に用意させた会議室の扉を開けると、すでにNは待っていた。お久しぶりです、と言い、Nが右手を差し出す。洋市はその手を軽く握った。乾いた皮膚がこすれ合い、かさかさと擦過音がした。

「ご無沙汰しています、菅さん」

面差《おもざ》しの怜悧《れいり》さは相変わらずだった。愛用していた鼈甲《べつこう》の眼鏡も変わっていない。Nが出版業界の第一線から退いて十五年以上になるはずだが、所作の一つ一つには名編集者の名残りが見受けられた。例えば、鉄仮面とも称されたポーカーフェイス。深い知性を思わせる静かな語り口。そういった要素は、Nが今もひとかたならぬ洞察力を備えていることを物語っている。

「Nさん、あんた変わらんな」

洋市の発言を無表情でやり過ごし、Nは視線で話を促した。この面会を要望したのは洋市である。催促に応じて、さっそく話すことにした。

「この間、久しぶりに病院で検査受けてな。末期の膵臓癌らしいわ」

Nの面上を驚きがよぎったが、それは一瞬のことだった。

「そうですか」

「俺の最後の小説をあんたに託そうと思う」

その発言に動揺したのは、背後に立っていた担当編集者だった。

「菅先生。Nさんはもううちの社員じゃありませんよ」

「そんなん知っとるわ。社員やない外部編集者なんか、いくらでも使《つこ》てるやろ。それと同じことや。なあ、Nさん。Nさんが見てくれるんなら原稿を渡す。二百枚くらいや。でもあんたがやってくれへんのなら、原稿は捨てる」

「勘弁してください、先生」

洋市は羽虫を追い払うように手を振る。担当編集者は躊躇《ちゆうちよ》しつつ、黙って会議室を退出した。抗議したところで無駄だと悟ったらしい。洋市は改めて、身を乗り出した。

「ええやろ。俺の絶筆、担当してくれや」

＊＊＊

二人きりになった会議室で、中村は値踏みするような視線を庸一に向けていた。

「なぜ私なんですか」

「そら、弟のことを知ってるのはあんただけやからな。俺の絶筆は、弟が書いているという事実を知っている人間やないと、本当には理解できへん」

予想していた質問に、庸一は余裕を持って答える。

「作中で、弟さんが書いていることを明かすという意味ですか」

「違う。けど、限りなくそれに近いことは書いてる」

庸一は、紙袋から取り出した〈巡礼〉の原稿を机に置いた。中村はそれに目をやり、腕を組んで息を吐いた。

「反則ですよ」

長年の付き合いで、中村の習性は熟知している。自分が育てた作家の原稿を目の前にして、読まずに我慢できる男ではない。その原稿が〈最後の文士〉と呼ばれる大家の絶筆であれば、なおさらだ。たとえ編集者として現役を退いたとしても、編集者としての本能まで萎《な》えているとは思えない。

「わかりました。引き受けますよ。会社との交渉は私がやります」

「決まりやな」

すかさず、庸一は原稿を紙袋に戻した。中村の表情がわずかに曇る。

「読ませてもらえないんですか」

「まだ早い。もう少ししたら渡すから、焦りなさんな」

おどけて言うと、中村は不承不承《ふしょうぶしょう》といった調子で「はあ」と応じた。

「弟さんはお元気ですか」

「知らんけど、原稿書いてるんやから元気ちゃうか。もう長いこと会《お》うてへんからな。灰皿、あるか」

ここは禁煙だ、などと野暮なことは言われなかった。中村は黙って部屋を出ると、アルミの灰皿を手に戻ってきた。庸一は煙草を箱から一本抜き取り、火をつける。煙草もこの三十年で随分割高になった。吸える場所も激減した。愛飲していたゴールデンバットは昨年販売終了になり、今は別の銘柄を吸っている。

盛大に吐かれた紫煙の奥で、中村が目をすがめた。

「須賀さんは、文士というのはどういう存在だと思いますか」

庸一は眉をひそめる。中村にしては珍しく、無意味な問いかけだった。

「純文学の定義とは、っていうんと同じ愚問やな。そんなもん定義するだけ無駄や。雰囲気としか言いようがない。呼びたいやつが、呼びたいように呼んだらええ」

「その雰囲気は、どうやって醸《かも》し出されるんでしょう」

レンズの奥の目を見た。瞼《まぶた》がたるんで瞳にかかっているが、鋭利さは失われていない。真剣さから察するに、どうやらただの雑談ではないらしい。

「ずっと不思議だったんですよ。須賀さんは自分で原稿を書いていない。失礼を承知で言えば、本当の意味では作家とは言えない。なのに、出で立ちは紛れもなく文士としか言いようがない。その理由が不思議でならなかったんです」

「そら確かに疑問や」

「初めて会った日、私はこう言いました。須賀庸一が作家として成功するためには、あなたたち兄弟に絶対の絆《きずな》が必要だと。お二人の間にこれまでどんな経緯があったのかは知りません。ですが、あなたたち兄弟は見事にそれをやり遂《と》げようとしている。半世紀以上も絶対の絆を維持し続けたのです」

絆。そんなものは最初からなかった。あったのは義務だけだ。弟の小説に従って生きる義務と、兄の人生を書き続ける義務。

「あなたがまとっているのは、小説に殉《じゅん》じた人間だけが持つ空気です。小説と一心同体になった時、作家は文士になる。そして実作していないという意味で、あなたほど純粋な文士は他にいない」

庸一はこれ見よがしに、耳の穴へ小指を突っこんだ。中村の意見は文学評論としては有意義かもしれないが、感興を刺激するものではない。小指の爪に付着した耳垢《みみあか》を吹き飛ばし、庸一は言った。

「評論家にでもなったらええんちゃうか」

吸殻《すいがら》を押しつぶし、腰を浮かせる。

「わざわざ呼びつけて悪かったな。大変やろけど、よろしく頼むわ」

中村はまだ何か言いたそうだったが、押し殺して頭を下げた。庸一は会議室の外にいた担当編集者に「帰るわ」と言い残し、方潤社を去った。とりあえず、これで一歩前に進んだ。

最後の文士——庸一がそう呼ばれはじめたのはいつだったか。

その二つ名の意味を深く考えたことはなかった。そこには何となく気持ちのいい、選ばれた者だけに許される響きがあった。作家、小説家は現代の世にごまんといるが、文士を名乗って許されるのは自分一人だという名誉欲を刺激する言葉でもあった。

文を書かない文士など存在しないというなら、自分こそがその最初の例である。庸一には、胸を張ってそう主張する心積もりがある。

かつて〈バロン〉があった場所は、建物そのものが建て替えられ、五階建てのオフィスビルになっていた。入口脇の看板を見る。一階にはコンビニが入り、二階以上は聞いたことのない企業の名前が並んでいた。

庸一は背中の痛みを抱え、黄色い顔で左右を眺めながら町を散策した。

この周辺はかつて、風俗店やキャバレーが並ぶ賑《にぎ》やかな通りだった。それが軒並み潰され、今ではチェーンの居酒屋やコーヒーショップが顔を揃える、ありきたりな風景になっている。錦糸町周辺にはいかがわしい店の集合地帯が残っているものの、規模は縮小した印象だ。

駅前の尾島屋も、深夜営業の書店も、かなり昔になくなっている。跡地には中華料理店やアパートが建っていた。

庸一はその足で都営バスに乗り、霊園を目指した。命日には三か月ほど早い。

あの町で、庸一は詠子と出会った。女を抱いたことのなかった庸一は同僚にそそのかされて〈バロン〉へ足を踏み入れた。詠子はそこで受付をやっていた。詠子は自分の手で自分の人生を切り開けるとは夢想もしていなかった。詠子はそこに現れたのが庸一だった。

詠子は育った土地から巣立ったが、母のことは亡くなるまで気にかけていた。彼女は自分を産み育ててくれた母に感謝していた。庸一や堅次は違う。兄弟は、自分たちがこの世に生を享《う》けたことへの呪詛《じゅそ》を、小説という形で吐き続けた。そう思うと、文士という称号も皮肉に思えてくる。

霊園でバスを降りたのは庸一だけだった。手ぶらで園内に入り、ブリキのバケツに水を汲んだ。詠子と義母の墓石は水場から離れた場所にある。柄杓《ひしゃく》で水をかけ、たわしでこする。線香をあげて手を合わせた。仏花も数珠《じゅず》もなかった。

目を閉じれば、そこに詠子がいるような気がした。

四十代のまま歳を取らない詠子は、寝間着姿で立っている。化粧もせず、髪も梳《と》かさず、寝起きの格好のまま、しゃがみこんだ庸一を見下ろしている。この姿で詠子は毒を飲んで死んだのだ。

——自分の死期が近づいてきたからようやく墓参りするなんて、調子よすぎるんじゃない。

冷徹な声でささやく詠子を見上げる。日差しを背負った詠子の身体は透き通りそうに白かった。

「明日美は、俺が来ているのを知ったら嫌がるやろ」

——そうじゃなくて、私のところに来るとあなたが消耗《しょうもう》するからでしょう。

庸一はうつむき、合わせた両手を見つめた。図星だ。一度も詠子の墓参りに来たことがなかったのは、あの瞬間のことを思い出すせいだ。八月の朝、詠子に真実を打ち明けた場面を回想せずにいられないからだ。思い出すたびに、全身を切り裂くような自己嫌悪と無力感に苛《さいな》まれる。

——今日だって、小説に書いてあるから仕方なく来たんでしょう。

その通りだった。〈巡礼〉に書かれていた通り、墓参りに来たに過ぎない。所詮、庸一の生き方は弟に握られている。行けと言われれば頭を真っ白にして、行くしかない。

「もうすぐ俺も、そっちに行くから」

——明日美はどうするの。

「どうするって」

——連絡も取らずに放っておいたまま、死ぬつもり。

詠子は遠慮なく核心を突いてくる。死にゆく庸一の思い残しは明日美だけだ。しかし、娘と会う決心はついていない。庸一は、和解を期待している自分を軽蔑している。死期が近いことを引き合いに出せば、たとえ渋々でも、明日美が己を受け入れてくれるかもしれないという浅はかな考え。

せめて会話だけなら、許されるだろうか。許す？　いったい、誰が？

死んだときと同じ格好をした詠子が見ている。本当はすべて知っている。寝間着をまとった詠子が幻視であり、この会話が幻聴であるということを。実際は庸一の自問自答で、墓参者のいない霊園で一人芝居を演じていることを。

――これからどこに行くの。

「次は、鐘ケ淵に」

――工員だった頃の職場ね。

幻の詠子は何でも知っている。元を正せば自分自身なのだから当然だ。物言わぬ墓石のかたわらで、詠子の影は口だけを動かす。

――それで、最後は故郷が終着点ってこと。

〈巡礼〉の題にふさわしい道のりだった。庸一の歩んできた軌跡を、過去へと遡《さかのぼ》るようにたどっていく。その道程に明日美の存在は記されていない。堅次は、須賀庸一の人生において娘は取るに足らない存在だと判断した。

――絶筆にはふさわしいんじゃない。綺麗にまとまりすぎてるけど。

堅次の小説にはどこか危うさがあった。書いている本人にも制御しきれない情念のようなものが噴出していた。だが、〈巡礼〉に限ってはその情念がなりを潜めている。行儀がいいとも言えるし、肩透かしとも言える。

「俺が考えることちゃう。俺の役目は、書いてある内容を現実にすることや」

――そうだった。あなたには、それしか能がないんだからね。

詠子の姿が陽炎《かげろう》のように揺らぎ、やがて墓石だけが残った。庸一はバケツを手に、墓列の間を引き返していく。これが最初で最後の墓参りになると確信しながら。

驚くべきことに、元勤務先の中矢製作所は現存していた。インターネットでわかる範囲の情報を、中村に調べてもらった。

庸一が退社してから数十年が経過し、すでに社長は三度交代していた。数十名だった社員は三百名以上に増え、旋盤《せんばん》をはじめとする工作機械の分野では中堅に数えられるメーカーに成長していた。本社と主な工場は今でも鐘ケ淵にあるが、働いていた当時の従業員はすでに全員がいなくなっているだろう。

無駄足と知りつつ、足を運ぶしかなかった。〈巡礼〉では菅洋市がかつての職場を訪ねている。執筆のための取材という名目で、あらかじめ中村にアポを取ってもらった。須賀庸一という有名作家の名前が効いたのか、あっさりと取材は承諾された。

中村を連れて訪れた当日、応対に出たのは広報部の主任という肩書きの社員だった。若いが所作に隙《すき》がなく、目端《めはし》の利きそうな男だった。用意してきた型通りの質問をしてから、庸一はいかにも世間話に聞こえるような口ぶりで切り出した。

「実はね、だいぶ昔にここで働いてたんですよ」

「須賀さんが、ですか」

広報部の主任は呆気に取られたように訊き返した。

「もう大分昔ですわ。東京オリンピックの二年後に辞めたから、一九六六年までは働いてたかな。二年も続かんかったけどね」

「そうですか……これは存じ上げませんで、失礼いたしました」

「いやいや、無理もないですわ。相当昔のことやからね。それで、もしわかったらでいいんですけどね。当時働いてた人と連絡がついたりしたら嬉しいなと思って」

「ははあ、なるほど。氏名とかご記憶にありますか」

庸一が記憶の底から引っ張り出してきた名前を、主任は生真面目な顔でメモに取った。覚えているのは、同僚だった森実夫をはじめ数人しかいない。主任は調べてわかり次第、連絡すると約束してくれた。

二週間後、中村から庸一のもとに着信があった。

「中矢製作所の件、ほぼ全滅だそうですよ」

律儀な広報部主任は、約束した通りに調べて中村に連絡をよこしたらしい。半世紀以上前ということもあり、当時の従業員の消息は追いようがなかったという。予想していた結果ではあった。庸一が通話を切ろうとすると、中村は引き留めた。

「待ってください。須賀さんと同期だった森実夫さんという方。確証は取れないそうですが、大学の先生に条件の合う人物がいるそうなので、もしかしたらその人かもしれないと言っていました。調べますか」

確か、森は大学受験に失敗して中矢製作所の社員になったはずだ。大学進学に強いコンプレックスを抱いていた森は、退社後に受験し直したのだろうか。

当該人物の画像は翌日、中村から送られてきた。私立大学の工学部に在籍しているという森の肖像写真は、確証はないものの、同僚の面影《おもかげ》を残しているような気もする。氏名も生年も合致する。ただし、髪型はずいぶん変わっていた。頭頂部が禿《は》げ上がり、耳の上に寂しげな白髪が残っている。

今度は須賀庸一の名を伏せ、中村から取材依頼をさせた。ノンフィクション執筆のため、ライターが訪問するという名目にした。この手の取材には慣れているのか、先方からはすんなりと承諾の返信が来た。取材は森が所属する私立大学の研究室で行われることになった。

「森先生は機械工学の権威だそうです。大手メーカーともお付き合いがあるとか」

大学へ向かう道すがら、庸一は電車の席で隣に座った中村から、森名誉教授の基本情報を教えられていた。

「ほんまにそれがあの森なら、えらい出世したな」

「学位の取得年度から逆算すると、中矢製作所を退社した翌年に大学に入学したと思われます。仕事を辞めてから受験勉強を再開したんでしょうね。専門はシステム制御工学」

「なんやそれ」

「私にも詳しいことはわからないんですがね。機械を目的通りに作動させるため、数理的にシステムを設計する学問、ということらしいです」

庸一にはさっぱり理解できない。古希を過ぎた男が二人で首をひねっている光景を客観的に想像して、虚《むな》しい気分に陥《おちい》った。

都心から離れ郊外に降り立った庸一たちは、タクシーでキャンパスへと向かった。

「体調は平気なんですか」

中村の問いに、庸一は「変わりない」と応じた。診断から三か月が経つが、背中や関節が痛む他には日常生活で困ることはなかった。ただし、医師にはいつ体調が急変するかわからないとも言われている。庸一自身はできるだけ意識しないようにしていた。気に病んだところで腫瘍が小さくなるわけでもない。

「あっちの件はどうなんや」

「まだわかりませんが、手掛かりはあります」

中村の返答に、庸一は押し黙った。

森名誉教授の部屋は扉が閉ざされていたが、札は在室を知らせていた。中村がノックすると「どうぞ」としわがれた声が返ってくる。庸一は横から手を伸ばし、ドアノブを押し開けた。

顔を合わせて、庸一は目の前にいる老人が中矢製作所にいた森だということを瞬間的に理解した。相手はオフィスチェアに肘《ひじ》を置いて腰かけていたが、視線が合うなり彫像のように固まっていた。庸一は構わず室内に足を踏み入れる。ここは執務用の部屋らしく、壁一面に本棚が設えられていた。

「……ボンか」

森の口から懐かしいあだ名が転げ出た。

「覚えてたんか」

「何度もテレビで見たからな」

剣呑《けんのん》な森の口調に、歓迎のムードは感じられなかった。

「ライターが来るっていう話だったが、騙したのか」

「回りくどい方法を取って申し訳ありません。しかし名前を出せば、須賀さんと会ってくださるかわからなかったもので」

率先して非礼を詫《わ》びる中村を尻目に、庸一は物珍しげに室内を見回していた。

「偉くなったもんやな。あの工場辞めてから、結局また大学受けたんか。それで教授になるんやから大したもんやで。いや、冗談やなしに。風俗店に通ってたやつが博士様になるとは、あの頃は思わんかったで。さぞかし尊敬も集めてるやろな」

「何しに来た」

森はまともに取り合おうとしない。早々に面倒事を片付けたいという気配がありありと感じられる。警戒心を解くため、関係のない話題を挟むことにした。

「そら、取材よ。よう知らんけど、機械を動かす方法を研究してるんやろ。何やってるんか簡単に説明してくれや」

森はため息交じりに説明をはじめた。本心ではすぐさま叩《たた》き出したいところだろうが、中村も同席している手前、迂闊《うかつ》な態度は取れないと見える。

「私の研究対象は、主に産業用の工作ロボットだ。例えば、旋盤の組み立てのような手作業があるだろう。かつてはああいった複雑な作業は、機械には不可能だった。しかし加工技術やプログラム技術が発達したことで、精密さを要求される工程でもある程度までロボットを使って自動化できるようになった。工作ロボット開発は生産能力を高められるだけでなく、労働力削減や労働災害減少にも貢献できる」

旋盤の組み立て工程は、今でもおぼろげながら庸一の記憶にある。根気と体力の要求される、つらい仕事だった。

「その、作業を肩代わりしてくれるロボットをお前が作ったんか」

「嚙《か》み砕《くだ》いて言うとそうなる。ロボットはあらかじめ入力した内容を忠実に再現するだけだから、少しでも外れたことはできんが。例えば組み立て担当のロボットでは、微《かす》かな傷や破損があっても気が付かずに組み立てを続行してしまう。不良部品の選別は、事前にプログラムされていない限りできない」

俺のことやんけ。森の話を聞きながら、庸一は思った。

弟が入力した通りにしか動けない兄。不良部品が流れてきても、庸一に拒否することはできない。その工程は事前にプログラムされていない。森の語る研究内容は、まるで庸一の半生を解説しているようだった。

「わかった。理解できたわ。助かった。ほんなら、そろそろ本題な」

不快さに耐えられず、庸一は強引に森の話を打ち切った。

「悪いけど、外に出とってくれるか」

庸一は、中村のほうを振り向いて言った。中村は渋々といった風情《ふぜい》で指示に従う。扉が閉まってから、庸一はキャスターのついた椅子に座り、足で床を蹴った。怪訝《けげん》そうな顔をした森の耳元に口を寄せる。

「百万、払ってほしいんや」

そうつぶやくと、森は反射的に身体を引いた。レンズの大きな眼鏡の奥で、くぼんだ眼がまじまじと見返す。そこに怯《おび》えの色が浮かんだのを庸一は見逃さなかった。

「昔約束したやろ、百万払うって。忘れたか。お前が公園でめちゃくちゃに殴られた時や。あの頃の百万やから、今で言うたら五百万くらいになるか」

「いい加減にしろ」

禿げた頭部に青筋を立てて、森は喚《わめ》いた。

「わかった。ほんなら百万にまけといたるわ」

「帰れ。金をやる義理はない」

庸一はふと高齢者をいじめているような気分になったが、すぐに自分も同じ高齢者だと思い出す。いずれにせよ、ここで金を絞り取れなければ都合が悪い。病院にかかる費用を除けば、庸一の口座に貯えはないのだ。

「俺もさすがにこの歳になると、喧嘩する体力もないんやわ。できるだけ穏便に済ませたいねん。だからさっさと払ってくれへんか。余計なことは書きたくない」

　森は無視して、パソコンの画面に向き直ろうとした。すかさず庸一は付け足す。

「お前も死ぬ間際に、恥を撒《ま》き散らしたくないやろ」

「どういう意味だ」

「改めて言うけど、俺な、作家やねん。出版不況やけど、これでもそれなりには売れるんよ。例えば俺がお前のこと書いたら、そうやなあ、何万部かは出るやろな。内容はできるだけ過激なやつがええな。浮気してるとか、横領してるとか」

　口から出まかせだったが、森の顔は明確に青ざめた。心当たりがあるのかもしれない。当たらずといえども遠からず、と言ったところだろうか。

「安心しろ。金をせびるんは今回だけやから。百万払《はろ》てくれたら本は書かへん」

「本の内容を、読者が信じるとは限らない」

「そうか。ほんなら、試してみるか」

　ここぞとばかりに庸一は顔を近づけた。何か思い出したのか、あさってのほうを向いた森の目は泳いでいた。庸一は机上のメモ用紙とボールペンを勝手に取り、自分の住所を書きつけた。

「現金書留で百万。今月中に送られんかったら書かしてもらう」

「待て。どこまで知ってるんだ」

すがるように言った森に、庸一は無言で笑みを返した。

月末、森から現金書留が送られてきた。五十万円の包みが二つで計百万円。こんなに簡単に払っていいのか、と心配になるほどあっけなかったが、これは森個人の問題でもないのかもしれない。年齢を重ねるほど名誉を傷つけられることが恐ろしくなる。高い地位についている人間ならなおさらだ。若い時分から色呆《いろぼ》けだった森のことだから女絡みに違いないと思うが、もはや事実はどうでもよかった。

百万円の使い道は決まっている。庸一は客間の机の上に、札束を無造作に放り投げた。書斎から取ってきた原稿用紙に、万年筆で〈葬儀代〉と書いて札束に添えておく。家族葬ならこれだけあれば十分なはずだ。

本当は、葬儀などしてもしなくても構わない。しかし、庸一は自分の名前がいかに世間に浸透しているかということを自覚していた。何もやらなければ、どうせ出版社の有志を称する連中が、お別れの会などと銘打った派手な催《もよお》しを開く。それならひっそりと家族葬でも営んでくれたほうがましだ。

庸一は〈巡礼〉という小説に込められた意味を、理解しはじめていた。

要するに、これは死に支度だ。余命いくばくもない兄に死ぬ準備をさせようという、堅次なりの配慮と考えると納得がいく。長年庸一という人間を通じて世界に接触してきた堅次なりの、けじめのつけ方なのだ。

だからと言ってやるべきことは変わらない。庸一にできるのはこれまでと同様、虚構を忠実に現実へ転写することだけだった。

＊＊＊

深青色の日本海、黒ずんだ浜、灰色の曇天《どんてん》。

すべてがこの土地を離れた時のままだった。故郷の海辺の光景だけは、何年経とうとも不変であった。護岸工事がなされて浜の一部には立ち入ることができなくなったが、それでも砂浜は広大で、水平線は視界に収まらないほど長かった。

陸地の顔ぶれはずいぶんと様変わりしている。いつ来ても人気《ひとけ》がなかった砂浜を、散歩やランニングを楽しむ住人が行き交っていた。家族連れや若い連中が、水浴びを楽しんでいる。浜と舗道の境目には海の家が建ち並んでいる。土木作業員がコンクリートブロックにしゃがみこんで煙草を吸っている。ウェットスーツをまとった若い男が、サーフボードにワックスをかけている。

いつからか、この砂浜は人気の海水浴場になったらしい。

ここは兄弟にとって大事な逃げ場だった。湿った砂の上に尻をつけ、ぼんやりと海や空を眺めて一日を過ごした。時折、どうでもいいような思いつきをぼそぼそと話しあう。陰気な空の下で送る無為な時間が、洋市は嫌いではなかった。

海と相対した洋市は、左手にせり出す崖の突端を振り返った。かつてはただの広場だった場所に柵が設けられ、展望台の体をなしている。
十五歳の弟は、あの突端から離陸した。

＊　＊　＊

海岸沿いの定食屋で遅い昼食を摂った庸一は、展望台へと続く階段を上りはじめた。かつてはろくに均《なら》されていない坂道で、左右を雑木林に挟まれていた。それが今では長い階段に様変わりし、両側の木々が切り払われたために海への見通しがよくなっている。合間には売店もあり、ちょっとした観光地の様相を呈《てい》していた。

横からの海風を浴びながら足を運ぶが、末期癌の高齢者にとっては決して楽ではない道のりだった。数段上るたびに足を止め、売店のベンチで休憩を取る。十代の頃は十五分もかからず頂上に着いたはずだが、三十分かけてまだ半分も過ぎていなかった。車道はないため、タクシーは使えない。

ペットボトルの緑茶を買った売店の店主は、曖昧な笑みを浮かべていた。

「あのう、もしかして須賀庸一さんちゃいますか」

ほとんど帰郷していないが、この町は庸一の出身地には違いない。そのせいか、町に到着してから声をかけられるのは二度目だった。煩《わずら》わしさを感じたが、ベンチで休憩中だったため無視するわけにもいかず「まあ」とだけ応じた。

「うわあ、やっぱり。こっちにはたまに戻られてはるんですか」

店主は庸一と同世代の男だった。小太りで目が細く、生《は》え際《ぎわ》がせりあがっている。

「久々やけどね」

この町の土を踏むのは、〈無響室より〉を発表する直前に訪れて以来だった。

生家は両親が亡くなった数年後、所有権を継承した庸一の決定で取り壊した。堅次にも相談したが、「全部いらん」という答えが返ってきた。貴重品を除いて、家具も小物もすべて廃棄した。土地は地元の不動産屋に売却し、その後どうなったかは知らない。

「作品、読んでます。色紙とかないけど、サインもらえますか」

「人殺しのサイン、欲しいんか」

その一言で、店主の作り笑いが戸惑いに変わった。どうしても応対が鬱陶《うっとう》しい時に使う台詞《せりふ》だった。庸一のことを知っている人間は大抵、妻殺しの疑惑についても知っている。

それでも店主は迷う素振《そぶ》りを見せていたので、仕方なく腰を上げた。「行くわ」と告げ、飲みかけのペットボトルを握って歩きだす。流石《さすが》にもう、声をかけられることはなかった。

一時間かけて上った先で待っていたのは、柵に囲まれただだっ広い空間だった。周囲を取り巻くような雑木林がなくなったことで、海への眺望が開けた。下草は払われ、長椅子が設置されている。昔に比べれば展望台として整備されている。先客はいない。

庸一は柵に身体を密着させて、海のほうへと身を乗り出した。崖の突端よりずいぶん手前で柵が設置されている。ずっと昔、ここから飛び降りた中学生がいたことは自治体も理解しているはずだ。崖への注意を呼びかける看板は健在だった。

「遅かったな」

別の客が来たのかと思って振り返ると、見覚えのある顔があった。

背後に立っていたのは堅次だった。豊かな白髪と皺《しわ》の多い顔は、庸一とよく似ている。ただし仏頂面《ぶっちょうづら》が板についた兄に比べて、老いてもその顔には愛嬌《あいきょう》があった。顔を合わせるのは三十年ぶりだが、懐かしさは感じなかった。運命が人の形をしていれば、こんな男だったろうと思わせられた。

「なんや、お前も来てたんか」

堅次が来ることは聞いていなかった。そもそも、庸一は今日この展望台を訪れることを堅次に知らせていない。そう言えば、以前も似たようなことがあった。〈無響室より〉の件で故郷を訪れた時も、展望台で弟と落ち合った。

「なんで俺がここにおるってわかった。まさか、ずっと待ってたんか」

堅次は絵の具で描いたような薄笑いを浮かべた。よく見れば右手に封筒を持っている。荷物はそれだけだった。庸一は緑茶を飲み干し、ベンチに腰かける。水平線から強い海風が吹き、空のペットボトルを吹き飛ばした。

「これ。読んでみ」

堅次が封筒を突き出した。原稿が送られてくる時は、いつもこの角形一号の封筒に入ってくる。答えを探るような庸一の視線にも応じず、堅次は頑《かたく》なに封筒を差し出していた。意図がわからないまま受け取った庸一は、そこに入っていた原稿の束を引き出す。

原稿には小説が綴《つづ》られていた。几帳面な字面《じづら》で紡《つむ》がれた物語に、庸一の目は自然と引きつけられていった。

＊＊＊

庸一は着慣れた作業服に身を包み、新社屋のエレベーターに乗り込んだ。入社した頃に平屋だった中矢製作所の本社は、四階建ての立派なビルへと変貌《へんぼう》していた。併設の工場はさらに広い。作業服の胸には〈須賀〉という名前が縫い込まれ、襟元《えりもと》には安全衛生責任者のバッジが光っていた。

四十代で管理職になったのを機に、長年親しんだライン作業の現場から製造管理部へと異動になった。総務系の仕事を担当する部署で、現場のように身体を動かすことはなくなったが、それはそれでやりがいのある業務だった。

役員の執務室がある最上階でエレベーターを降りる。社長室から順番にノックをして、応答があった部屋には扉を開けて入室する。挨拶の文句は決まっている。

「今まで長い間お世話になりました。定年までこの会社で働けて幸せです」

古株社員の庸一は、役員全員と面識がある。肩を叩いてねぎらってくれる者がいれば、長々と感謝の言葉を述べる者もいた。役員への挨拶《あいさつ》を済ませたら、順にフロアを降りていきながら、すべての部署に退職の挨拶をする。たいていの部署には顔見知りがいて、わざわざ部員を集めてくれた。庸一は順番に同じ挨拶を口にした。

本社への挨拶回りを終えた庸一は工場に戻り、古巣の製造現場へ足を運んだ。就業時間中とあって、現場の若手は忙しく立ち働いている。できるだけ邪魔をしないよう、居室にいた管理職にだけ挨拶をすることにしたが、後輩がそれを止めた。

「待ってくださいよ。最後なんですから、全員で見送らせてください」

そう言うと、携帯電話で現場のリーダーに指示を出した。

「おい。須賀さんが挨拶にいらっしゃったぞ。いったん作業止めてすぐに来い」

「いや、ええって、そこまでせんでも」

「そうはいかないですよ。皆、須賀さんにはお世話になってるんだから」

数分で、居室には入りきれないほどの現場作業員たちが集まった。あの小さかった工場で、今これほど多くの社員たちが働いていることに庸一は感極まっていた。涙を堪《こら》えて挨拶の辞を述べると、盛大な拍手が沸き起こった。

「我々からも、ささやかながらお礼の花束です」

司会役の後輩に呼びこまれ、花束を持ってきたのは製造技術部の森だった。照れ笑いと一緒に花を差し出され、庸一もつい笑った。

「どうせもらうなら、もっと若い社員がよかったわ」

「そう言うなよ。同期から見送られるのも悪くないだろう」

笑っている森は、すでに定年退職を迎えて再雇用の立場だ。

「本当に、再雇用は辞退したのか。まだ間に合うぞ」

「もう十分。これからは気楽に過ごさせてもらうわ」

デジタルカメラを手にした若手社員の指揮で、集合写真を撮影することになった。主役の庸一は中央で、その隣には森。たくさんの後輩や若手たちに囲まれ、庸一はカメラレンズに向かって快心の笑みを浮かべた。

＊　＊　＊

庸一は原稿から視線を上げた。登場するのは〈菅洋市〉ではなく、今ここでこれを読んでいる〈須賀庸一〉だった。怒りと当惑に眉をひそめ、堅次に問いただす。

「なんや、これ」

「兄ちゃんの、あり得た人生の一つや」

老いた堅次は平然と答える。潮の香をはらんだ風が強まり、波の音が大きく聞こえた。

原稿はまだ残っている。庸一は次の一枚に目を通した。

＊　＊　＊

初めてのタキシードは、思いのほか窮屈《きゆうくつ》なものだった。ずっと工場勤めで、背広すら着なれていない庸一にとって、やたらと重ね着の多いタキシードは身動きが取りづらいことこの上ない。

挙式直前の控室には親子三人しかいない。純白のウェディングドレスを着た明日美は、早くも目の縁《ふち》に涙を溜《た》めている。隣に寄り添う詠子は黒の留袖を着て、泣きそうな明日美の手を握っている。

「ほら。お父さんも何か言ってあげて」

詠子が庸一の耳元でささやいた。そう言われても、こんな場面に似つかわしい言葉は思いつかない。困り果てた庸一は、何とかそれらしい台詞をひねりだした。

「まあ、結婚したからってお前が娘であることには変わりないし、困ったことがあったらいつでもうちに帰ってきたらええから」

「わかってるよ」

明日美はそっけない言葉を返しつつ、ハンカチで目元を拭《ぬぐ》った。

「うちに帰ってくればいいなんて、結婚式で縁起でもない」

詠子は呆れている。庸一はどうしていいかわからず、肩をすくめた。

チャペルの方角から拍手が起こった。先に登場した新郎への祝福の声も聞こえる。新婦一家も係員に呼ばれ、チャペルの扉の前に立った。詠子が明日美の顔の前にベールを下ろす。いよいよ出番だ。にわかに高まる緊張をなだめ、庸一は唾《つば》を飲みこんだ。

「右側に立つ」

明日美の左に立っていた庸一は、詠子の指示で慌てて右に移る。せっかく練習したのに、ほとんど忘れてしまった。左腕を差し出すと、明日美はグローブをはめた手でそっと肘《ひじ》の辺りをつかんだ。

係員が両側から扉を開き、明日美が現れた瞬間、参列者たちの静かな歓声が聞こえた。すすり泣きや「綺麗だね」とささやく声が庸一の耳に届く。たくさんのフラッシュが花嫁に浴びせられる。ワーグナーの結婚行進曲が鳴り響くなか、明日美と歩調を合わせて、一歩ずつ踏みしめるように赤い布の上を進む。前方の祭壇には白人の神父が立ち、その手前で白のタキシードを着た新郎が待っている。

祭壇の前で立ち止まった庸一は新郎と向き合い、呼吸を合わせて同時に一礼する。ぎこちない動作で明日美の右手を取り、新郎の迎える手のなかへと受け渡す。これで役目は終わりだ。いざはじまれば、あっけないものだった。

新郎と一緒に祭壇へ上る明日美を後ろから見つめているうちに、庸一の胸に熱いものが込み上げてきた。

＊＊＊

ベンチに腰かけたまま、庸一は無言で弟を見た。物言わぬ堅次は視線で次の原稿を促す。展望台に他の客が来る気配はない。それどころか、頭上には海鳥の影もなく、足元を這《は》いつくばる虫もいない。兄弟のほかに、生命と呼べるものは存在しない。まるで巨大なジオラマに放り込まれたようだった。

海があり、森があり、土がある。ここは原寸大の虚構であった。二人だけのために用意された虚構。正確には庸一のためだけの虚構。

庸一は次の一節に目を通した。

＊＊＊

小さな庭に似つかわしい、小さな花壇だった。レンガで庭の一画を区切り、腐葉土《ふようど》の上に種を播《ま》いた。花壇への水やりは詠子の日課だ。

春を迎え、庭先にはクレマチスやマリーゴールドが咲き誇っている。明日美が夫と暮らすためにこの家を出たときから、詠子は花々を育てはじめた。派手でも特殊でもない、ごくありふれた種類の花ばかりだが、殺風景だった庭が俄然華《がぜんはな》やいだ。稀《まれ》に客人が来れば、必ずと言っていいほど庭先の花を褒《ほ》める。

庸一も、縁側から庭の花を眺めるのが好きだった。定年退職してからは時間を持て余すようになったため、最近は交通整理のボランティアをやっている。児童の通学路に立ち、旗を持って誘導する役割だ。朝の一仕事を終え、縁側でほうじ茶を飲みながら花壇を眺めるのが習慣になっている。

茶をすすりながら庭を見ていると、歳を取ったな、とつくづく思う。

若い時分には無茶をしたこともあった。日中から徹夜で仕事をしたことも、後先考えずに酒を呷《あお》って泥酔したことも、数えきれないほどある。縁側で茶を飲むような日が来るなどとは想像もしなかった。

しかし年を追うごとに、身体がそういった無茶についていかなくなった。精神的にも活発さを失い、日々を平穏に過ごすことのほうが重要になった。薄味の食事を取り、決められた時刻に薬を飲む。残りの時間は散歩をしたり、テレビを見て過ごす。絵に描いたような隠居老人の一日だが、それで十分だった。

家事を済ませた詠子も縁側に座り込んだ。二人で並んで庭を見る。

一軒家に夫婦二人では持て余してしまうが、明日美との思い出があるこの家を取り壊してマンションへ移る気にもなれなかった。娘のためには、帰る場所を用意しておいてやりたい。それにマンションへ引っ越せば、土いじりもできなくなる。

「綺麗なもんやな」

花への感想を口にすると、詠子は当然だと言わんばかりに頷いた。シジュウカラのさえずりが聞こえた。陽だまりのなかで小鳥の影が動いている。

「俺も趣味でもはじめようかな」

「そう言って、いつも続かないじゃない」

退職後、庸一は陶芸や絵画の体験講座に通ってみたが、どうも熱中しきれなかった。作りたい形、描きたいものはあるのだが、うまく手が動かず、もどかしさに耐えきれず諦めてしまう。

「じゃあ、自分史でも書こかな」

「いいんじゃない。お金もかからないし」

思いつきに、意外にも詠子は賛同を示した。すると自分でも悪くないアイディアに思えてくる。凡庸《ぼんよう》でドラマチックとは言いがたい人生だが、書いてみれば意外と面白いかもしれない。誰かを喜ばせる必要はない。自分のために書くのだ。

「でも、自費出版するなんて言わないでちょうだいよ」

「そんな文才があるんやったら作家になってる」

ほうじ茶を飲み干し、庸一は縁側から腰を上げた。書斎の奥に、使う当てのない原稿用紙が眠っていたはずだ。退職祝いにもらったブランドもののボールペンもある。今日からさっそく書きはじめよう。

庸一は軽い足取りで書斎に向かった。

＊＊＊

庸一は目を伏せた。これ以上は読み進められない。あり得た人生の幻想を見せつけられるという、残酷な行為に耐えられなかった。

「どうしたんや。物語はまだ、無数にあるんやで」

堅次が手元の原稿を指さす。しかし、庸一は幻想に立ち向かう気力を失っていた。海風はさらに勢いを増し、暴風と化している。風の塊《かたまり》が横合いから庸一を殴りつけた。両手でつかんでいる原稿の端がぱたぱたと煽《あお》られている。

「勘弁してくれ」

「なんで、被害者みたいな顔してるんや」

堅次の口ぶりはあくまで平坦だった。まるで変声前の少年のような、高い声だった。

「ここに書いてあるんは、全部兄ちゃんが自分の意思で捨ててきた人生や。今のどうしようもない人生を選んだんは他の誰でもない、須賀庸一自身や」

庸一の意識が空白で埋められた。愕然《がくぜん》としていた。他でもない、堅次の発言とは思えなかった。ずっと、庸一は弟の書く小説の通りに生きてきた。虚構を現実にするため。そのために暴力を働き、大酒を飲み、妻を殺した。

「この人生を選んだのは俺の意思やない。堅次の意思や。お前やって、それを望んでたやろうが。従うことを俺に強制したやろ」

「違う。兄ちゃんが選んだんや」

「どの口が言うんや！」

庸一は怒りに任せて、原稿を叩きつけた。束になっていた紙が一斉にばらばらになり、原稿が暴風に乗って宙を舞った。一枚一枚が意思を持ったように、海辺から羽ばたいていく。突風に吹き飛ばされる無数の原稿用紙は、白い嵐のようだった。架空の人生を描いた小説の群れが、庸一の手を離れていく。高みで軽やかに舞う原稿は、平穏な人生などあり得ない、と嘲笑《ちょうしょう》しているようだった。

やがてすべての原稿用紙が飛ばされた。

「ほんまはわかってるんやろ」

「やめろ!」

堅次は制止に耳を貸そうとしない。続く言葉を庸一は絶叫でかき消そうとしたが、少年のまま変わらない堅次の声は、海風のなかでもはっきりと聞こえた。

「最初から、兄ちゃんはずっと一人やんか」

あの夜、庸一は確かに見た。崖から墜落《ついらく》していく弟を。

庸一は制止しようとした。懐中電灯を手に泥を跳ね飛ばして駆け、その身体を抱きとめようとした。しかしその間際、堅次の身体は腕のなかをすり抜けた。空中への一歩を踏み出した弟は、波立つ海へとまっすぐ落下していった。手を差し伸べた兄に、弟は虚ろな視線で応じた。肉体が水面に衝突する音が、辺りにこだました。

青ざめた顔で夜道を引き返す庸一は、すべて嘘なのだと自分に言い聞かせた。弟は死んでいない。死んだように見せかけたに過ぎない。実は身を隠してひっそりと生き延び、今頃は故郷を脱出しているのだ。自分は堅次から、周囲の人々を騙すよう頼まれている。堅次は死んだ、と欺《あざむ》くために。

亡霊のような出で立ちで警察に現れ、両親に泣いて土下座をした。これも演技だ、と思いこんだ。堅次は死んだことになっているが、本当は死んでいない。皆、騙されているだけだ。堅次は生きている。生きているのだ。現に、遺体は見つからなかった。

堅次は小説が好きだった。生きているなら、必ず作家を目指しているはずだ。庸一は堅次の代筆をするつもりで、小説を書きはじめた。堅次の筆跡を真似して、几帳面な文字を原稿に綴《つづ》った。西日暮里のアパートでたった一人、肉体作業のかたわら、小説を書いた。堅次が生きているという嘘を自分につき続けるためには、そうするしかなかった。

しかし庸一には文学の素養がない。見よう見まねではじめたものの、すぐに書きあぐねることになった。

堅次が読んでいた小説を買って、読みふけった。堅次が愛読していたのは私小説と呼ばれる分野だった。著者自身を題材にして書かれた小説だった。堅次が生きていれば、きっと私小説を書いたはずだ。しかし、不在の堅次をモデルにするわけにはいかない。ならば、庸一自身を題材にするしかなかった。

〈菅洋市〉という己の分身を主人公にした小説を、庸一は一昼夜かけて書き上げた。まるで堅次が乗り移ったかのような勢いで、百枚前後の原稿が完成した。庸一はこの短編小説に〈最北端〉と名付けた。

〈最北端〉は庸一を題材とした私小説でなければならなかった。そのため、庸一は小説に書いてある通りの生活を送った。自然と暮らしぶりは荒れたが、半面、その無頼さが創作意欲を刺激した。編集者に認められてからは、続々と作品を発表した。

堅次はいつでも共にいた。手を動かし、物語を紡いでいるのは自分の手ではなく、堅次の手だと思っていた。原稿用紙と向き合うとき、庸一は常に祈った。どうかこの小説は最後まで書き上げられますように、と。

いつしか、庸一は自分が書いた小説の奴隷《どれい》となった。

原稿を書いている最中は、そこに書かれた内容を自分が演じることになるとは露《つゆ》ほども考えない。ひたすら堅次の声に耳を澄まし、手を動かす。そうして完成した物語を後で読んでから、驚愕《きょうがく》するのが常だった。庸一が書いた小説でありながら、書き上がるまではどんな小説か知る術はないのだ。

庸一は酒を飲み、人を殴り、妻を殺した。自分がそう書いたからだ。

もはや後には引き返せなかった。庸一に書けるのは私小説しかない。他の小説を書いたこともあったが、編集者からは酷評を受けた。作家で居続けるためには、須賀庸一の人生を書き続けるしかなかった。

無頼を気取り、孤独にはまりこんだ。こうなったのは誰のせいだ?

堅次だ。庸一の筆を動かすのは、いつだって堅次だった。荒《すさ》んだ人生を送ることになった責任は、あの夜、崖の突端から飛んだ弟にある。庸一に一生消えない後悔を植え付けた弟にある。

己の分身にして、決して消えることのない刺青《いれずみ》——文身。それが堅次だった。

「思い出したか」

七十二歳の堅次は、口元に皺を寄せた。なじみ深い薄笑いを兄に向けている。

「兄ちゃんはようやったよ。思い込みだけで、ここまでやってきたんやから。この人生は他の誰でもない、須賀庸一のものや」

「違うやろ。須賀庸一は、俺と堅次の作品や」

堅次の笑顔に自己中心的な酷薄さはない。そこにあるのは兄への労《いたわ》りだった。

「良くも悪くも、これは兄ちゃんの生き方なんや。俺は無数にいる登場人物の一人で、それ以上でもそれ以下でもない。だからもう、俺に人生を背負わすな」

老いた堅次は、近所を散歩するかのような気安い足取りで、崖の突端へと接近する。あの時と同じだった。正面から吹き付ける強風が前髪をあおる。庸一は立ち上がろうとしたが、ベンチに腰かけたまま、微動だにできない。

「戻れ、堅次！」

名を呼んでも弟は振り返らない。一歩ずつ、着実に海のほうへ近づいていく。腰の高さの柵を両手でつかんで足を掛け、体勢を崩しながら向こう側へと着地する。崖への注意を呼びかける看板を通り過ぎ、剝《む》き出しになった土を踏みしめる。庸一にはその後ろ姿を眺めることしかできなかった。

「死ぬつもりちゃうんやろ。ほんまはどこか遠くに行きたいだけやろ。飛び降りる必要なんかない。今すぐここから逃げたらええ。死ぬことは逃げることとちゃう。死んだら、逃げ場はなくなるんや」

庸一の声は届かない。堅次は切り立った崖の手前、数メートルまで接近していた。あと数歩進めば、空中へと身を躍《おど》らせることになる。庸一には顔を背けることも、瞼《まぶた》を閉じることもできなかった。決定的な瞬間から目を逸《そ》らせない。とうとう、堅次の足が崖にかかった。海面を見下ろす小さな身体を、海風が陸地へ押し戻そうとする。

その時、庸一を縛っていた見えない縄が解《ほど》かれた。弾かれたように走り出し、柵を越え、崖の際へ駆け寄る。

「落ちるな！」

叫ぶと同時に、庸一は弟を後ろから抱き留めた。

だが、堅次の身体はすでに荒れた海へと落下していた。両腕は空を抱いただけだった。やがて、波音の間に何かが水へと落ちる音がした。すぐに世界は元に戻った。耳元で風が鳴り、地鳴りのような潮騒が聞こえた。

これが現実だった。

庸一は地面に膝をつき、顔を両手で覆った。呼吸器が痙攣《けいれん》を起こし、うまく息ができない。涙は流れていないのに、口の端から喘《あえ》ぎ声が漏れた。手を下ろすと、開けた視界一面に曇天が広がった。灰色の文様が意思を持ったようにうごめく。

やがて、庸一は展望台へと引き返した。飛び越えた柵を逆側から戻るのは骨が折れた。ベンチに腰かけると同時に、地面に一枚だけ原稿用紙が落ちているのを見つけた。拾い上げると、そこには堅次の筆跡が残されていた。それは弟が書いた最後の原稿だった。

洋市には何もかも、最初からわかっていた。全てはこの町からはじまった。ならば最後の瞬間を迎えるのも同じ場所でなければならなかった。洋市を葬ることができるのは、洋市自身だけだ。

＊＊＊

帰り道は慎重に階段を下った。全力で走ったせいで、関節は悲鳴を上げている。そろそろと足を出して下りているうち、日が傾いてきた。庸一は足元で伸びていく影と寄り添うように歩いた。

やがて、緑茶のペットボトルを買った売店に差しかかった。店主にサインをせがまれ、拒否した店だ。止まらずに通過しようとしたが、ベンチに座っていた何者かに声をかけられた。

「あのう、須賀庸一さんですか」

振り返ると、五十がらみの髭面《ひげづら》の男が照れくさそうに笑っていた。記憶にない顔だ。「そうやったら、なんや」と答えると、男の顔に喜びが広がった。改めて記憶を探るが、やはり見覚えはない。

「昔お会いしたことがあるんです。ずっと、また会いたいと思っていました。ここの売店の主人とは知り合いで。私が須賀さんに会いたがっているのを知っていて、わざわざ連絡をくれたんです。ここで待っていれば会えるかもしれないと思って」

「悪いけど、覚えてへんわ」

「ずっと昔、私がまだ小学生の時ですから。夏休みのことでした。当時は東京に住んでいて、帰省のために電車に乗っていたんです。弟が車内で騒いでいて、両親は扱いに困っていました。そこに須賀さんが現れて、泣き止ませろ、と私に言ったんです」

記憶の陰で火花が散った。〈無響室より〉を発表する直前、庸一は詠子を連れて故郷へ帰ってきた。行きの電車で、確かに親子連れと話した。庸一は同じ兄として、泣き止まない弟の隣にいた少年を叱咤《しった》した。あの時見た少年の顔と重なる。

「思い出したわ」

「本当ですか。いや、覚えているはずがないと思っていたので嬉しいです。須賀さんのお陰で、弟と和解できたんですよ」

「喧嘩しとったんか」

「いえ、家庭の事情があって」

男はいったん口を濁したが、決意したように語りだした。

「私と弟は父親が違うんです。それで、物心ついたときから弟には敵対心のようなものを持っていました。私にとっては実の親は母だけですが、弟には両親が揃っている。そのことへの嫉妬《しっと》みたいなものです。幼稚といえば幼稚ですが、個人的にはそれなりに切実な問題でした。あの時までずっと、弟のことを家族と認めることができなかったんです。弟のほうも私を遠ざけているようでした」

売店の横で相対したまま、男は話し続けた。

「でもあの時、須賀さんは私たちを〈兄弟〉だと認めてくれた。そして兄なら、弟を叱るのは当然だと教えてくれました。すっと身体が軽くなったような気分でした。本当はずっと、弟のことを家族だと思いたかった。でも、許されないような気がしていました。その枷《かせ》を須賀さんが壊してくれたんです。私たちは兄弟なんだ、家族なんだ、と世界に認められたんです」

「そんな大層なことしてへんわ」

立っていることに疲れて、庸一はベンチに座った。確かに幼い兄弟と遭遇した記憶はあるが、彼らの人生を変えるようなことをした覚えはない。しかし髭面の男が感極まった様子で庸一を見ているため、無下にも扱いづらい。歳を取ったせいか、最近は相手の感情を想像するようになった。

「弟はどうしてる」

何気なく尋ねると、男は瞬きもせずに答えた。

「死にました」

予想していない答えだった。

「まだ三十歳でした。私はこちらで就職し、弟は東京で働いていました。生きていくことに耐え切れず、自分で命を絶ちました。私は、彼が悩んでいたことすら知りませんでした。どうして気付けなかったんだろう、と今も後悔しています」

男は淡々としていた。すでに悲劇とは折り合いをつけ、心を平静に保つ術を体得しているようだった。庸一も周囲の人間の生き死にには相当数経験してきた。会った記憶もおぼろげな、男の弟が自殺したところで普段なら悲しみの情など湧かないはずだった。

それなのに無性に泣きたくて仕方なかった。涙腺を締め付けていた箍《たが》が、今になってゆるみはじめた。右手で目元を隠し、うつむくと涙が地面に落ちた。

「……なんで死なせたんや」

不条理な問いだという自覚はある。それは男に向けた問いであり、庸一自身に向けた問いでもあった。感情を殺していた男の顔が子どものようにくしゃりと歪んだ。歯を鳴らし、嗚咽《おえつ》を堪《こら》えている。

「弟はいいやつでした。でも、繊細だった。もっと周囲の人間が注意してやるべきだったんです。私にはそれができたのに、やらなかった。遠くに住んでいるから、もう自立した大人だから、お互い家庭があるから……私は色んな言い訳をしてきました。でも言い訳をひねり出しても、後悔は消えないんです」

言い訳をすることは心の防衛反応であって、罪でも何でもない。そう言ってやりたかったが、庸一には込み上げる涙を拭うのが精一杯だった。

「兄弟といっても他人です。四六時中、気にかけるべきだとは思わない。でも、死ぬ前に電話をかけてみようと思えるくらいの関係ではありたかった。その電話で運命が変わったかもしれないでしょう」

庸一は弟を失ってからずっと、運命を変えられなかった不甲斐《ふがい》なさから逃げ続けた。堅次は死んでいない、と思い込むことで、全ての責任を放棄した。代わりに残されたのは、虚構で上塗りされた人生だった。

庸一にとっても、目の前の男にとっても、弟は最も近い他人だった。分身がいなくなっても、自分の身体は傷つかない。だが、心には不可視の傷を無数に負うことになる。傷があることを認識しなければ治療はできない。

「すみません。すみません……」

男の頬に涙の跡がついた。こぼれ落ちた水滴は、海からの暴風で飛び散った。

次の電車は二十分後だった。日没前だがすでに暗く、照明が灯されている。細長いホームの片隅に立った庸一は、中村から届いたメールを確認すると、すぐ電話をかけた。

「あっちの件、わかったんか」

「霊園にいらっしゃったところを、捕まえました」

中村には、明日美の連絡先を調べるよう頼んでいた。

今日は詠子の命日だ。明日美は必ず墓参に訪れる。あらかじめ、庸一はそう中村に伝えていた。案の定、明日美は一人で霊園に現れたらしい。中村は編集者生活で鍛《きた》えた交渉力を発揮して、どうにか電話番号と住所を聞き出してくれた。

「番号はさっきのメールに載せました」

「わかった。ありがとう」

短い沈黙があり、中村は言った。

「初めて、須賀さんに感謝されましたよ」

通話が終わっても、庸一はいつまでも液晶画面を見つめていた。表示されているのは明日美の電話番号だ。ここに掛ければ明日美と会話ができる。しかし、今さら何を話せばいいのか。三十年の時を経て、娘と話すべきことは見つからなかった。

液晶画面を消して、携帯電話をしまった。今は電話すべき時ではない。もう少し、話すべき内容を見定める必要がある。番号は判明したのだから、焦る必要はないのだ。

——言い訳をひねり出しても、後悔は消えないんです。

男の言葉が蘇《よみがえ》った。背中の痛みが自己主張をはじめる。この身体は、いつ生きることを放棄してもおかしくない。だからこそ中村に依頼をしたのだ。

庸一は無心のまま携帯電話を取り出し、後先考えずに明日美の番号を選択した。耳にあてると、コール音が鳴りはじめる。話すことは後からついてくる。とにかく声さえ聞ければよかった。早く出てくれ、と願いながら、永遠に出るな、と祈っていた。

コール音が切れ、通話がはじまった。

「山本ですが」

電話口で聞く娘の声に庸一は動揺した。当然のことながら、その声は記憶にある少女のものではない。それに山本という苗字《みようじ》は、明日美が引き取られた一家のものとは違っている。間違いだろうか、と思いかけて、結婚している可能性にようやく思い至った。

「須賀庸一です」

手で触れられそうな、硬質な沈黙だった。相手が身構えたのがわかる。

「何か用ですか」

帰ってきたのは剣呑《けんのん》な声だった。庸一はとっさによぎった事柄を口にした。

「末期癌になった。もうすぐ死ぬと思う」

「そうですか」

明日美の口ぶりには関心のかけらもない。娘にとって、実の父はすでに死んだも同然の存在だった。堪えていた願望が、庸一の口からつい転げ出た。

「お前に、俺の葬式の喪主をやってほしい」

返事はなかった。

「百万円、家に置いてある。使ってくれ」

明日美の応答はない。それでも庸一には十分だった。今ここで話している娘だけは、虚構ではないと確信できる。現実と虚構が裏返った自分の人生で、たった一つでも本物だと信じられるものがあれば満足だった。

「切るわ」

みずから通話を切った。ホームの薄闇は、ほのかに濃さを増している。

やり残したことはない。

庸一は、ここが巡礼の終着点だと悟った。

屋根から掛けられた時計を見た。視界がぼやけて、時刻が読めない。体感ではとっくに定刻を過ぎているはずだが、電車はまだ来ない。庸一は線路側を向いて壁に身体を預けた。足に力が入らず、立っていられない。膝から力が抜け、ずるずると腰が下がっていく。壁に背を付けたまま、頭を膝の間に入れ、ホームにうずくまった。両腕がだらりと垂れる。手のひらにざらつく感触があった。

筋肉が役割を放棄し、身体のすみずみまで弛緩《しかん》した。ずっと悩まされてきた背中の痛みもなくなった。視界が靄《もや》に覆《おお》われ、自分が何について考えているのかわからない。

今はいつだ？　ここはどこだ？　俺は誰だ？

いったい俺は、何者だ？

須賀庸一。そんな名前の男に心当たりがあるような気がする。

菅洋市。同じ名前の響きだが、こちらだったかもしれない。

どちらが現実でも変わりはしない。どうせ、二人は同一人物なのだから。同じ軌跡をたどり、同じ顚末《てんまつ》を迎える。それならば生身の肉体であろうと、文字の上の存在だろうと、何一つ変わらない。

靄が遠ざかり、雲になった。曇天だ。庸一の頭上には常に曇天があった。その上に広がる青空に目隠しをするような、灰色の雲海。どこまで逃げても決して逃れられない。生まれ落ちた時から、固い繭《まゆ》のなかに閉じ込められていた。堅次が作り上げた虚構と同じだった。触れられない雲にまみれて息苦しさを覚える。呼吸がつかえ、助けを叫ぶこともできない。水を求める魚のように口を動かす。かさついた唇から吐息《といき》が漏《も》れる。

電車はまだ、来ない。

終幕

アイスティーの冷たさが喉《のど》から胃へと落ちていった。

カフェには約束の時刻より十五分も早く着いた。言いようのない不安に駆られ、隣に座る夫を振り向く。自分ひとりで向き合うのが不安で、付き添ってもらった。

「大丈夫だよ」

夫は温和な笑顔を返してくれた。この人はいつも、求めているものを与えてくれる。

膝の上に置いたトートバッグには〈文身〉の原稿が入っている。原稿を読んだ時の衝撃は言葉にしようがない。自宅宛てに送られてきた分厚い原稿用紙の束に記されていたのは、須賀庸一の人生そのものだった。何度となく読み返し、そのたびに怒りや悲しみ、切なさ、やるせなさ、虚《むな》しさが浮かんでは消えた。

弟の影に縛られ続けた、哀れな兄。それが私の実父だった。

もちろん、あの男がろくでなしだという事実に変わりはないし、父の生き方を肯定するつもりもない。多くの人を傷つけてきた父に同情するつもりもない。それに、父が母を殺したという事実も裏付けられた。〈深海の巣〉という小説を書かなければ、殺鼠剤《さっそざい》を購入しなければ、それを麦茶に溶かさなければ、母が死ぬことはなかったのだ。

しかし――

わからないのは、この小説のどこまでが事実か、だ。父が弟を自殺で亡くしたという逸話が虚構でないことは判明している。須賀庸一の愛読者や評論家の間では、堅次という弟が十五歳で自殺したことは周知の事実だそうだ。

問題は、須賀庸一と堅次という弟の間に、〈文身〉で描かれたような絆《きずな》が存在したのかどうかだった。あの男は、本当に罪の意識に苛《さいな》まれていたのか。それとも、弟の存在を無軌道な生き方への言い訳に使ったのか。それは〈文身〉がフィクションか、ノンフィクションかを見極めることと同義だった。どちらとも言えない今、父への感情は宙ぶらりんのままだ。

喉が渇いてたまらない。再びアイスティーを含んだ時、入口に人影が見えた。分厚い眼鏡をかけた老人が、迷わずこちらへ近づいてくる。私たちは立ち上がって出迎えた。

「お忙しいところ、すみません」

「とんでもない」

中村さんは丁寧に返礼し、私の真向かいに座った。儀礼的な挨拶を交わして本題に入る。私はバッグから〈文身〉の原稿を取り出し、中村さんに差し出した。

「この原稿に見覚えはありますか」

返事はないが、ページをめくろうとしないことが一つの答えだった。彼はすでにこの原稿を読んでいる。だから、内容を確認する必要はない。

「この原稿を私に送ったのは、中村さんじゃないですか」

〈文身〉の最終章で、父は老編集者の中村と行動を共にしている。原稿を託すことができる相手は、彼くらいしかいなかった。

相手は私の問いに平然と頷いた。その指摘は想定内だと言わんばかりに。

「亡くなった直後、私の自宅に須賀さんから二編の原稿が送られてきました。同封された手紙で、〈巡礼〉は絶筆として発表し、〈文身〉は葬儀の後で明日美さん宛てに送るよう指示されました」

中村さんは〈文身〉の原稿を突き返した。ずしりと重い紙束を、トートバッグに戻す。

「これを書いたのは、私の父で間違いありませんか」

「間違いありません。いずれも須賀庸一の筆跡です」

長年担当編集者を務めてきた人が言うのなら、そうなのだろう。

「私も最初に原稿を読んだ時はたいへん驚きました」

台詞に反して、その顔に動揺は現れない。

「あそこに書いてあることはどこまで事実なんですか」

「そうですねえ。須賀さんが初めて方潤社へ原稿を持ってきたときのやり取りは、あそこに書いてある通りです。あまりに鮮烈だったので、よく覚えています。須賀さんは、本当の書き手が弟さんであることを明かしてくれました。だから、〈文身〉を読むまで五十年以上、ずっと須賀さんの作品群は弟さんが書いたものだと思っていました。〈最北端〉の原稿だけは、明らかに違う筆跡でしたからね。でも、それもわざとだったんでしょうね。須賀さんは最初から誰かを共犯者にするつもりだったんじゃないかな。自分と一緒に嘘をついてくれる相手がほしかった。その方がボロが出ませんから」

「弟が書いた、と言われていた編集者は中村さんだけですか」

「ええ。私が知る限りは」

運ばれてきたブレンドには手を付けず、中村さんは話を続けた。

「文学賞の待ち会のたびに、弟さんに電話をかけていたのも事実です。もちろん、相手方の声は私には聞こえませんでしたが。少なくとも私の前では、弟さんが実在するようにふるまっていましたね」

「どうして、本当はいない弟の存在を匂わせるような態度を取ったんでしょうね」

「それは、まあ」

淀《よど》みなく話していた中村さんが、初めて口を濁《にご》した。

夫がウエイターを呼び止め、アイスティーを注文した。私の手元にあるグラスはいつの間にか空になっている。飲んでいることすら気付かなかった。

「〈文身〉を読んでから、須賀さんのご両親の菩提寺《ぼだいじ》に問い合わせたんですがね。須賀さんの弟——堅次さんの遺骨は納められていませんでした。遺体が見つからなかったというのも事実のようです」

中村さんは意を決したように、口元を引き締めた。

「これは一つの可能性に過ぎませんが、もしかしたら……堅次さんが今も本当に生きている、ということは考えられませんか」

数秒、発言の意味が消化できなかった。須賀堅次はとっくに死んだ、という前提で話していたはずだった。

「待ってください。弟は、一九六三年に死んだんですよね」

「記録上は。しかし、須賀堅次が死んだという証拠はどこにもない」

冗談にしてはきつい。混乱しているようにも見えない。中村さんはあくまで冷静に持論を述べている。

「そんなことあり得ますか。一人の人間が、戸籍もなくなっているのに、世間から隠れて半世紀以上も生き続けるなんてことが。普通に考えれば不可能です」

「献身的な協力者がいれば、不可能とは言えないでしょう」

「そんなこと……」

さっきと同じことを言いそうになって、口をつぐんだ。

〈文身〉に書かれた弟はすべて須賀庸一の妄想、幻想のはずだった。あれは全部、現実に起きたことだというのだろうか。考えにくい。よほど注意しなければ、やり遂《と》げられない。あの父に、それができるとは思えない。

「じゃあ、仮に須賀堅次が生きているとしましょう。でもそれなら〈文身〉の終わり方は不自然ではないですか。弟はずっと昔、死んだことになっているんですよ。そこだけ嘘をついたというんですか。何のために?」

「私小説とは言え、小説である限りは虚構と現実の混ざり物です。創作上の必要があれば、嘘も書く。その理由までは関知しません」

こちらの勢いをはぐらかすように、中村さんは淡白に答えた。

「……要するに、ただの臆測ですか」

「残された我々にできるのは、ただの臆測だけです。結局、何が事実で何が虚構なのか、本人が亡くなった今は永遠にはっきりしません」

「わかっていますよ」

苛立《いらだ》ち紛《まぎ》れに言うと、中村さんはレンズ越しに顔をのぞきこんできた。

「明日美さんは、何を知りたいんですか」

改めて問われると答えに窮《きゅう》する。私だってあの男のことで頭を悩ませたくはないが、あんな小説を読んでしまったら、その真偽が気に掛かるのは当たり前だ。

「何が虚構で、何が現実かなんて、実はどうでもいいのかもしれませんよ」

おもむろに、中村さんは鞄から取り出した小さな石をテーブルに載せた。見たところ、何の変哲もない小石だ。だが、あの小説を読んだ私はこの石の正体に心当たりがあった。

「〈虹の骨〉です」

虹には骨がある。少年時代、堅次が兄についた嘘だ。その言葉を真に受けて、弟がくれた小石を本物の虹の骨だと信じ込んでいた父。

「遺品整理で捨てられかけていたところを、私が引き取ったんです。金目のものでもないし、誰も興味を示しませんでしたからね。須賀庸一は、死ぬまでこれを虹の骨だと信じ込んでいた」

「嘘でしょう」

指でつつくと、白茶けた石はゆらゆらと揺れた。

「いくら世間知らずだからって、これが虹の骨だなんて、本気で信じるわけがない」

「そうでしょうか。信じれば、どんな虚構も現実になる。それは須賀さんが自分の人生で証明したことです。あなたはこれが虹の骨ではないと、言い切ることができますか」

中村さんの視線は、〈文身〉の原稿が入ったトートバッグへ向けられた。

口先だけで答えることはできるけど、虚勢を張りたくはない。苦肉の策として、沈黙を選んだ。こちらの内心を読むかのように、中村さんは言葉で私の首を絞める。

「大事なことは内容ではなく、信じるに値する相手かどうか、ではないですか。あなたが須賀庸一をどこまで信じるか。それ次第で、虚構と現実のコインは簡単に裏返る。表は裏になる。両面が表になるかもしれない」

「言葉遊びなら、やめましょう」

初めて、夫がはっきりと口を挟んだ。冷水を浴びせられたように、すっと混乱が鎮《しず》められていく。中村さんは興《きょう》ざめしたように視線を逸《そ》らした。

「私が知っている範囲のことはお話ししたつもりです。これ以上、何かお聞きになりたいことがありますか」

いつの間にか、テーブルにあった虹の骨は消えていた。私が首を横に振ると、中村さんは「では」と言って席を立った。千円札を置いていこうとしたが夫が固辞した。上目遣いに見送ると、中村さんは去り際に言った。

「須賀庸一は最後の文士です。それで十分じゃありませんか」

きっと、中村さんの発言は虚勢やはったりではなかったのだろう。事実か否かは本当にどうでもいいのだ。そこに読むべき価値さえあれば。

トートバッグを持ち上げた夫が、「あれ」と言った。その声につられて隣を見る。夫がバッグに手を入れてつまみ出したのは、白茶けた小石だった。

「それ……」

すでに中村さんは店を出ている。追いかけても間に合わないだろう。

置き去りにされた虹の骨は、試すように私を見ていた。


その夜、私は再び〈文身〉を読んだ。須賀堅次は本当に死んだのか、それとも生きていたのか。隅から隅まで目を通しても、原稿から事実は浮かび上がってこない。

だが、何度目かの読了時、初めて気が付いた。

この小説には、須賀庸一が〈文身〉を書く場面がない。

父はここに書かれている通り、故郷の駅で亡くなっている。堅次が本当に自殺したのなら書き手は父しかいないはずだし、実際、筆跡は父のものだ。

しかし。堅次が父の筆跡を真似て書いたのだとしたら？

この小説を書いたのは、いったい誰？

考えれば考えるほど深みにはまりこんでいく。

そのうち私は、何が現実かを判断すること自体、放棄した。

現実と虚構の境界線は、もはや溶けてなくなっている。


ノートパソコンのディスプレイに文字列が表示されていく。文書作成ソフトで調整された枠のなかを、思いつくままに文字で埋める。

週末の午後二時。昼食も摂《と》らず、自室での作業に没頭していた。夫は大学時代の友人と会うため、午前中から出かけている。夫が家を出てすぐに書きはじめたから、もうすぐ四時間になる。さすがに集中力の低下を感じた。時刻を気にするのがその証拠だ。

「休憩するか」

独り言を口に出し、キッチンに入った。簡単に食べられるものを探す。冷凍庫で発見した食パンをトーストして食べた。

結局、〈文身〉からは明確な事実は何もわからなかった。ただ、一つだけはっきりしたことがある。〈文身〉という小説のせいで、私は父のことを死ぬまで忘れられなくなった。

誰が書いたかはともかく、父の一生は一編の小説として記録された。だからこそ、残された人間は須賀庸一の存在を振り返ることができる。

正直に言えば、羨ましい、と思った。

葬儀では、生前の父を語る人々の態度に辟易《へきえき》した。しかし今は、死後もその存在を顧《かえり》みられる父が幸せに思える。須賀庸一の小説は今も生き続けている。読者がいる限り、父の存在が完全に忘却されることはない。

私の心の片隅に、生きてきた証を遺《のこ》さなければならない、という使命感が生まれていた。

私もいずれこの世を去る。その時が来たら、夫や友人に私の存在を振り返ってほしい。忘れてほしくない。だから、私も私の半生を書き残さなければならない。小説など書いたこともないし、文才もないけれど、文章として残す以外に方法を思いつかなかった。

ディスプレイには、私の自伝が半ばまで記述されている。

生まれた家庭、育った家庭。須賀庸一の娘ということを理由に受けた数々の屈辱的な仕打ち。実父への憎悪。実母への複雑な想い。言葉にできない感情に言葉を与えるのは、大木から仏像を彫り出すような途方もない仕事だった。

それでもやらないわけにはいかない。これまで歩いてきた道を振り返らないと、これから先の道を歩いていくこともできなかった。私には、私を作り上げてきた数々の経験を、言葉にする必要があった。

自室に戻り、作業を再開する。まっさらだった画面が文字で侵食されていく。

結局、父と同じ方法を選んでいることにうんざりする。

あの人は弟の死という過去を清算しきれず、小説という虚構に逃げた。いっぱしの作家になっても、文学賞を受賞しても、死ぬまで救われることはなかった。そして私は、そんな父の人生を知って小説を書いている。

育児放棄されていた私を引き取ってくれた養父母には、心から感謝している。すでに二人とも鬼籍《きせき》に入ったが、亡くなる直前まで二人は私のことを心配していた。私にとっての両親は、養父母なのだ。

それでも私は、須賀庸一を、須賀詠子を、両親ではないと言い切ることもできない。

一心不乱にキーボードを叩いている時だけ、現実を忘れられる。徐々に組みあがる虚構の城を見ているだけで、背筋がぞくぞくするような快感に襲われる。そのたびに、自分に作家の血が流れている気がして嫌になる。

〈文身〉という言葉は、刺青《いれずみ》を意味する。いったん彫られたら、二度と消すことのできない文様。私の身体には、須賀庸一の残像が刻印されている。

夫が帰宅したのは午後四時過ぎだった。作業に疲れた私は、リビングのソファで休憩していた。ほろ酔いの夫は一通の封書を差し出した。

「これ、ポストに来てた。明日美宛てに」

白い封筒の表には、確かに手書きで私の名が記されていた。封筒を裏返し、差出人の名前を確認する。ウィリアム・ディックス。ペン書きでそう記されていた。〈文身〉の原稿とは違う筆跡だ。

顔面から血の気が引いていく。〈トンネル王〉の片割れ、ウィリーの名前だ。

「どうした」

夫を無視して自室に飛び込む。心臓が早鐘《はやがね》を打ち、警告音が鳴り響く。開けてはいけない。しかし直感を振り切って、封を切る。なかに入っていたのは一枚の便箋《びんせん》だった。たった一行、短く記されている。

文面を目にして、自然と肩が震えた。

恐怖のせいではない。これは選ばれた者だけが味わうことのできる感激だ。

小説と一心同体になった時、作家は文士になる。〈文身〉にそんな一節があった。私は文士が嫌いだった。世間に甘えて、破天荒な生き方を許してもらおうとする身勝手な存在。だが今は、そこに無上の憧れを感じている。小説と一心同体になることは、不滅の命を得ることに等しい。私は文字列として、いつまでも生き続けられる。大切な人たちに忘れ去られることもなく、永遠に。

本当は、私はこの手紙が届く日を待っていたのではなかったか。そう、私はこの一行のために、今まで生きてきたのだ。

さっそくノートパソコンを開き、中断していた作業を再開した。湧き上がる文章の波に指が追い付かない。テーブルの上に置いてある虹の骨が、かたかたと鳴った。

〈ダニーの娘へ　最後の文士になる準備はできたか〉

※本書は書下ろし作品です。また、本書はフィクションであり、登場する人物、および団体名は、実在するものといっさい関係ありません。

切りとり線

あなたにお願い

この本をお読みになって、どんな感想をお持ちでしょうか。次ページの「100字書評」を編集部までいただけたらありがたく存じます。個人名を識別できない形で処理したうえで、今後の企画の参考にさせていただくほか、作者に提供することがあります。

あなたの「100字書評」は新聞・雑誌などを通じて紹介させていただくことがあります。採用の場合は、特製図書カードを差し上げます。

次ページの原稿用紙（コピーしたものでもかまいません）に書評をお書きのうえ、このページを切り取り、左記へお送りください。祥伝社ホームページからも、書き込めます。

〒一〇一―八七〇一　東京都千代田区神田神保町三―三
祥伝社　文芸出版部　文芸編集　編集長　金野裕子
電話〇三(三二六五)二〇八〇　www.shodensha.co.jp/bookreview

◎本書の購買動機（新聞、雑誌名を記入するか、○をつけてください）

＿＿＿新聞・誌の広告を見て	＿＿＿新聞・誌の書評を見て	好きな作家だから	カバーに惹かれて	タイトルに惹かれて	知人のすすめで

◎最近、印象に残った作品や作家をお書きください

◎その他この本についてご意見がありましたらお書きください

100字書評

文身

住所

なまえ

年齢

職業

岩井圭也（いわいけいや）
1987年生まれ。大阪府出身。北海道大学大学院農学院修了。2018年『永遠についての証明』で第9回野性時代フロンティア文学賞を受賞し、デビュー。他の著書に『夏の陰』がある。

文身《ぶんしん》

令和2年3月20日　　初版第1刷発行

著者——岩井圭也《いわいけいや》
発行者——辻 浩明
発行所——祥伝社《しょうでんしゃ》
〒101-8701 東京都千代田区神田神保町3-3
電話　03-3265-2081（販売）　03-3265-2080（編集）
03-3265-3622（業務）
印刷——堀内印刷
製本——ナショナル製本

ISBN978-4-396-63584-8　C0093
祥伝社のホームページ・www.shodensha.co.jp

祥伝社

四六判文芸書

ツキノネ

彼女を「そこ」から出してはいけない——

乾 緑郎

老夫婦惨殺現場で保護された身元不明の少女。
十九年前、ダムに沈んだ町を精密に描く天才画家。
その絵に魅入られる女性フリーライター。
三人が出会うとき、開くはずのなかった扉が開く。

祥伝社

四六判文芸書

なぜ冤罪は
生まれるのか？

無実の君が裁かれる理由

友井羊

曖昧な記憶、自白強要、悪意、作為……。

人間心理の深奥を暴く、
青春＆新社会派ミステリー！

祥伝社

四六判文芸書

うたかた姫

フェイク計画《プロジェクト》のはずが、「姫」の歌声は本物だった!?

原 宏一

ただの女の子を天才に仕立ててボロ儲け!?
スターの階段を登り始めた「姫花」
だがシナリオのラストでは人が死ぬことになっていた……。

祥伝社

四六判文芸書

あらゆる色が重なって
黒になるんだ――。

黒鳥の湖

拉致した女性の体の一部を家族に送りつけ楽しむ、醜悪な殺人者。
突然、様子のおかしくなった高校生のひとり娘……。

推理作家協会賞受賞作家が、人間の悪を描き切った
驚愕のミステリー!

宇佐美まこと

祥伝社

四六判文芸書

まさかの因縁ということもある――

礼儀正しい空き巣の死

樋口有介

帰宅したら見知らぬ男が風呂場で死んでいた。
現場検証の結果は単なる病死だが……。
本庁栄転目前の卯月枝衣子警部補、
「事件性なし」に潜む悪意を炙り出す!?